国家社科基金
GUOJIA SHEKE JIJIN HOUQI ZIZHU XIANGMU
后期资助项目

宋代巴蜀杜诗学文献研究

A Study of Literature on Du Fu's Poems in Ba-Shu in the Song Dynasty

彭 燕 著

上海古籍出版社

2017年度国家社科基金后期资助项目（17FZW010）

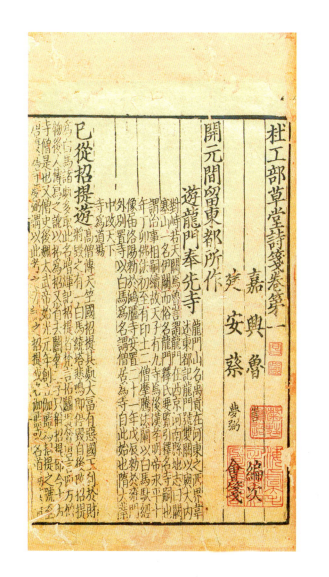

宋刻本《杜工部草堂诗笺》书影

（成都杜甫草堂博物馆藏本）

杜工部詩年譜　　　　　　　　　　臨川黃鶴撰

先生姓杜氏名甫字子美本襄陽人後徙河南鞏縣按唐宰相
世系表襄陽杜氏出自晉當陽侯頭少子丹字世甫晉弘農太
守二子繼彌繼字弘固本朝請生襲襲生標標生冲冲生洪泰
二子祖顯顯生景仲而先生作萬年縣君京兆杜氏墓誌云曾
祖某隋河內郡司功參軍獲嘉縣令王父依藝皇監察御史杜易洛
陽鞏縣令老審言修文館學士尚書膳部員外郎審言次子閑
傳云易簡襄陽人周硤州刺史叔毗曾孫從祖弟審言之子閑
闕生甫又杜甫傳云曾祖依藝終鞏令審言終膳部員外郎
父閑終奉天令元微之誌云晉當陽侯下十世而生依藝依藝則
自杜丹至先生為十三世故先生醉遠祖晉鎮南將軍又二十
三葉孫又先生有示從孫濟奇詩從孫崇簡示姪佐因示後弟行
軍司馬位詩而濟崇簡佐位皆出景仲下意叔毗與景仲為兄

元勤有堂刻本《集千家注分类杜工部诗》书影
（成都杜甫草堂博物馆藏本）

新定杜工部古詩近体詩先後并解

末衰卷之一

乙巳永泰元年時公五十四歲四月盡嚴武既死公於五
月挈家下戎渝忠至八月末至雲安縣送泊舟而居所存
之詩

亥五月自戎州迤邐而下

宴戎州楊使君東樓一首 近体詩

次公曰東樓蓋郡治登臨之所也傳云治舊在對
岸今徙矣

勝絕驚身老情發興奇

次公曰此偏破頭已對蓋言勝難絕矣而驚見在之身
則老情雖忘矣而發所對之興則奇也身老字禮記云

九家集注杜詩卷一

唐　杜甫　撰

宋　郭知達　編注

古詩

奉贈韋左丞丈二十二韻　注鮑文虎云韋濟韋嗣立子天寶中授尚書左丞史有傳附嗣立後

紈袴不餓死　前漢班氏敘傳曰王鳳薦班伯宜勸學召見宴昵殿上方鄉學鄭寬中張禹朝夕入說尚書論語於金華殿中詔伯受焉數年金華之業絕其好也晉灼曰白綺之襦也師古曰紈素也綺今之細綾也並貴戚子弟之服也朱買臣妻曰如公等終餓死於溝中耳趙云梁任助奏彈劉整云以前代外戚仕因紈袴晉束皙云丹堁步紈袴之童東野遺白顛之叟莊

清武英殿刻本《九家集注杜诗》书影

（成都杜甫草堂博物馆藏本）

国家社科基金后期资助项目
出版说明

后期资助项目是国家社科基金设立的一类重要项目,旨在鼓励广大社科研究者潜心治学,支持基础研究多出优秀成果。它是经过严格评审,从接近完成的科研成果中遴选立项的。为扩大后期资助项目的影响,更好地推动学术发展,促进成果转化,全国哲学社会科学工作办公室按照"统一设计、统一标识、统一版式、形成系列"的总体要求,组织出版国家社科基金后期资助项目成果。

全国哲学社会科学工作办公室

序一:杜诗学文献研究的新拓展

郭 齐

伟大诗圣杜甫既是民族文化的巍峨丰碑,也是人类文明的杰出代表,因此,杜诗学历来是中国文学研究中的显学和热门之学。一千余年来,研究成果汗牛充栋,蔚为大观。

"兵马未动,粮草先行",文本诠释是一切研究的起点。在杜诗学体系中,相关文献支撑着整个研究大厦,其重要性不言而喻。那么,在基础已如此雄厚、研究已如此深入的高水平、高起点态势下,还需要回过头来做文献梳理吗?答案是肯定的。文献整理工作看似简单,实则艰巨而繁复,既难一蹴而就,更难一劳永逸。第一轮、第二轮乃至多轮爬梳之后,仍难免有遗文剩义,或前人忽略而未及,或已及而粗疏,或偶然而致误,皆有待后人拾遗补阙。研究永无止境,文献基础亦需不断夯实。即使未能先行,至少也应跟上,方能适应主体研究日益增长的新需求。研究向前,文献亦须向前;文献向前,研究复又向前。彼此相携,逐波推涌,杜诗学方能持续健康地向纵深发展。

彭燕研究员的新作《宋代巴蜀杜诗学文献研究》就是这样一部拾遗补阙的力作。

宋代巴蜀地区以其天然的地域优势和文化热忱贡献了以二王本《杜工部集》、赵次公《新定杜工部古诗近体诗先后并解》、郭知达《校定集注杜诗》为代表的一批对杜诗研究影响深远的奠基性文献,对杜诗学作出了重要贡献,而以往学界对此未能引起足够重视。《宋代巴蜀杜诗学文献研究》首次尝试对宋代巴蜀杜诗学文献作系统全面的清理和研究,所涉问题主要包括二王本《杜工部集》的编刻、流传和版本;吴若本《杜工部集》的体例和意义;师尹、杜田、师古和蔡兴宗等各家杜诗单注本的编撰和特色;赵次公《新定杜工部古诗近体诗先后并解》的成就、特质及该书的辑佚整理;郭知达《校定集注杜诗》的编撰;《百家注》和《分门集注》等伪集注本的年代和价值;吕大防

《杜诗年谱》的逻辑和义例；蔡兴宗《重编杜工部诗年谱》的编纂和得失等。作者通过细致梳理和分析，展现了各书的概况、体例、流传、特点，评价了其优劣、地位、贡献和影响，多有新得。如指出吴若本并非如学界所言为钱谦益《笺注杜工部集》底本，该本性质实为二王本的校勘增注本，最大程度保存了北宋校勘注释杜诗的成果，同时也开启了后来辑校集注杜诗的风气，堪称两宋乃至中国古代杜诗学史的总结性和转折性撰述；赵次公《新定杜工部古诗近体诗先后并解》具有着力于杜诗具体各篇内容的准确理解，启黄生、仇兆鳌分章段疏释杜诗之先鞭等七个特点，实为宋元杜集编年本的一大转折；《百家注》虽被视为虚妄伪劣，但仍有极高的学术价值；吕大防《杜诗年谱》开辟了杜诗学的新境地，其在杜诗年谱著作中的地位，有类于二王本在杜集中的地位等，皆为创见，发前人所未发。其他关于二王本《杜工部集》、宋本《杜工部集》的版本、何南仲《分类杜诗》、师尹《杜甫诗详说》、杜田《注杜诗补遗正谬》、师古《杜诗详说》、蔡兴宗《重编少陵先生集》、林继中《杜诗赵次公先后解辑校》、郭知达《校定集注杜诗》《分门集注》等，皆能兼综各家，有所发明。全书资料丰富，梳理细密，讨论深入，评骘公允，体现了作者扎实、平实的治学风格。

这样一部内容充实、言之有物、新见迭出的杜诗文献研究专著，不啻在杜诗学基础建设中贡献了新的砖瓦，对于进一步夯实杜诗学的文献基础，推动研究深入发展，无疑具有重要意义。此书一经面世，我想但凡严肃地研究杜甫的人乃至想对杜甫有更多了解的人皆不能不读读它吧，故乐缀数言，以为推荐。

2021 年 10 月

（本文作者为四川大学古籍整理研究所教授、博士生导师）

序二:杜甫厚巴蜀,传承有才人

刘明华

　　研究杜甫并参加过国内杜甫研究相关会议,或在《杜甫研究学刊》发表过论文的学者,几乎没有不知道彭燕女士的。我和彭燕相识,真还记不清是何年何月了,应该是从某次会议开始吧。但印象深刻且一以贯之的是彭燕的青春活力,热情大方,对事业的执着和对杜甫的热爱。近年来,彭燕在繁重的工作之余,坚持在职学习,完成博士学业并在博士后工作站顺利出站,其研究多年的杜甫课题获得国家社科基金支持,由此完成其代表性成果。

　　杜甫入蜀十年,在此留下八百余篇诗歌,占其传世作品总量的五分之三。按目前的行政区划看,成都和川北地区四百余首,重庆奉节古夔州四百余首,可以说巴蜀山水,成就了一位伟大诗人。杜甫为巴蜀大地留下了一份丰厚遗产。值得欣慰的是,蜀人为感念伟大诗人,在传承弘扬杜甫精神方面,没有辜负伟大诗人。在杜集的整理研究方面,从目前可见的传世别集,到注本的问世(从单注本到集注本),再到年谱编纂,其内在逻辑是杜甫文献整理研究的系统化进程,均有宋代蜀人的重大贡献。千百年来,对杜集的研究论著夥矣,而对宋代巴蜀杜集文献进行全面清理的,彭燕此书为第一部。填补空白,功莫大焉。

　　作者在此书尝试对宋代巴蜀杜诗学文献作系统全面的清理和研究,意在突出宋代巴蜀地区的杜甫研究对杜诗学的重大意义。从杜集流变的重要性看,二王本《杜工部集》、赵次公《杜工部古诗近体诗先后并解》、郭知达《校定集注杜诗》,作者均是蜀人,其作品均是杜诗学的奠基性和具有转折意义的文献,也是唐宋文学研究所关注的基础性文献。如何在已有研究基础上推进相关工作,也形成学术挑战。如何避免一般性概论的正确的空话,和缺少新材料新观点的人云亦云,只能在问题意识导向下,努力做到详人所略,略人所详。本书的创新之处正在此形成。

　　全书对宋代巴蜀杜集文献的清理的特点,大略而言,一是全面,二是深新。

所谓全，是因为本书研究，可谓穷尽现有资料，对传世之宋代巴蜀涉杜文献一一查访论及。从现有几种重要杜集书目看，宋代蜀人治杜传世之书有十余种，总其目则达到三十余种。彭燕此书，所论无一遗漏。

深与新，则是在已有研究基础上的深化与创获。全书涉及的宋代巴蜀学者所治杜集，最重要的几种，向有研究。但作者能有新的发现，殊为不易。如同打深井之见涌泉，掘深坑之获金矿。具体而论，有这样几点印象。

全书的重点，也是亮点，是对二王本与相关版本的关系考察。这涉及几种重要传世杜集的源流问题。作者通过细致的考察，提出了一些重要见解，推进了相关研究。

二王本是杜集整理的重大成果。对二王本的整理研究，向为关注重点，近百年间，几成热点。但其中未定之处仍不少。彭著围绕其编纂流传，并结合吴若本考察其面貌，提出了一些补充性意见，对这一重要版本的研究有所推进。

二王本在杜集编纂中的特点，学界基本形成三点共识：一是汇聚众本，简单校勘；二是区分古诗和近体诗，将二体分别编纂；三是各体之中，依创作时间编次，大致编年。作者结合吴若本《杜工部集》考察，指出二王本古近体诗各卷皆于起首处标明"居行之次"，如"天宝未乱时并陷贼中作"（卷一）、"居松陵、公安及至湖南作"（卷八）、"天宝未乱及陷贼中作"（卷九）、"自公安发，次岳州，及湖南作"（卷一八）。这是对古近体编纂的二王本特色的把握。关于这一点，黄珊怡博士最近在《杜甫研究学刊》发表论文，详论二王本卷目的变化，亦有新的补充。可见学术研究的见仁见智和后浪继前浪之生生不息。彭著认为王安石于皇祐四年（1052）或稍前利用王洙本《杜工部集》刊定杜诗，这是今可考知最早使用王洙本的例子。此后，直接利用二王本者，确定可考有蔡宽夫、华镇、王得臣、黄伯思、《汉皋诗话》、王铚、鲁訔等。这就适当纠正了以往学界在这一问题上的泛泛之论。而钱笺与吴若本的关系，是近几百年来，关于二王本的一宗要案。作者借助钱谦益《笺注杜工部集》和朱鹤龄辑注《杜工部全集》，详细考察了吴若本《杜工部集》的面貌。既往吴若本研究的一个重要出发点是以吴若本为《钱笺》底本作出的判断，彭燕指出，这一前提认知有误。《钱笺》事实上是一个全新的本子，它并不严格以吴若本为底本。本书对吴若本的研究贯穿了一个原则：只有《钱笺》和《辑注》明确说吴若本注、吴本作某或吴作某，特别是二书所言相合者，必然是吴本实有的样貌。彭著有云：首先，吴若本以二王本为底本，进行校勘和注释。其次，吴若本对二王本的更动是局部的，若再考虑到吴若本大体保存了二王本的编次，则吴若本可以视作二王本的校勘增注本，它在最大程度上保存了二王本的主要信息，它是一个更加完善的二王本。其三，吴若本《杜工部集》当是杜诗辑校集注早期的代表。故在校勘和注释两个方面，吴若本《杜工部集》保存了北宋校勘注释杜诗的成果，同时也开启了后来辑校集注杜诗的风气，堪称两宋乃至中国古代杜诗学史的总结性和转折性撰述，意义重大。——关于吴若本，前有洪业等先生的大量辨证，曾祥波亦有力作。彭燕此论，既借鉴相关先生之论，亦有自己的判断，在这个问题上，没有回避问题，而是细心梳理，审慎辨识，大胆论断，有助于吴若本与二王本关系研究。就此提出了对今见宋本《杜工部集》版本的几点新认识："首先，今见之宋本《杜工部集》，不是毛扆跋本的原貌。其次，汲古阁毛扆抄补二王本后来散佚卷一〇至一四，汲古阁和潘喜斋之间某位藏书家据宋刻吴若本补抄足之。其三，陆心源藏本《杜工部集》当出于毛晋影写二王本。其四，钱曾《读书敏求记》著录之二王本《杜工部集》，系出毛晋影写本，此本后来去向不明。其五，钱曾《述古堂书目》所见影宋抄吴若本《杜工部集》（四本）即今国家图书馆所藏述古堂抄本（六本）之来源。"

彭著对巴蜀其他宋人论杜著作一一点评，多有新见，如论师古《杜诗详说》，认为古今学者对师古注的批评过于严苛，严羽"但其间半伪半真，尤为淆乱惑人，此深可叹。然具眼者，自默识之耳"（《沧浪诗话》）的评价最为恰当。论蔡兴宗《重编少陵先生集》的特点主要有二：一是勇于改字，二是局部打乱二王本编次，重新依年编诗。论赵次公《新定杜工部古诗近体诗先后并解》特点有七，认为赵氏编年的努力大多可居，但亦有大谬不然者。尤其《山馆》"南国昼多雾"一诗，二王本原编在卷一一《自阆州领妻子却赴蜀山行三首》之下，赵次公始迁入公安诗中，认为此山馆是由江陵往公安途中之馆。这一考订为后世广泛接受，实际上是错误的。作者还指出对恢复赵注原貌功绩至巨的林继中先生的《杜诗赵次公先后解辑校》在辑佚上需进一步完善之处。如甲乙丙三帙中举凡赵注表述自己的观点而未曾引用或转述旧注和前人说法究竟是什么，比如仅云"旧注非妄"之类，辑佚之时，宜适当考虑附上郭知达《校定集注杜诗》或其他注本所引旧注或旧说。关于宋代巴蜀杜诗年谱，认为吕大防《杜诗年谱》虽简略，但自有其逻辑体系，亦体现了吕大防对杜甫的深刻认知。吕谱开辟了杜诗学的新境地，其在杜诗年谱著作中的地位，有类于二王本在杜集中的地位。——如此等等，多有识见，余不一一。

综观全书，讨论了两大内容，一是蜀本杜集的价值探讨，二是在杜诗学的进程中，蜀人治杜的影响。后一内容，涉及地域文化的问题，即为何宋代治杜的中心在巴蜀，在成都地区，而不是洛阳，不是咸阳？作者在讨论这个现象时,也传达了丰富的历史文化知识。这是因为宋代蜀地的造纸业非常发达,巴蜀在唐宋时就已成为全世界印刷术的发源地和中心之一。巴蜀文化的好几个天下第一,也可以证明这一点:宋代巴蜀的印刷,在当时被誉为天下第一。开宝四年(971),蜀中雕版印刷《大藏经》,历时十三年完成,这是古代文化史上的一大盛事。交子作为最早的纸币是在宋代巴蜀出现的,世界上第一个国有的纸币组织机构亦在蜀中成立。袁庭栋在《巴蜀文化志》中说:"巴蜀地区在唐宋时期造纸与印刷术上的多项全国第一(当然也就是世界第一),即:第一处造纸中心、第一批有图彩笺、第一批货币专用纸、第一件可确知地点的印刷品、第一部文人别集、第一部文学总集、第一部类书、第一项世界印刷史的巨大工程《开宝藏》(《大藏经》)、第一批纸币。"还有人才聚集、教育发达及儒学兴盛的支撑:两宋时,蜀中进士达四千余人,状元八人,宰相就有二十七人,有文章传世者更有千人之多。张俞《成都府学讲堂颂并序》载韩综成都讲学之初,有地方官员、学官、生徒等三百人。正式开讲时,闻风而来听讲学之府县士民和四方之客有逾万人。蜀中学风之盛,尤可想见。还有儒学的普及:"文翁化蜀后,巴蜀办学之风历代不衰。宋以前,巴蜀地区的州县儒学就已很普遍,如成都府儒学、成都县儒学、华阳县儒学、双流县儒学、新都县儒学、郫县儒学、灌县儒学、广元县儒学、彰明县儒学、荥经县儒学、嘉定府儒学、夹江县儒学、荣县儒学、威远县儒学、盐亭县儒学、遂宁县儒学、青神县儒学、邛州儒学、泸州儒学、绵州儒学。宋初,承此遗绪,又新办了许多儒学,如新繁儒学、内江儒学、岳池儒学等。宋仁宗诏令全国办学,巴蜀办学之风更甚,官学遍布各州诸县。"——这些文字,既是支撑其学术见解的材料,也是很好的文化常识。开卷有益,此之谓与。

研杜难,研究杜诗版本流变尤其难,这在彭著亦有客观体现。所闻之书固不易论说,所见之书亦多有不明之处。作者尽大努力掌握文献,分析研判,但仍对一些重要的问题不能确定。这就是全书相当篇幅的"可能性"表达。这些可能性的判断,也多在所闻之书的讨论时出现。这些"可能",是作者的客观态度,是明智的处理办法。"知之为知之,不知为不知,是知也。"在留下遗憾和悬念的同时,也留下了可供学人继续探讨的空间。

我作为杜诗的研习者,一向对成都杜甫草堂博物馆的领导和同仁寄予热望,曾多次在各种场合表达,希望成都杜甫草堂作为国家一级博物馆,在传承弘扬杜甫文化方面发挥优势:既要做好博物馆的工作,同时也尽可能建成杜甫研究的信息中心。这个想法是从研究者的角度考虑问题,虽然会增加博物馆的工作内容和管理难度。要实现这一目标,草堂的工作人员必须是双栖人才:既是博物馆从事公共文化服务的专家,还得具有较高的研究能力。另有一法,就是尽可能获得相关部门支持,增加研究型人员的比例。近年来,草堂年轻一辈工作人员,专业背景明显,学术研究蔚然成风,尤其是《杜甫研究学刊》编辑团队及以古籍保护为核心任务的相关研究人员,已在杜甫文献整理和研究方面颇有建树。一是整理草堂藏书,出了一批成果;二是对巴蜀地区的杜集进行整理和研究。彭燕此书,应是代表性成果之一。近年,我参与过四川杜甫研究中心的科研立项评审,杜甫草堂博物馆资助了一批重要项目,我期待这些项目陆续完成。相信会由此形成团队,才人辈出,一批成果会尽快问世。彭燕和她的同事们,在整理杜集、推进杜甫研究方面有广阔空间,大有用武之地,我乐见其成。

　　是为序。

2021 年中秋夜于重庆

　　（本文作者为西南大学文学院教授、博士生导师）

目　　录

绪　　论

宋代是杜诗学史上的第一个高峰期,注家蜂起,以至出现"千家注杜"之称。宋代出现了为杜诗编年的专著,据不完全统计,有十余种之多。杜诗学文献由少而多,日益浩繁。晚唐至今,共有 1 261 种杜集文献,其中唐五代14 种,宋代 124 种,金元 28 种,明代 171 种,清代 416 种,现当代 350 种,另外海外杜诗文献有 158 种①。事实上,恐怕还远不止于此。起码,就现当代著作而言,这个数字还在不断增加。宋代巴蜀地区的杜诗学研究具有重要的地位和作用。杜诗祖本、第一本杜诗年谱、"诗史"论、"诗圣"论、"忠君"说、"集大成"说等等,这些在杜诗学史上具有里程碑意义的杜集文献和论说都与蜀人蜀地或多或少有些关系。据不完全统计,宋代巴蜀地区杜诗学文献有三十余种,占了当时全国的所有杜集文献的四分之一。

本书从文献学和学术史的角度对宋代巴蜀地区杜诗文献的搜集整理、集注刊刻、校勘编年等情况进行梳理和讨论,以期发现各种杜集文献的特点以及之间的错综关系,进而理清宋代巴蜀杜诗学文献的现状和流传脉络,为进一步研究宋代杜诗学提供参考。

一、杜诗学概念

杜诗学概念,就目前所见资料,当首见于金人元好问(1190—1257)《杜诗学》。《金史·元好问传》:"《杜诗学》一卷。"②杨士奇《文渊阁书目》著录:"《杜诗学》一部三册。"③黄虞稷《千顷堂书目》著录:"元好问《杜诗学》一卷。"④杜甫身后四百五十余年,元氏用《杜诗学》作为书名,似乎在昭示着

---

① 张忠纲等《杜集叙录·前言》,齐鲁书社 2008 年,第 15 页。
② 《金史》卷一二六,中华书局 1975 年,第 2742 页。
③ 《文渊阁书目》卷二,《景印文渊阁四库全书》第 675 册,台湾商务印书馆 1986 年,第 164 页。
④ 《千顷堂书目》卷三二,上海古籍出版社 1990 年,第 780 页。

这样一个事实,这是一部有体系的杜诗研究专著,杜诗研究进入了规模化和
体系化的时代。不无遗憾的是,该书久佚,只能通过仅存的《杜诗学引》略窥
全貌:

> 杜诗注六七十家,发明隐奥,不可谓无功。至于凿空架虚,旁引曲
> 证,鳞杂米盐,反为芜累者亦多矣。要之蜀人赵次公作《证误》,所得颇
> 多,托名于东坡者为最妄,非托名者之过,传之者过也。
>
> 窃尝谓子美之妙,释氏所谓学至于无学者耳。今观其诗,如元气
> 淋漓,随物赋形;如三江五湖,合而为海,浩浩瀚瀚,无有涯涘;如祥光
> 庆云,千变万化,不可名状。固学者之所以动心而骇目。及读之熟,
> 求之深,含咀之久,则九经百氏,古人之精华,所以膏润其笔端者,犹
> 可仿佛其余韵也。夫金屑、丹砂、芝术、参桂,识者例能指名之,至于
> 合而为剂,其君臣佐使之互用,甘苦酸咸之相入,有不可复以金屑、丹
> 砂、芝术、参桂而名之者矣。故谓杜诗为无一字无来处亦可也,谓不
> 从古人中来亦可也。前人论子美用故事,有着盐水中之喻,固善矣。
> 但未知九方皋之相马,得天机于灭没存亡之间,物色牝牡,人所共知
> 者为可略耳。
>
> 先东岩君有言,近世唯山谷最知子美,以为今人读杜诗,至谓草木
> 虫鱼皆有比兴,如试世间商度隐语然者,此最学者之病。山谷之不注杜
> 诗,试取《大雅堂记》读之,则知此公注杜诗已竟。可为知者道,难为俗
> 人言也。
>
> 乙酉之夏,自京师还,闲居嵩山,因录先君子所教与闻之师友之间
> 者为一书,名曰《杜诗学》,子美之传志、年谱及唐以来论子美者在焉。
> 候儿子辈可与言,当以告之,而不敢以示人也。六月十一日,河南元
> 某引。①

此篇作于金哀宗正大二年,时当宋理宗宝庆元年(1225)。此前二十一
年正月,蔡梦弼识《草堂诗笺》;此前六年三月,黄鹤跋所撰《黄氏补注杜工
部年谱辨疑》;本年重九日,曾噩重刊郭知达《校定集注杜诗》;次年三月,董
居谊应黄鹤之请序《纪年补注诗史》,仲夏吴文跋《纪年补注诗史》。元好问
撰《杜诗学》前后,正值十三世纪中国杜诗学高峰期向总结期转型之时,足瞻
元氏杜诗学的理论自觉。观元氏所论,可知其《杜诗学》一书主要由三部分

---

① 狄宝心《元好问文编年校注》,中华书局 2012 年,第 91—92 页。

组成:一、传志;二、年谱;三、唐以来论杜资料。元好问对杜诗和前人杜诗注的基本评价如下:

首先,《杜诗学引》开篇就对历来各家杜诗注本作了概括评价,并特别拈出了蜀人赵次公注本和托名苏东坡注本。赵次公《杜诗证误》和托名苏东坡《东坡杜诗故事》二书,宋人多有议论,参而观之,可谓互有发明。在六七十家杜诗注中,赵注最为有见,而托名东坡者则最为虚妄。

其次,在元好问看来,杜诗融汇百家、出神入化,如同九方皋相马,得天机于灭没存亡之间。元好问反对穿凿附会,《杜诗学引》末引黄庭坚之说曰:"今人读杜诗,至谓草木虫鱼皆有比兴,如试世间商度隐语然者,此最学者之病。"可见,杜诗用典如着盐于水,泯合无迹,这是杜诗难以企及的地方。

第三,元氏生逢乱世,其论诗,尤着眼于诗歌的内容和精神,对只注重杜诗艺术和表现技巧的诗论持不屑态度。元稹论杜诗推崇其"铺陈始终,排比声韵",元好问就深不以为然,其《论诗绝句》之十讽刺说:"少陵自有连城璧,争奈微之识珷玞。"①

其四,由元好问对世俗"商度隐语"的批评和"山谷之不注杜诗"实则"注杜诗已竟"的表达来看,其《杜诗学》亦在于针砭十三世纪初前后风行的穿凿解说和字字必注之风气。

元好问从理论高度明确提出杜诗学概念,这在杜诗学研究史上具有划时代意义。此后,以杜诗学作为书名之撰著,不绝如缕。此后杜甫研究,日渐作为专门学问而为时人所重,出现了"千家注杜"的隆盛局面。从对杜诗的收集整理到对杜诗的批评注释,各种本子层出不穷。杜诗学是一个不断丰富的学术领域。

二、杜诗学研究现状

二十世纪初以来,关于杜诗研究的论文约 13 000 余篇,专著约 900 余部。当前,学界掀起了如何从理论的高度来构建杜诗学完整学科体系的热烈讨论。此讨论的高潮以许总《杜诗学发微》的出版为标志②。二十世纪末,要求建立杜诗学学科体系的呼声越来越强烈,学界围绕杜诗学研

---

① 狄宝心《元好问诗编年校注》,中华书局 2011 年,第 54 页。
② 许总《杜诗学发微》,南京出版社 1989 年。

究的内容、形式、手段、方法等对元好问《杜诗学》作出程度不同的突破和扩展。

　　叶绮莲《杜诗学》分上下二篇,上篇"杜集源流",考各代杜诗研究情况及其得失;下篇"杜集书录",为版本研究①。廖仲安《杜诗学》扩充了元好问杜诗学②。胡可先指出,杜诗学的内容应该包括杜诗的目录学、校勘学、注释学、史料学、李杜优劣论、历史学、文化学以及研究进程等内容③。据以上可知,当代学人多以元好问杜诗学的内涵和范围为标的,诸家所讨论的范畴也基本未出元氏杜诗学范围。

　　继《杜诗学发微》之后,许总于 1996 年和 1997 年又分别出版了《杜甫论的新构想》和《杜诗学通论》二书④。《杜诗学通论》不仅建构了杜诗学的体系,并从学术史的角度有意识地对杜诗学研究领域进行开拓和突破;《杜甫论的新构想》则是《杜诗学发微》到《杜诗学通论》之梁津。杨义的《李杜诗学》以全新的视角诠释了李白、杜甫诗歌的成就,亦具学术开创性⑤。胡可先《杜甫诗学引论》则将杜甫诗学作为一门独立的学科来建构,内容涉及杜诗学通论、史论、专论、年表等问题。全书运用实证考据的研究方法,力求将文献研究与理论批评融会贯通⑥。

　　裴斐和杨胜宽选择唐或唐宋为时间段作总体把握和观照,从时间的维度对杜诗学的发展和特色进行宏观的剖析和解读⑦。聂巧平、陈文华、高真雅、魏景波等关注了唐宋杜诗学的整体研究⑧。简恩定较早讨论了自明入清论杜、注杜的著作⑨。着力于清代杜诗学的学者主要是孙微,他第一次系统地梳理了清代杜诗学史的整体情况⑩。

①　参见张忠纲等《杜集叙录》,第 532 页。
②　廖仲安《杜诗学》,中国唐代文学学会主编《唐代文学研究》(第 6 辑),广西师范大学出版社 1996 年,第 291—224 页。
③　胡可先《杜诗学论纲》,《杜甫研究学刊》1995 年第 4 期。
④　许总《杜甫论的新构想》,加藤国安译注,日本研文出版社 1996 年。许总《杜诗学通论》,台湾圣环图书有限公司 1997 年。
⑤　杨义《李杜诗学》,北京出版社 2001 年。
⑥　胡可先《杜甫诗学引论》,安徽大学出版社 2003 年,第 7—8 页。
⑦　裴斐《唐宋杜学四大观点述评》,《杜甫研究学刊》1990 年第 4 期;《略论两宋杜诗学中存在的一种倾向》,《中国文学研究》1995 年第 3 期。杨胜宽《南宋杜学片论》,《杜甫研究学刊》1995 年第 3 期;《杜学与苏学》,巴蜀书社 2003 年。
⑧　聂巧平《宋代杜诗学论》,复旦大学博士学位论文,2000 年。陈文华主编《杜甫与唐宋诗学》,台湾里仁书局 2003 年。高真雅《唐宋杜诗学研究》,韩国外国语大学博士学位论文,2001 年。魏景波《宋代杜诗学史》,中国社会科学出版社 2016 年。
⑨　简恩定《清初杜诗学研究》,台湾文史哲出版社 1986 年。
⑩　孙微《清代杜诗学史》,齐鲁书社 2004 年。

　　以上是对杜诗学整体或某个时代的研究,个案讨论则更多,涉及元代方回,明代杨慎,清代钱谦益、仇兆鳌和李调元等诸家的杜诗学①。

三、杜诗学文献研究现状

　　近代出版的杜诗学文献研究内容主要涉及杜诗文献资料的汇编、考辨、校勘、杜诗年谱和校注等内容。

　　杜诗学目录类文献以洪业《杜诗引得·序》、万曼《杜集叙录》、郑庆笃等《杜集书目提要》、周采泉《杜集书录》、张忠纲等《杜集叙录》为代表②。洪业《杜诗引得·序》可称现代杜诗学研究的开山之作,几乎涉及了杜诗文献研究的所有问题,其拓进之深度亦令后学景仰。万曼对各种杜集文献的成书、体例、版本及历代刻本特点等均做了分析和说明,是二十世纪中期杜诗文献研究中的重要成果之一。《杜集书目提要》(1986)收录了杜诗书目凡 890 种,此书作为杜集文献研究的专门目录书,在杜集文献研究中有很大的影响。《杜集书录》分内编、外编和附录三部分,收书约 1 200 余种。所收书目下面依次是书名、卷数、作者生平,然后是著录、版本、序跋和编者按。该书资料丰富,内容翔实,作者按语精当,代表了二十世纪杜诗文献整理研究的最高成就。《杜集叙录》是在总结前人得失的基础上,积数年之功在杜诗文献整理研究中的又一扛鼎之作,对人们查寻研究各类杜集文献颇为有利。

　　杜诗学检索类文献以洪业《杜诗引得》,钟夫、陶钧《杜诗五种索引》,张忠纲等《杜甫大辞典》等为代表③。此类文献专著主要用于对杜诗的检索。

---

①　詹杭伦、沈时蓉《方回杜诗学综论》,《杜甫研究学刊》1987 年第 1 期。王仲镛《杨慎杜诗学述评》,《草堂》1982 年第 1 期。周子瑜《从〈升庵诗话〉看杨慎研究"杜学"的方法以及他提出的一些观点》,《杜甫研究学刊》1991 年第 1 期。邬国平《以杜诗学为诗学——钱谦益的杜诗批评》,《学术月刊》2002 年第 5 期。裴世俊《杜诗学史中的〈钱注杜诗〉——钱谦益笺注杜诗的缘起》,《聊城大学学报》2002 年第 1 期。赵晓兰《四库馆臣与杜诗学》,《杜甫研究学刊》1996 年第 4 期。孙微的《〈四库全书总目〉所体现的杜诗学》,《杜甫研究学刊》2003 年第 1 期。罗焕章《少陵疑是我前身——谈李调元的杜诗学》,《杜甫研究学刊》1991 年第 1 期。

②　洪业等《杜诗引得》,燕京大学引得编纂处 1940 年,上海古籍出版社 1983 年缩印本。万曼《杜集叙录》,《文学评论》1962 年第 4 期。郑庆笃、焦裕银等《杜集书目提要》,齐鲁书社 1986 年。周采泉《杜集书录》,上海古籍出版社 1986 年。张忠纲、赵睿才、孙微等《杜集叙录》,齐鲁书社 2008 年。

③　钟夫、陶钧《杜诗五种索引》,上海古籍出版社 1992 年。张忠纲主编《杜甫大辞典》,山东教育出版社 2009 年。

其中以洪业的《杜诗引得》影响最大。此书代表了近代杜诗检索类文献的最高成就。钟夫、陶钧的《杜诗五种索引》所收五种杜诗为:《钱注杜诗》《杜诗镜铨》《杜诗详注》《读杜心解》和《全唐诗》,此本编制精密,亦颇便检索。《杜甫大辞典》是关于杜甫的专书辞典,工具性很强。

杜诗学年谱类文献,主要有闻一多《少陵先生年谱会笺》、李春坪《少陵新谱》、四川省文史研究馆《杜甫年谱》、李书萍《杜甫年谱新编》等①。其中以闻一多和四川省文史研究馆所编撰的年谱影响最大。闻一多《会笺》突出文化背景,是年谱编纂的一种创新。四川省文史研究馆所编《杜甫年谱》是宋以来最详细的杜甫年谱,全谱共 35 万字,考订颇详。但因材料阙如和撰写的不统一,故舛误较多,尚待今后有志学人对其进行修正补缺。

伴随近年地域文化热潮,出现了一批杜诗学地域文献研究论著②。其中,张忠纲主编的《山东杜诗学文献研究》,分五个部分,对山东杜诗学文献总体状况作了简要的述评,并指出了山东杜甫研究的经验与得失。

杜诗学综合类文献,有孙微《清代杜诗学文献考》《杜诗学文献研究论稿》,孙微、王新芳《杜诗学研究论稿》,郝润华等《杜诗学与杜诗学文献》等③。

四、宋代巴蜀杜诗学文献及研究现状

杜集编纂至王洙形成定本,后由王琪校刻流布。杜集定本的形成,蜀人用功甚多。除郑文宝编、张逸序《少陵集》二十卷和二王本《杜工部集》两个本子外,搜集、整理和编次杜诗的还有蜀人王著、苏舜钦等。另外蜀人在辑佚杜诗方面成绩亦显,其中以员安宇成绩为最大,共辑得杜甫逸诗二十七首,这也是杜诗学史上辑得杜甫佚诗最多的一次。宋代巴蜀地区杜诗单注本有十五种,其中蜀人注杜十三种,宦蜀士人注杜二种。

---

① 闻一多《少陵先生年谱会笺》,国立武汉大学《文哲季刊》1930 年第 1—4 期。李春坪《少陵新谱》,来薰阁书店 1935 年。四川省文史研究馆《杜甫年谱》,四川人民出版社 1958 年初版,1985 年第 2 版。李书萍《杜甫年谱新编》,台湾西南书局有限公司 1975 年。

② 张忠纲主编《山东杜诗学文献研究》,齐鲁书社 2004 年。此外又有葛景春主编《杜甫与中原文化精神》,河南人民出版社 2007 年。葛景春、胡永杰、隋秀玲《杜甫与地域文化》,社会科学文献出版社 2016 年。

③ 孙微《清代杜诗学文献考》,凤凰出版社 2007 年。蔡锦芳《杜诗版本及作品研究》,上海大学出版社 2007 年。孙微、王新芳《杜诗学研究论稿》,齐鲁书社 2008 年。郝润华等《杜诗学与杜诗学文献》,巴蜀书社 2010 年。孙微《杜诗学文献研究论稿》,河北大学出版社 2010 年。

　　综合起来看，宋代杜诗学研究，北宋侧重于杜诗的搜集、整理和编纂；南宋则侧重于杜诗注释和杜诗编年。宋代蜀中治杜显然不同于当时全国其他地区，蜀中在首倡学杜、尊杜的过程当中，杜集的整理编纂和杜诗的注释编年几乎是同时进行，并无孰先孰后、孰优孰劣之分，二者可谓齐头并进，领两宋治杜风气之先。

　　由于单注本众多，自然又会有人出来做集注工作。从初具集注特点的赵次公《新定杜工部古诗近体诗先后并解》，到郭知达《校定集注杜诗》，到后来的"十注""百家注""千家注"，各种注本风行于世，蔚为大观。但时至今日，各种集注本子大多已经亡佚。流传至今的不足十种，重要的有《校定集注杜诗》《王状元集百家注编年杜陵诗史》《分门集注杜工部诗》《门类增广十注杜诗》《门类增广集注杜诗》《杜工部草堂诗笺》《黄氏补千家集注杜工部纪年诗史》等。上述集注本中，《王状元集百家注编年杜陵诗史》《分门集注杜工部诗》《门类增广十注杜诗》《门类增广集注杜诗》属托名之作。宋代巴蜀的赵次公注本和郭知达注本，无疑代表了宋人注杜的最高成就，意义重大。

　　宋人推崇杜甫，不仅表现在整理杜集和注释杜诗方面，他们还特别热衷于为杜诗编年，为杜甫作谱。宋人为前朝人编撰年谱，数量最多的是杜甫年谱，至少有十一种，流传至今的有八种。年代最早且较有学术价值的杜甫年谱为宦蜀士人吕大防《杜诗年谱》和蔡兴宗《重编杜工部年谱》。

　　近年巴蜀地区的杜诗学文献研究主要集中于赵次公和郭知达等人。其中又以对赵次公的研究为最富，以林继中《杜诗赵次公先后解辑校》为代表①。又有武国权、罗效智、彭燕、罗娇等人对赵次公和郭知达注的研究②，蒋均涛、祁和晖等人的蜀中杜诗石刻文献研究③。

　　从杜诗学研究和杜诗学文献研究的现状可知，二十世纪八十年代以来，杜诗学研究取得了累累硕果，杜诗学文献研究亦取得了不错的成绩。学界要求构建杜诗学学科体系的呼声也越来越强烈，作为该学科体系的核心和灵魂——杜诗学文献，人们也给予了越来越多的关注和重视。但是较之杜诗学研究的全面繁荣，杜诗学文献的研究相对略显冷清。尤其是作为宋代

---

① 林继中《杜诗赵次公先后解辑校》（修订本），上海古籍出版社 2012 年。
② 武国权《赵次公杜诗先后解研究》，西北师范大学硕士学位论文，2005 年。罗效智《〈九家集注杜诗〉研究》，西北师范大学硕士学位论文，2008 年。彭燕、徐希平《〈九家集注杜诗〉与"伪苏注"》，《云南师范大学学报》2012 年第 2 期。罗娇《〈九家集注杜诗〉中"杜田注"研究》，山东大学硕士学位论文，2017 年。
③ 蒋均涛《射洪金华山的杜诗石刻》，《杜甫研究学刊》1984 年第 4 期。祁和晖《唐宋杜诗刻石考述》，《杜甫研究学刊》1994 年第 3 期。

杜诗学重镇,巴蜀地区杜诗学文献的总体研究,明显滞后。综观近现代海内外的杜诗学研究,巴蜀地区的杜诗学研究在整个杜诗学研究领域中,有分量和有影响的研究成果很少。虽然关于蜀人治杜的单篇论文时有出现,但就"千家注杜"的隆盛局面而言,显然是不够的,况且这种研究也不能从整体上对巴蜀杜诗学的研究状况作宏观把握。从1979年到现在,关于宋代蜀人杜诗学研究单篇论文约40篇,涉9家;宋代蜀人杜诗学文献研究的专著1部,学位论文3篇,单篇论文约20篇。不能不说,对宋代巴蜀杜诗学的整体梳理和研究,尚不能令人满意。

本书系宋代巴蜀杜诗学文献的专题研究,力图从文献学和学术史的角度对宋代巴蜀地区的杜诗学文献的主体内容作一次全面系统的清理和阐述。本书以宋代巴蜀杜诗学文献的梳理为基础,力求对宋代巴蜀地区的杜诗学研究作整体观照,从时间和空间两个维度来讨论宋代巴蜀杜诗学文献的地位和作用。本书主要以现存的杜诗学文献为基础,运用传统文献学的研究方法,通过对蜀中杜诗学文献的编次整理、集注刊刻、校勘编年等情况的讨论分析,探明各种文献的特点及其间的错综关系,清理宋代巴蜀杜诗学文献发展的线索,为进一步研究提供良好的文献基础。

巴蜀杜诗学的整体风貌特色与当时巴蜀地区的文化发展有着深层次的联系,杜诗学对巴蜀地区的文化与文学特质的形成和发展影响巨大,巴蜀文化和文学又对杜诗学的成熟起着推动和促进作用,二者之间存在着并行互动的因果关系。总之,本书力求从原始文献入手,以整体的眼光,对宋代巴蜀杜诗学文献作全面的梳理和探讨,努力寻绎巴蜀杜诗学文献的特色和风貌,探究宋代巴蜀杜诗学在整个杜诗学史中的地位和影响。

五、本书研究的几点说明

进入研究之前,关于巴蜀区域、蜀籍文人如何界定需要有一个交代和说明。这看上去似乎是一个很简单的问题,但实际上处理起来颇感棘手。譬如,巴蜀的地理区域从古到今都在不断地变化,如何确定区划标准? 许多文人虽籍贯为巴蜀,但大部分活动时间都在蜀外,这部分文人我们是否需要纳入本文讨论范围? 宋代入蜀文人很多,在蜀中的创作活动也产生了较大的影响,这部分人的杜诗学文献,是否需要纳入本文讨论?

公元前316年,秦灭巴蜀,置巴郡和蜀郡。汉置益州,下辖汉中郡、广汉郡、蜀郡、犍为郡、越巂郡、益州郡、牂牁郡、巴郡。宋真宗咸平四年(1001),

将川陕路改为益州路(成都府路)、梓州路(潼川府路)、利州路、夔州路,总称川陕四路,"四川"之名渊源于此。虽然现在的巴地(重庆)已划出四川,但考虑到巴蜀文化的共性及历史事实,无论在宋人还是今人的观念中,巴和蜀实际上是一个不可分割的整体。故本书讨论巴蜀杜诗学文献,将巴地纳入讨论范围。我们认为本着尊重历史的原则,只有这样才是最合理也是最方便的。讨论宋代巴蜀杜诗学文献,宜以宋代巴蜀行政区划为据。另外,因习惯的原因,有时我们在称"蜀"时,实际上我们所指的往往是整个巴蜀地区,而非仅指蜀地。

巴蜀杜诗学文献,包括宋代巴蜀人编纂的杜诗学文献和宋代巴蜀地区出现的杜诗学文献两大类。所谓宋代巴蜀人编纂的杜诗学文献,指的是籍贯为巴蜀,无论是否居住在巴蜀,他们的杜诗学撰述,都纳入其中,比如苏舜钦、师古等的相关著作。所谓宋代巴蜀地区出现的杜诗学文献,指的是入蜀的非巴蜀籍贯人士的杜诗学文献,如吕大防、蔡兴宗等的相关著作。

杜诗石刻,始见于唐代。目前,世间还流传很多杜诗石刻文献,主要集中在蜀地,包括传说中的杜甫手迹。蔡梦弼声称其编撰《草堂诗笺》,除参考唐宋诸本、各家义说训解之书外,"复参以蜀石碑,诸儒之定本"①,足见杜诗石刻之文献价值。宋代巴蜀地区有关杜甫的单篇论文,更多的还散见于其他各类文献中,内容涉及杜甫研究、杜诗批评、杜诗与绘画书法艺术等,自是杜诗学研究的重要资料。比如胡宗愈《成都新刻草堂先生诗碑序》、赵次公《杜工部草堂记》、喻汝砺《杜工部草堂记》,是重要的宋代巴蜀杜诗学文献。故石刻和单论两项亦属宋代巴蜀杜诗学文献研究的题中应有之义,本人做了基本的田野考查和文献搜集工作,但限于时间和精力,只能暂告阙如。

---

① 蔡梦弼《草堂诗笺》识语,《古逸丛书》本《草堂诗笺》卷首《杜工部草堂诗年谱下》末。

第一章　宋型文化、巴蜀文化与杜诗学

宋是中国古代专制王朝走向内敛的时代。在中国疆域内，与宋并存的政权先后有辽、西夏、金、大理和吐蕃等。宋是中国历史上第二次南北对峙的时代，也是一个各民族相互影响融合的时代。辽政权建立早于宋，其统治地域亦远大于北宋，金灭辽和北宋之后，其统一的疆域亦远较南宋辽阔。与辽、西夏、金和后起蒙元对峙的现实，意味着作为十世纪后期到十三世纪后期约三百年华夏文明主要继承者的宋王朝在政治文化建设上必定步履维艰，但事实上宋却缔造了中国古代文化的极盛之世①。大要来说，印刷术、文学和学术思想（史学和哲学）、文官制度是宋代盛世文化的重要促成因素，从文学和学术方面看，杜甫实为宋文化不可或缺的重要思想资源之一。

第一节　宋型文化与宋代杜诗学

960 年，北宋建国，其后太祖、太宗用了近二十年时间实现了华夏文化核心区的统一，结束了晚唐五代十国长期战乱纷争的局面。鉴于唐代用兵边疆、武将掌握兵权终致藩镇割据的历史教训，有宋一代坚持强化中央集权，采取"兴文教，抑武事"，"宰相须用读书人"，"择儒臣有方略者统兵"②等措施，积极发展文化。权力集中有利于国家统一和社会稳定，但同时也带来了极坏的后果和影响。正如朱熹所言："本朝鉴五代藩镇之弊，遂尽夺藩

---

① 参见王国维《宋代之金石学》，《静庵文集续编》，《王国维遗书》（第 5 册），上海古籍书店 1983 年，第 70 页。陈寅恪《邓广铭宋史职官志考证序》，《金明馆丛稿二编》，上海古籍出版社 1980 年，第 245 页。邓广铭《谈谈有关宋史研究的几个问题》，《社会科学战线》1986 年第 2 期。缪钺《宋代文化浅议》，《四川大学学报丛刊》第 53 辑，1991 年。

② 《续资治通鉴长编》卷一八二平兴国二年正月，中华书局 1979 年，第 394 页。《宋史》卷四一七《赵葵传》，中华书局 1977 年，第 12504 页。《宋史》卷三〇六《孙何传》，第 10097 页。

镇之权,兵也收了,财也收了,赏罚刑政一切都收了,州郡遂日就困弱。靖康之祸,虏骑所过,莫不溃散。"①宋代的冗官、冗兵、冗费三大主要问题正是中央集权后所导致的严重后果,国家积贫积弱。在这样的情况下,社会危机日益加重,边防问题遂时时凸显。正是在这种危机四伏和内忧外患的社会背景下,宋代的文化精神主要表现为强烈的忧患意识,这种忧患意识贯穿于整个社会的方方面面,理学、文学、史学各个领域,无处不在,无处不有。在国家面临危难之时,士人表现出高涨的爱国热情和坚定的民族气节,他们都以前所未有的热情关注社会,关注民生,倡导学术经世,文以载道,史以明鉴。

一、宋代士人精神与杜甫

《宋史·文苑传》:"艺祖革命,首用文吏而夺武臣之权,宋之尚文,端本乎此。"②太祖重文臣,尊儒士,这是前所未有的,以至于有人认为正是过于"重文"导致了宋代的"积弱"。《宋史·艺文志》云:

> 宋有天下,先后三百余年。……然其时君汲汲于道艺,辅治之臣莫不以经术为先务,学士搢绅先生,谈道德性命之学,不绝于口,岂不彬彬乎进于周之文哉! 宋之不竞,或以为文胜之弊,遂归咎焉,此以功利为言,未必知道者之论也。③

这种看法是正确的。"宋之不竞"非"文胜",正是因为宋朝的"重文"传统,才使得华夏民族文化,历数千载而造极于赵宋。随着政治地位的极大提高,士人主体精神空前膨胀,表现出强烈的担当意识。张载所云"为天地立心,为生民立道,为去圣继绝学,为万世开太平"④,陈亮所云"推倒一世之智勇,开拓万古之心胸"⑤,是最集中的体现。

先秦士人在追求自己人格理想时所表现出来的气魄和雄心,令后代士人难以企及。汉武帝以降,专制统治逐渐加强,士人失去了先贤那种超迈的精神和气魄。宋代文臣所受礼遇和重用,为历代少有。熙宁年间文彦博对神宗说:"为与士大夫治天下,非与百姓治天下也。"⑥宋代的政治环境激发

---

① 《朱子语类》卷一二八,中华书局1986年,第3070页。
② 《宋史》卷四三九《文苑传》,第12997页。
③ 《宋史》卷二〇二《艺文志》,第5031页。
④ 《张载集》,中华书局1978年,第376页。
⑤ 陈亮《甲辰秋答朱元晦秘书》,《陈亮集》,中华书局1974年,第280页。
⑥ 《续资治通鉴长编》卷二二一熙宁四年三月,第5370页。

了士人前所未有的积极进取精神,他们以天下为己任的主体意识亦得到空前发扬。范仲淹所言"先天下之忧而忧,后天下之乐而乐",正体现了士人主体精神的挺立,这种强烈的使命感和责任感是宋初士人精神的代表。范仲淹戍边因违反"人臣无外交"复信西夏李元昊事而被问责,他在给友人的信中说:"既去职任,而尚怀国家之忧。如卞生献璧,不知其止。足虽可刖,而璧犹自贵。"①一派正气凛然,尤为可敬。他们高扬士人人格理想,自我尊贵、自我充实和自我砥砺。欧阳修《答孙正之第一书》云:"学者不谋道久矣。然道固不荞废,而圣人之书如日月,卓乎其可求。苟不为刑祸禄利动其心者,则勉之皆可至也。"②欧阳氏这里所谈到的"道",是指人的行为准则、人格理想和道义担当而言。在宋人看来,只有人格理想达到一定的境界,自身充溢着高尚的人格力量,才能担负起规范和安排社会秩序的重任。欧阳修直言敢谏,王安石说他"果敢之气,刚正之节,至晚而不衰"③。从中可以看出欧阳修的人格修养以及宋人的人生准则。当一种理想,一种境界,成为一个时代知识分子们共同追求的目标时,就不再是单纯个体的理想或个人的追求,而呈现为一种时代的精神气质,是一个时代士人的集体意识和共同的精神追求。正是这种时代精神使得宋文化不同于历史上任何一种文化。

　　一个时代的文化精神,主要体现在该时代知识分子的价值选择当中。赵宋王朝虽结束了晚唐五代的分裂割据,但国力远不能跟一统天下的大唐帝国相比。北宋时期,北有契丹辽国,西北有党项西夏,其后是强盛的女真金国。"靖康之难",二帝北虏,北宋灭亡。南宋小朝廷与金国对峙的同时,又面临蒙古的威胁,偏安一隅的南宋朝廷始终在战战兢兢中苟且度日。赵宋面临的边患问题可谓是历史上前所未有的严峻。欧阳修说:"四夷不服,中国不尊。"④尊王攘夷,维护大统,成了两宋自始至终的时代主题,宋代文化表现出强烈的忧患意识,这种忧患意识使宋代士人们比以往任何一个时代的知识分子更关注社会,关注现实,关注国家社稷的兴亡安危。同时,宋朝冗官、冗兵、冗费问题相当严重,朝廷上下强烈要求改变这种"积贫积弱"的局面。宋代士人所进行的各种文化活动,始终都是围绕如何振兴国家、实现大一统而展开的,体现出无处不在的强烈忧患意识。欧阳修、张载和朱熹等人,皆历经仕途坎坷沉浮,但他们从未停止过追求真理、追求知识,在追求过程中又表现出强烈的关心国家、关心社会、关心历史和未来的忧患意识。

---

① 范仲淹《答安抚王内翰书》,《范文正公集》卷九,商务印书馆1937年,第129页。
② 欧阳修《答孙正之侔第一书》,《欧阳修全集》卷六八,中华书局2001年,第994—995页。
③ 王安石《祭欧阳文忠公文》,《欧阳修全集》附录卷三,第2686页。
④ 欧阳修《本论上》,《欧阳修全集》卷六○,第860页。

为了应对华夏文化所面临的时代挑战,宋人无论在文学、史学还是在哲学方面都表现出强烈的经世思想,要求学以致用。两宋边患问题最为严重和迫切,面对朝廷苟且偷安、不思进取的懦弱无能,宋代士人的民族忧患意识空前高涨。反抗异族入侵、维护国家统一、坚持民族气节成为宋人共同的行动指引。

国家多难,边患严峻,宋人需要一面精神旗帜,需要可以凝聚整个社会力量以抵御异族入侵的思想榜样,他们把目光投向了杜甫。北宋中期以降,宋人掀起了学杜的高潮,整个宋代,但凡爱国志士没有不论杜谈杜的。杜甫被推尊到无以复加的地位,朱熹评其为古往今来五君子之一。其人被称为"诗圣",其诗被视为"诗史"。宋人论杜诗,常常将其比同经典。张戒在《岁寒堂诗话》云:"杜子美、李太白才气虽不相上下,而子美独得圣人删诗之本旨,与三百五篇无异,此则太白所无也。"①陈善《扪虱新话》中说:"老杜诗当是诗中六经,他人诗乃诸子之流也。"②这样的言论在宋人的诗话、文集中比比皆是。杜甫经元稹、白居易、韩愈的大力揄扬,至北宋又得王安石、苏轼、黄庭坚等人推尊,到了北宋中期,杜诗成为了宋人作诗的典范和标准,杜甫也随之被奉为"诗圣"。可以说,是宋人把杜甫推上诗坛宗祖的宝座。宋人在选择杜甫作为自己师法对象时,也在逐渐搁置贾岛、姚合、白居易、韩愈、李商隐、韦应物等诗人,部分唐代诗人甚至渐渐淡出宋人视野。

杜甫为宋人所尊崇,首先缘于他所独具的人格魅力、忠君爱国的情怀以及民胞物与的精神。这些,恰与宋代士人的追求高度契合。可以说,杜甫精神实际上就是宋代士人们所努力追求和渴望的一种时代精神,一种人生价值。在宋代,尤其是在南宋,杜甫精神成为了号召士人尊王攘夷、维护国家统一的一面旗帜。

二、宋代杜诗学

宋代特殊的社会文化背景,造就了杜诗学的空前繁荣和发展。他们首先从理论高度对杜甫及其创作进行深入分析,进而高度肯定。形成一定舆论氛围之后,大规模的杜诗文献整理工作应时而起。杜诗学史上的几大理论范畴,杜诗学文献史上的杜诗定本和典范注本都在宋代形成。宋代杜诗学研究在整个杜诗学史上占据极其特殊的地位。

---

① 张戒《岁寒堂诗话》卷下,中华书局1985年,第18页。
② 蔡梦弼《杜工部草堂诗话》卷一引,丁福保辑《历代诗话续编》,中华书局1983年,第204页。

宋代杜诗学的理论范畴主要有"忠君"说、"诗圣"说、"集大成"说、"诗史"说。这四个范畴涵盖的实际是德与艺两方面内容:德,主要指杜甫身上所体现出来的儒家伦理道德和伟大的人格精神,"诗圣"和"忠君"说即是。艺,是指杜诗娴熟浑圆的艺术表现手法和丰富多样的艺术风格,"诗史"说和"集大成"说即是。当然也并非绝对如此,概念之间常有交叉和重叠现象,如"集大成"说与"诗圣"说,既包含有道德层面的内涵,同时亦可指诗歌艺术的成就。

《新唐书·杜甫传》对宋代杜诗学中的"集大成"说、"诗史"说、"忠君"说几大理论范畴都有论及。最值得注意的是,该书首次把杜甫与"忠君"说联系起来。传称杜甫"数尝寇乱,挺节无所污。为歌诗,伤时桡弱,情不忘君,人怜其忠"①,明确地从忠君思想、挺立无污的人格等方面推崇杜甫。其后,苏轼沿这样的思路,不遗余力地推扬杜甫的"忠君"思想,他在《王定国诗集叙一首》提出"一饭未尝忘君"说,肯定和赞赏杜甫的忠孝之志,认为杜诗为诗歌之正。有宋一代,宋人心目中杜诗就是性情之正的表现,主要凸显的是诗歌的道德功能而非艺术。后人论杜,皆不离"忠君说"。明人陆时雍《诗镜总论》说:"宋人抑太白而尊少陵,谓是道学作用。"②宋人以道学论诗,道学与诗学之间有着千丝万缕的关系。在杜诗学史上,对以道学论杜起着关键作用的重要人物是王安石。王安石以朝廷宰相之身份高举扬杜抑李之大旗,一呼之下,万人同应,最终把杜甫推上诗歌的圣坛,获得诗人"宗祖"的地位。其后黄庭坚则从诗歌艺术层面作了进一步的阐释。

王安石《杜甫画像》云:

> 吾观少陵诗,谓与元气侔。力能排天斡九地,壮颜毅色不可求。浩荡八极中,生物岂不稠。丑妍巨细千万殊,竟莫见以何雕锼。惜哉命之穷,颠倒不见收。青衫老更斥,饿走半九州。瘦妻僵前子仆后,攘攘盗贼森戈矛。吟哦当此时,不废朝廷忧。常愿天子圣,大臣各伊周。宁令吾庐独破受冻死,不忍四海赤子寒飕飕。伤屯悼屈止一身,嗟时之人我所羞。所以见公画,再拜涕泗流。惟公之心古亦少,愿起公死从之游。③

---

① 《新唐书》卷二○一,中华书局 1975 年,第 5738 页。
② 丁福保辑《历代诗话续编》,第 1416 页。
③ 李之亮《王荆公诗注补笺》,巴蜀书社 2002 年,第 237 页。

诗歌开篇对杜诗气象雄伟、变化无穷的诗风给予极高评价。但王安石论杜的重点并不在此。他当然推许杜诗的艺术成就，但更多的是论及杜甫奄蹇困顿的生活，认为诗人"命穷""颠倒"，"饿走半九州"，在"瘦妻僵前子仆后，攘攘盗贼森戈矛"时，仍"不废朝廷忧"。显然王安石更看重杜甫的"忠义"思想。乱世之中，诗人心忧的仍是苍生社稷，小我已经隐于国家民族的大我之中。正是这种博大仁爱的儒家胸怀和人格挺立的士人风范，使王安石顶礼膜拜，怀想流涕。王安石曾以杜甫、欧阳修、韩愈、李白为序编《四家诗选》，此编排顺序，时人多有不解，或曰存有深意，或曰本无意，众说纷纭，不知孰是。据释惠洪《舒王编四家诗》载："舒王以李太白、杜少陵、韩退之、欧阳永叔诗，编为《四家诗集》，而以欧公居太白之上，世莫晓其意。舒王尝曰：太白词语迅快，无疏脱处，然其识污下，诗词十句九句言妇人酒耳。……如欧公诗曰'行人仰头飞鸟惊'之句，亦有佳趣，第人不解耳。"①王安石的意思就是李白没有杜甫的"不废朝廷忧"，后沿此论调者多矣。至此，杜甫诗坛独尊地位已不可撼动。

比附圣人经典乃宋人习惯。宋代有"老杜似孟子"的普遍说法，黄彻《碧溪诗话》云："愚谓老杜似孟子，盖原其心也。"②曾噩《新刊校定集注杜诗序》亦说："独少陵巨编，至今数百年，乡校家塾，龆总之童，琅琅成诵，殆与《孝经》《论语》《孟子》并行。"③张戒《岁寒堂诗话》云："近世苏黄亦喜用俗语，然时用之，亦颇安排勉强，不能如子美胸襟流出也。子美之诗，颜鲁公之书，雄姿杰出，千古独步，可仰而不可及耳。"④杜甫其人，比之于孔孟圣人，可仰而不可及；杜甫其诗，光焰万丈，独步千古，比之于经。在宋人将杜甫与孟子并尊、杜诗与《论》《孟》并行之时，实已经视杜甫为诗国圣人、杜诗为诗中经典了。宋人根据自己的理解和理想，一步步地把杜甫推上了诗坛宗祖的位置，杜甫由"诗史"而"圣化"的同时，杜诗也渐被视作"集大成"之作。杜甫忧患，杜甫忠君，杜甫为圣，皆因有宋一代对儒家道德伦理的高扬，对挺立人格的士人风范的坚守，道学思想成为了指导宋人立身行事的共同社会文化心理。

"诗史"说最早见于晚唐孟启《本事诗·高逸》："杜逢禄山之难，流离陇蜀，毕陈于诗，推见至隐，殆无遗事，故当时号为'诗史'。"⑤《新唐书·杜甫

---

① 惠洪《冷斋夜话》卷五，中华书局1988年，第43页。
② 丁福保辑《历代诗话续编》，第347页。
③ 郭知达《新刊校定集注杜诗》卷首，台北故宫博物院藏瞿氏宋本。
④ 张戒《岁寒堂诗话》卷上，中华书局1985年，第1页。
⑤ 孟启《本事诗》，广益书局1933年，第42—43页。

传》曰:"甫又善陈时事,律切精深,至千言不少衰,世号'诗史'。"①《杜甫传》主要出自宋祁的之手,但最后经欧阳修统稿而成,故"诗史"说应是二人均认同的观点。因欧阳修在宋初文坛上的领袖地位,加上《新唐书》又为奉旨官修的史书,此说在当时就获得广泛响应。但统观宋祁"诗史"说,更多指的是杜诗诗歌艺术,与真正意义上的"诗史"似关系并不大。

宋人胡宗愈居官蜀中时作《成都新刻草堂先生诗碑序》曰:"先生以诗鸣于唐,凡出处去就,动息劳佚,悲欢忧乐,忠愤感激,好贤恶恶,一见于诗。读之,可以知其世。学士大夫谓之'诗史'。"②胡宗愈的"诗史"说丰富和补充了宋祁和上述诸家所云的"诗史"内涵,认为杜甫一生的政治行为、生活状态、情感起伏及是非判断等全部写进了他的诗歌,人们读了便可知当时所处之时代环境。后人论杜甫"诗史",大体因袭胡宗愈之说。最典型的莫如南宋陈禹锡的《杜诗补注》,刘克庄《再跋陈禹锡杜诗补注》云:

> 禹锡专以新旧唐史为案,诗史为断,故自题其书曰:史注诗史。此其所以尤异于诸家欤?然新旧史皆舛杂,或采摭小说杂记,不必皆实,前辈辨之甚详。而禹锡于三家书研寻补缀,必欲史与诗无一事不合,至于年月日时,亦下算子,使之归吾说而后已。……虽极研寻补缀之功,要未免于迁就牵合之疑乎?然杜公所以光焰万丈,照耀古今,在于流离颠沛,不忘君父。③

据此而知,宋人是把杜诗当做"唐实录"来看待的,诗中事事必皆与史合。后世部分诗人如陆游、文天祥、汪元量等,也同样分享过"诗史"的殊荣。许德楠说:"'诗史'诗人只产生在'禄山之难'、宋元易主、明清换代、清室消亡……这些历史关头和'衰变'之世。换一个角度看,即产生在中华民族的激烈整合、斗争、融合时期。"④只有在一个特殊的时代和环境中,"诗史"说才会如此引人注目,"诗史"精神才会如此强烈凸显并广受关注,才能引起如此广泛共鸣和巨大影响。建炎二年(1128),陈与义作《正月十二日自房州城遇虏至奔入南山十五日抵回谷张家》诗曰:"但恨平生意,轻了少陵诗。"⑤

---

① 《新唐书》卷二〇一,第5738页。
② 仇兆鳌《杜诗详注》附编,中华书局1979年,第2243页。清人浦起龙进而概括说:"少陵之诗,一人之性情,而三朝之事会寄焉者也。"(浦起龙《读杜心解》目谱,中华书局1961年,第60页。)
③ 《后村先生题跋》卷八,《丛书集成续编》第九八册,台湾新文丰出版公司1988年,第729页。
④ 许德楠《论诗史的定位及其他》,学苑出版社2004年,第61页。
⑤ 陈与义《简斋集》卷四,中华书局1985年,第26页。

李纲《重校正杜子美集序》说："平时读之,未见其工。迨亲更兵火丧乱之后,诵其诗如出乎其时,犁然有当于人心,然后知其语之妙也。"①在兵火连天,异族侵凌,国难当头之时,杜甫那种不顾一己之安危,以天下兴亡为己任的担当精神和社会良知,在宋人那里引起了强有力的回响。

　　"集大成"说,在宋人眼里普遍指的是杜诗千汇万状、汇集前人各家之长又"开新世界"承前启后的伟大艺术成就。元稹在《唐故工部员外郎杜君墓系铭并序》对杜诗就作了极高的评价,他说:

　　　　予读诗至杜子美,而知小大之有所总萃焉。……至于子美,盖所谓上薄风骚,下该沈宋,古傍苏李,气夺曹刘,掩颜谢之孤高,杂徐庾之流丽,尽得古今之体势,而兼人人之所独专矣。……时山东人李白,亦以奇文取称,时人谓之李杜。予观其壮浪纵恣,摆去拘束,模写物象及乐府歌诗,诚亦差肩于子美矣。至若铺陈终始,排比声韵,大或千言,次犹数百,词气豪迈而风调清深,属对律切而脱弃凡近,则李尚不能历其藩翰,况堂奥乎!②

文中称子美"尽得古今之体势,而兼人人之所独专","集大成"说实肇端于此。元稹认为在"壮浪纵恣,摆去拘束,模写物象及乐府歌诗"方面,李杜难分轩轾,但在长篇排律和古体长篇体裁,则"李尚不能历其藩翰,况堂奥乎"。元稹此文在杜诗学史上的影响是巨大的,启宋人"集大成"说,历数千年的"扬杜抑李"论实也发轫于此。元稹的"集大成"说主要是指杜诗的艺术创作手法而言,宋人则从不同的侧面对这一理论进行补充和丰富。陈师道云:"王介甫以工,苏子瞻以新,黄鲁直以奇。而子美之诗,奇常、工易、新陈,莫不好也。"③徐鹿卿曰:"有豪放焉,有奇崛焉,有平易焉,有藻丽焉,而四体之中平易尤难工。就唐人论之,则太白得其豪,牧之得其奇,乐天得其易,晚唐得其丽,兼之者少陵,所谓集人成者也。"④杜诗登峰造极的诗歌艺术为整个宋代诗坛所瞩目,赢得崇高声誉。除了推扬杜甫伟大的人格精神外,对杜诗独步千古、光焰万丈的艺术成就也极度推崇并努力学习。宋初三体虽盛行天下,但是三体诗人祖述师法的对象白居易、李商隐、贾岛、姚合和孟郊,皆是推尊学习杜甫而轩然自成一家,故宋人学杜,实际上是从宋初就开始了。

①　《李纲全集》卷一三八,岳麓书社 2004 年,第 1320 页。
②　《元稹集》,中华书局 1982 年,第 600—601 页。
③　陈师道《后山诗话》,何文焕辑《历代诗话》,中华书局 1981 年,第 306 页。
④　徐鹿卿《跋黄瀛父适意集》,曾枣庄主编《宋代序跋全编》,齐鲁书社 2015 年,第 5298 页。

　　当然,宋人全面掀起学杜的高潮,是到了北宋中期的黄庭坚和江西诗派才开始的。南宋诗人因边患频发和社会动荡,更多地是推尊杜甫的伟大人格魅力和念君忧国情怀,但是杜诗炉火纯青的高超艺术自然也纳入了他们师法的视野。陈与义、李纲、陆游、文天祥等无不踵事增华,在杜甫诗歌精神的启迪下,别开生面,卓然成为一代大家。

　　宋人在理论上对杜甫进行大力推尊的同时,也开始大规模地整理和研究杜诗。宋代是杜诗学史上的第一个高峰期,注家蜂起,各种杜集层出不穷。黄希、黄鹤父子的《补注杜诗》后人缀"千家"之名,实收当时注杜诸家一百五十一人,与"千家"相去甚远,但可以推想,尚有很多注释成果未曾收录其中。即便是这现存的一百多家注释,也足以说明宋代注杜的鼎盛状况。董居谊为黄氏父子书作序称近世为杜诗作注刊刻者"毋虑二百家",这是文献记载宋人注杜数目最多的一次,与黄氏父子书所载数目相差不大,应该比较接近宋人注杜的真实情况。因此,注杜者即便并非千家,但杜甫仍旧列于整个宋代作注对象之最,再无第二人。

　　从杜集文献的收集和整理来看,有全集、选本、分类本;从杜诗的批评注释来看,有单注本、集注本、笺注本、评点本以及单篇散论等。宋人热衷于为往圣先贤编年撰谱,宋代仅为杜甫一人所编撰的年谱就有十一种之多①,超过了孔子和孟子的年谱数目,宋人崇杜,可见一斑。宋代亦是杜诗学史上大规模石刻杜诗的时期,目前见于文献记载的就有多处。据统计,目前能确切知道宋代杜集题名文献约有 124 种,不仅数量可观,而且质量亦堪称上乘。元明清至今的历代注家无不沿着宋人开创的道路继续前行,终使"千家注杜"实至名归,造就了中国古代诗歌史上一个无与伦比的神话,成为古典诗歌批评史上一道壮丽的奇观。

　　从宋初开始,宋人对杜诗进行收集、整理和编纂,包括手写杜诗、收集杜甫佚诗、编纂和校勘杜集等。收集整理杜诗主要集中在北宋时期。宋代最早手写杜诗者当为蜀人王著。王著是北宋著名的书法家,他曾经手写杜诗三十六首,今存残卷。裴景福《壮陶阁书画录》有录文。此后,宋祁亦手抄杜诗一卷。周紫芝《竹坡诗话》载:"晁以道家有宋子京手书《杜少陵诗》一卷。如'握节汉臣归',乃是'秃节';'新炊间黄粱',乃是'闻黄粱'。"②但亦有人怀疑其真实性。薛雪《一瓢诗话》称宋祁手书杜诗乃系好事者伪撰,认为世

---

①　吴洪泽《宋人年谱集目》,巴蜀书社 1995 年,第 40 页。

②　何文焕辑《历代诗话》,第 349 页。

上并无宋祁手书《杜少陵诗》一卷①。此外，南宋人张即之也曾手书杜甫《紫宸殿退朝口号》和《赠献纳使起居田舍人澄》二首律诗，此卷乃纸本，至今尚存，藏于上海博物馆，卷后有翁方纲、吴荣光等跋，杨能格、王堃、赵之谦等题记，可谓书法艺术之稀世珍品。苏轼、黄庭坚也有手写杜诗真迹存世，为后世津津乐道。

宋人编纂杜集始于孙仅和郑文宝，具体时间以及孰先孰后，现在较难确考。据二人生平事迹推断，他们编纂杜诗时间相距应该不会太远。孙仅编杜诗，王洙《杜工部集记》曾有提及，称其所编杜诗一卷。这里所说的一卷，可以有两种解释，一是此本为选本，非完本；二是此本在流传时已有散佚，王洙所见可能是残本。王洙《杜工部集记》云郑文宝所编杜诗为《少陵集》二十卷，张逸为之作序。王洙《记》还提到《别题杜甫小集》二卷。

宋人整理杜诗始于蜀人苏舜钦编选《老杜别集》。《老杜别集》今已不存，苏舜钦在《题杜子美别集后》中对自己当年如何收集、整理和编选杜诗的状况曾有大致介绍和叙述。他从韩综和王纬处各得一本杜集，参合旧集，录成一册，题曰《老杜别集》。据苏舜钦《题杜子美别集后》可知，此本还不是定本。此本虽收录杜诗不足四百首，但却是经过苏舜钦亲自参校各本杜集重新编纂的一个杜诗新本，是宋代第一次真正意义上杜集的整理编纂。可惜此本流传不广，王洙《杜工部集记》亦未曾提及。杜集定本，是在王洙和王琪手中完成的。王洙于宝元二年（1039）编纂《杜工部集》二十卷，收录杜诗一千四百零五首，分古诗、近体，又作了大致编年，是当时最完备的杜集本子。后经蜀人王琪校勘刻印，公之于世。此本一出，遂成定本，其后杜集文献皆是在此本基础上加工而成，或补遗，或重编，大体不能出其范围。王洙编纂《杜工部集》后，又有王安石和刘敞编选杜诗，二本皆不见公私目录，俱已亡佚。

据黄氏父子《补注杜诗》所收注家数目可知，宋代注释杜诗者有一百五十一人。据周采泉《杜集书录》，宋人注释杜诗有三十九种，其中包括十一种伪注。宋人注杜诗，大体分为三种：编年本、分体本、分类本。当然，这种分类也不是绝对的，宋人注杜在分体时，又往往寓编年于其中。

杜诗编年，主要是源于对杜诗"诗史"性质的认识。王洙《杜工部集》在分体同时，也做了一些编年工作。但真正意义上为杜诗编年始于黄伯思的《新定杜工部集》，其后有赵次公的《新定杜工部古诗近体诗先后并解》。赵次公《先后并解》目前所见有两种写本残卷，分别收藏在国家图书馆和成都

---

① 王夫之等撰《清诗话》，中华书局1963年，第681页。

杜甫草堂博物馆。林继中以郭知达《校定集注杜诗》为主要参照,钩沉索隐,细致编排,撰成《杜诗赵次公先后解辑校》,努力恢复赵注原貌。宋代以编年形式注释杜诗的还有署名王十朋的《王状元集百家注编年杜陵诗史》三十二卷,此书系宋代坊间刻本,可能因袭赵注编次,流传广泛,影响很大。

蜀人郭知达《校定集注杜诗》三十六卷,是留存到现在并基本完好的宋本集注杜诗,此本以删"伪苏注"最为有功。宋人曾噩曾于广东漕司重刻此本,故有蜀本和漕本之分。此本收录各家杜注较为精审和完备,今人辑录散佚宋代诸家注杜成果,若据此本为底本,定会有意想不到的收获。

黄氏父子《补注杜诗》在编年上尤为用功,是当时对杜诗考订系年最为用力者,对后世编年体杜诗注本影响很大。四库馆臣云:"大旨在于案年编诗,故冠以《年谱辨疑》,用为纲领。而诗中各以所作岁月,注于逐篇之下,使读者得考见其先后出处之大致。其例盖始于黄伯思,后鲁訔等踵加考订,至鹤父子而益推明之,钩稽辨证,亦颇具苦心。"①但《补注杜诗》本身并非编年体,而是远承二王本的分体本。

杜诗分类最早为唐大历间樊晃《杜工部小集》,宋人分类本则始于陈浩然《析类杜诗》。宋人注杜喜用分类,今传有《分门集注杜工部诗》《门类增广十注杜工部诗》《门类增广集注杜工部诗》《集千家注分类杜工部诗》等。分类本杜注不依体裁,不按时间,根据诗歌内容或用途、性质、题材等分门别类,同一首往往分属不同门类。《分门集注杜工部诗》杜诗分类竟达七十二门,可以想见其析类之琐细。分类本杜注在杜诗学史上影响很大,直到清代此风才偃息不振。

第二节　巴蜀文化与宋代巴蜀杜诗学

考察宋代杜诗学发展进程,会发现其中一个有意义的现象,这就是,宋代巴蜀地区的杜诗学格外兴盛。杨经华对宋代整理杜诗、注释杜诗学者的地域分布情况做过简单排查,统计发现有三十四家,而与蜀地有关的学者有九家,分别为:王著、宋祁、苏舜钦、蔡兴宗、赵次公、师尹、杜田、郭知达、侯仲震②。这个数字还可以作补充,如校刻《杜工部集》的蜀人王琪就被

---

① 《四库全书总目》卷一四九,中华书局 1965 年,第 1281 页。
② 杨经华《宋代杜诗阐释学研究》,中国社会科学出版社 2011 年。侯氏注,魏了翁赞其"庶几无遗憾",周采泉有论(《杜集书录》,第 56 页),由于资料有限,本书未予论列。

漏掉了。杜集的祖本（二王本），即指王洙、王琪编订的《杜工部集》二十卷。张忠纲、赵睿才等《杜集叙录》著录《杜工部集》时，不再著录王洙本《杜工部集》，而径著为二王本。《杜集叙录》如此著录，大概是考虑到王洙的《杜工部集》实际上只是一个家藏本，而并没有付梓刊印的缘故。其次还有蜀人何南仲的《分类杜诗》，此书别具只眼，周采泉称"杜诗如此种分类，向所未有"①。由此看出，即便不将宦蜀士人考虑在内，巴蜀治杜学者亦占到当时的三分之一，可见巴蜀地区学杜、治杜风气之盛，不仅为全国其他地区所无法比拟，而且其对杜诗的搜集、整理和研究成果也是遥遥领先，即便是当时的京城开封和杭州亦无从抗衡。宋代巴蜀文人在杜诗的搜集、整理、编次以及杜集最终形成定本等方面，作出了不可磨灭的贡献。其中缘由，值得探讨。

一、宋代巴蜀文化

964 年 11 月，宋攻后蜀。次年春，孟昶降。巴蜀由于得天独厚的条件和丰富的自然资源，历来多为有政治野心之人割据，加上宋初蜀中多次叛乱，故太宗诏令不得用蜀人官蜀，特殊情况须蜀人出任本地官员，则规定"蜀人官蜀，不得通判州事"②。袁燮论蜀奏曰："有才而无识者，不足以为蜀帅。有勇而无谋者，亦不足以为蜀帅。"③可见宋廷对治蜀的重视和审慎。宋初蜀中动荡不安的局势在张咏两次入蜀后，终得稳定。自此，终北宋朝，蜀中再未发生大的动乱。巴蜀的发展在承续后蜀的基础上，继续向前，在政治、经济和文化上都有了新气象和新面貌。

宋初，朝廷为了恢复和发展蜀中经济，制定了一系列措施和政策，这些政策大大刺激了巴蜀农业的生产和发展。当时闻名世界的都江堰水利工程也建立了岁修制度，同时蜀中其他地区也新修了许多水利工程。农业生产工具和耕作技术也有了很大的改进和提高。由于上述种种原因，再加上优越的自然条件，巴蜀地区遂成为宋代重要的农作物产区。据《宋史·地埋志》，巴蜀人口在宋代已过千万，这是在清代以前巴蜀历史上人口最多的一次。人口的持续增长，反映了巴蜀经济的高度发展和繁荣。

巴蜀地区在手工业方面也有长足的发展。丝织业方面，蜀锦技术在当时有极高的水平，工匠们根据唐诗的诗意设计的蜀锦图案流行全国。蜀中

---

① 周采泉《杜集书录》，上海古籍出版社 1986 年，第 696 页。
② 《宋史》卷二九八《陈希亮传》，第 9918 页。
③ 杨士奇等《历代名臣奏议》卷九七《袁燮论蜀奏》，吴湘达主编《中国史学丛书》，台湾学生书局 1964 年，第 1351 页。

的盐业、钻井、制糖和造纸等技术继续向前发展。宋代蜀地的造纸业非常发达,正是因为造纸业的高度发达,巴蜀在唐宋时就已成为全世界印刷术的发源地和中心之一。宋代巴蜀的印刷,在当时被誉为天下第一。开宝四年(971),蜀中雕版印刷《大藏经》,历时十三年完成,这是古代文化史上的一大盛事。交子作为最早的纸币是在宋代巴蜀出现的,世界上第一个国有的纸币组织机构亦在蜀中成立。袁庭栋在《巴蜀文化志》中说:"巴蜀地区在唐宋时期造纸与印刷术上的多项全国第一(当然也就是世界第一),即:第一处造纸中心、第一批有图彩笺、第一批货币专用纸、第一件可确知地点的印刷品、第一部文人别集、第一部文学总集、第一部类书、第一项世界印刷史的巨大工程《开宝藏》(《大藏经》)、第一批纸币。"①

　　经济的富庶必定会带来文化的繁荣,蜀中经济在跃居全国前列后,随之而来的就是文化教育的大发展。两宋时,蜀中进士达四千余人,状元八人,宰相就有二十七人,有文章传世者更有千人之多。张俞《成都府学讲堂颂并序》载韩综成都讲学之初,有地方官员、学官、生徒等三百人。正式开讲时,闻风而来听讲学之府县士民和四方之客有逾万人②。蜀中学风之盛,尤可想见。汉代就有"文翁化蜀,学比齐鲁"之美谈,唐代二帝的幸蜀,带来了大批的官员文人入蜀,加上五代时期前、后蜀的承平和重文,及宋代历任治蜀者大力提倡文教,使得两宋时期巴蜀地区在哲学、史学、文学等方面,始终走在时代的最前面。

　　文翁化蜀后,巴蜀办学之风历代不衰。宋以前,巴蜀地区的州县儒学就已很普遍,如成都府儒学、成都县儒学、华阳县儒学、双流县儒学、新都县儒学、郫县儒学、灌县儒学、广元县儒学、彰明县儒学、荥经县儒学、嘉定府儒学、夹江县儒学、荣县儒学、威远县儒学、盐亭县儒学、遂宁县儒学、青神县儒学、邛州儒学、泸州儒学、绵州儒学③。宋初,承此遗绪,又新办了许多儒学,如新繁儒学、内江儒学、岳池儒学等。宋仁宗诏令全国办学,巴蜀办学之风更甚,官学遍布各州诸县。民族地区亦设官学,如威州(理县)和茂州(汶川)。书院作为我国古代学校的组成部分,在教育方面起着非常重要的作用。据胡昭曦先生《宋代书院与宋代蜀学》,两宋巴蜀书院有 27 所④。宋代巴蜀著名的书院主要有遂宁张九宗书院、浦江鹤山书院和涪陵北岩书院等,其中以浦江鹤山书院最为著名。

---

①　袁庭栋《巴蜀文化志》(科技),巴蜀书社 2009 年,第 94 页。
②　张俞《成都府学讲堂颂并序》,《全宋文》卷五五三,上海辞书出版社 2006 年,第 163—164 页。
③　何介福《巴蜀史》,西南交通大学出版社 2009 年,第 282 页。
④　胡昭曦《宋代书院与宋代蜀学》,《宋代蜀学论集》,四川人民出版社 2004 年,第 160—161 页。

蜀中学术,有广狭之分。广义来讲,包括蜀中一切学术,如苏轼父子的"蜀学"流派、涪陵谯定的"涪陵学派"、张栻"南轩学派"中的二江九先生,以及以魏了翁为代表的"鹤山学派"等①。狭义的"蜀学"则专指以苏轼父子为首的学派。据《宋史·谯定传》,二程子随父游于蜀中,遇有蔑叟、箍桶者论《易》,程颐叹曰:"《易》学在蜀耳。"②《易》学在蜀,几为宋人的共识。据胡昭曦《析"易学在蜀"》,宋代巴蜀地区治《易》者有69位,著作92种③。从易学在蜀中的发达可以管窥宋代蜀中学术风气之浓盛。朱熹《周易本义》云:"伏羲四图,其说皆出于邵氏。盖邵氏得之李之才挺之,挺之得之穆修伯长,伯长得之华山希夷先生陈抟图南者,所谓先天之学也。"④从中可以看出宋代理学的渊源。蜀中学术对宋代理学,实有首开之功。

中国古代史上,宋代文化灿烂辉煌,达到极盛和顶峰状态,可谓空前绝后。程民生把宋代文化划分为北方、东南、四川、中南四个区域,认为四川地区属于发达文化⑤。张栻,汉州绵竹人,抗金名将张浚子,后徙居湖南衡阳,与朱熹、吕祖谦并称"东南三贤",为一代宗师。张栻是湖湘学派的重要代表人物。淳熙、嘉定后,蜀士宵续灯、雨聚笠等从事于南轩之书,南轩之学,遂大行于蜀。蜀中士人最先游学于南轩门下的是宇文绍节和陈概,大倡南轩之学的是范仲黼。范仲黼与范少才、范少约、范荪并称"蜀中四范",讲学于"二江"之上,有"二江九先生"之称。南宋理学被立为官学,得力于蜀人魏了翁的大力奔走。他是朱熹之后又一理学大家,时有"南方共宗鹤山老"⑥的说法。魏了翁"主张义理从考据出,把义理与训诂考据的方法结合起来,实开明末清初'舍经学无理学'思想的先河",而其理学思想"是在朱熹、陆九渊之后不久便会合朱陆,超越朱学,而又倾向于心学,预示着理学的发展趋势"⑦。魏了翁在浦江创鹤山书院授徒讲学,遂使鹤山理学大昌于蜀。

蜀人好文,古有传统。两汉、李唐、赵宋,各代蜀士一出,必仪表一世,领袖百家。汉有司马相如、扬雄和王褒,唐则有李白和杜甫。杜甫虽非蜀人,

---

① "南轩学派"和"鹤山学派"见于胡昭曦《诗书持家,理学名门——宋代浦江魏氏家族研究》,《宋代蜀学论集》,第153—154页。胡昭曦、张茂泽《宋代蜀学刍论》(《四川大学学报》1993年第4期)认为,"蜀学"泛指蜀中所有学术,包括苏轼之学。

② 《宋史》卷四五九《谯定传》,第13461页。

③ 胡昭曦《析"易学在蜀"》,《宋代蜀学论集》,第10页。

④ 胡广《周易传义大全》(《周易朱子图说》),《景印文渊阁四库全书》第28册,台湾商务印书馆1986年,第30页。

⑤ 程民生《略论宋代地域文化》,《历史研究》1995年1月。

⑥ 家铉翁《伯成尝受学于河朔前辈鹤鸣翁其学亦宗濂洛赠以诗勉其自拔于流俗》,《则堂集》卷五,《景印文渊阁四库全书》第1189册,第351页。

⑦ 胡昭曦《诗书持家,理学名门——宋代浦江魏氏家族研究》,《宋代蜀学论集》,第149页。

但前后寓居蜀中达八年之久,寓蜀期间,其诗歌创作达到了艺术上的巅峰。不能不说,蜀山蜀水、蜀风蜀韵对玉成伟大的杜甫起到重要的作用。

据许肇鼎《宋代蜀人著作存佚录》著录,宋代蜀中作家有一千零二十余人,各类著作二千五百三十多部。而这个数目仅仅是对著有专书者的统计,如果计入单篇传世者,则会远远超出这个数字。两宋巴蜀文章,以蜀中眉山苏氏为代表,而苏轼又将蜀人好文传统发挥到极致。苏轼"蜀学"①在当时和"新学"相抗,而为"洛学"所忌,主要原因除了政治和学术观点的不同外,其文采风流也是其中之一。朱熹《答程允夫》曰:"苏氏文辞伟丽,近世无匹。……虽未尝不喜,然既喜,未尝不厌,往往不能终帙而罢。"②可以看出最富诗人气质的理学家朱熹对苏轼"既喜且厌"的矛盾态度。苏轼"蜀学"关注现实政治,较少论及心性义理性命等形上问题。苏轼"蜀学"没有强烈的道统意识,以儒为主,对释、道二家采取开放包容和肯定的态度。张立文《中国学术通史》云:"'蜀学'的性道之辨和'洛学'、'闽学'的性命之理,都是对人的生存境域及其理想追求的逻辑建构,也不存在谁是谁非、谁善谁恶的价值观问题。但受'道统'观念影响,传统学术有意贬低《东坡易传》,竭力抬高《伊川易传》。这种褒贬态度本身,只能说是学者的情绪流露,不能说是学术的真诚表达。"③嘉祐二年(1057),苏轼、苏辙两兄弟双双进士及第,苏氏父子遂名动京师,欧阳修《苏洵墓志铭》称"苏氏文章遂擅天下"④。尤其是苏轼文章,以其格力天纵、气势豪放、通脱旷达的文风风靡一时,以至于当时有"苏文熟,吃羊肉;苏文生,吃菜羹"的说法⑤。蜀中之士,好苏文尤甚。黄庭坚后来也曾入蜀六年,其所开创的"江西诗派"对当时的蜀中士人影响很大。南宋时期,爱国诗人陆游的宦蜀生涯助他成为南宋"中兴四大家"之一,成为我国诗歌史上最得杜甫精神的伟大现实主义诗人。

二、巴蜀杜诗学

宋代,不遗余力揄扬和推尊杜甫和杜诗,使其最终登上诗歌圣坛宗祖地位,蜀中士人起着重要的作用。宋初蜀人苏舜钦,被称为尊杜"当今一人"。宋初文坛是"三体"的天下,杜诗"不为近世所尚,坠逸过半"⑥。舜钦本人对

---

① 当前学术界有部分学者并不赞同苏轼"蜀学"为理学流派之一,而将其列入边缘理学流派。
② 《晦庵集》卷四一,《景印文渊阁四库全书》第 1144 册,第 201 页。
③ 张立文《中国学术通史》(宋元明卷),人民出版社 2004 年,第 324 页。
④ 《欧阳修全集》卷三五,第 512 页。
⑤ 陆游《老学庵笔记》卷八,中华书局 1979 年,第 100 页。
⑥ 苏舜钦《题杜子美别集后》,《苏舜钦集》,上海古籍出版社 1981 年,第 171—172 页。

杜甫的推崇,从其字为"子美"即可看出。舜钦创作主张文归于道,其后期诗歌创作深得杜诗神韵,往往用悲壮沉郁之格调,抒其愤世嫉俗之情,具有很强的现实意义。苏舜钦在宋代杜诗学史上开学杜、尊杜风气之先。

在苏舜钦等人的倡导之下,加上时代环境的变化和士人精神的相互砥砺,杜甫精神渐渐成为宋代爱国士人精神向往的理想高标。在这个过程当中,入蜀为官的宋祁在与欧阳修编修《新唐书·杜甫传》中,以"忠君"论杜甫,极力推奖杜诗。王安石编选杜、欧、韩、李四家诗,将杜甫置之首位,杜甫的道德价值、诗歌艺术价值得到高度肯定和推崇。在"圣化"杜甫和"典范化"杜诗的过程中,苏轼、苏辙二兄弟及被贬斥到蜀中长达六年的"苏门四学士"之一的黄庭坚等,更是起得到重要作用。苏轼对杜甫本人和杜甫诗歌的批评遍及于他的各种作品中,多达五十余条。苏轼继宋祁之后,从传统的儒家诗教观,提出了在杜诗学史上影响极大的"一饭未尝忘君"的忠君说,高度肯定了杜甫的人格伦理价值和儒家的道德情感,此说遂成为宋人论杜尊杜的核心。苏辙论杜言论虽不及其兄,但他的《诗病五事》继元稹和王安石的"扬杜抑李"论之后,在推尊杜甫历史过程中,产生了巨大的影响。苏辙不仅从诗歌艺术方面对李白进行贬损,甚至连李白的人品也一并否定了。在"圣化"杜甫、"典范化"杜诗的过程中,较之苏轼,则是有过之而无不及。笼罩整个宋代诗坛的"江西诗派"的领袖人物为"苏门四学士"之一的黄庭坚,其诗歌创作的宗旨就是以学习杜诗为最高目标和理想。"江西诗派"学诗以"杜甫为宗",其诗派另一领军人物陈师道就大力提倡学杜,他明确说"学诗当以子美为师"①。

经过二苏及苏轼门人黄庭坚、陈师道等的推尊,谈诗论杜渐成两宋诗坛的风尚和潮流。南宋以后,吕本中《江西诗社宗派图》出,江西诗派即名重天下,宋代整个诗坛几为江西诗派所笼罩,以至出现天下皆以杜甫为师的盛况。南宋集理学大成的朱熹把杜甫推尊为古往今来的"五君子"之一,他在《王梅溪文集序》中说:"予尝窃推《易》说以观天下之人!……于是又尝求之古人,以验其说,则于汉得丞相诸葛忠武侯,于唐得工部杜先生、尚书颜文忠公、侍郎韩文公,于本朝得故参知政事范文正公。此五君子,其所遭不同,所立亦异,然求其心则皆所谓光明正大,疏畅洞达,磊磊落落而不可揜者也。其见于功业文章,下至字画之微,盖可以望之而得其为人。"②在他们的推动下,杜甫最终成为诗中"圣贤",杜诗也成为诗坛"六经"。

---

① 《后山诗话》,《历代诗话》,第304页。
② 《晦庵集》卷七五,《景印文渊阁四库全书》第1145册,第562页。

　　王洙在编纂《杜工部集》时收集了九家注杜本子,其中有三个本子与蜀中有关,即《蜀本杜诗》、孙光宪序《杜甫集》二十卷、郑文宝序《少陵集》二十卷。王洙《杜工部集》本为家藏本,没有刻印流布。蜀人王琪任苏州郡守时取王洙家藏本,聚集古今杜集诸本,会同二三友人,对王洙《杜工部集》进行重新整理、校勘、编订后刊刻印刷,使之流布于世。此本一出,遂成为后世杜集之祖本。

　　北宋手书杜诗第一人为蜀人王著。王著随孟昶入宋,太宗时官卫寺丞,后累官至殿中侍御史。其手写杜甫律诗一卷三十六首。王著之手书杜诗意义重大,这是传世之最早杜集选本,也是宋代最早之杜诗写本。苏舜钦在"三体"盛行的宋初文坛上,不尚世风,不随潮流,四处搜集、整理和编次杜诗,并且大力学杜、尊杜,这在宋代杜诗学史上,无疑有开风气之先的作用。在杜集的整理和完善方面,后来者还有何南仲、员安宇等,皆不遗余力,在杜诗学史上,均作出了较大的贡献。可以说,蜀人对杜诗文献的整理、辑佚和编纂之功,在杜诗学史上起着相当关键和重要的作用。

　　宋代杜诗注本影响比较大的主要有蔡兴宗注、赵次公注、郭知达集注、蔡梦弼注、黄鹤注等,其中尤以蜀中赵、郭两个注本最为精良,从后世诸家书目的评论即可见一斑。赵次公注本在宋代杜诗注本中堪称上乘,其对诸家杜注观点的选取批驳,以及个人观点的阐释立论,无不精彩确当。赵注本未能完整流传下来,但郭知达《校定集注杜诗》中对其杜注成果采取颇多,全书引用赵注多达四千余条。今人林继中利用郭注,广为钩稽,使赵注得以基本恢复原貌。郭知达的《校定集注杜诗》是目前杜诗学文献史上留存较早的一部基本完整的宋刻杜诗注本,备受研究者的青睐。此书淳熙八年(1181)初刻于蜀中,宝庆元年(1225)曾噩重刻于广东漕司。郭注本在保存杜注文献和删汰"伪苏注"方面功劳很大。此本在集注诸家文献的选取和甄别上,颇为精当,作为善本,其学术价值和文献价值自不待言。蜀人注杜诗的还有杜田、师尹和师古等,皆各具特色。

　　北宋杜诗学主要以杜诗的搜集、整理为主,集中力量注释杜诗的工作还有待于后来者。但事实上,蜀人在整理、校勘和编次杜诗的同时就开展了对杜诗的研究工作。两宋时期,杜集的定本得以在蜀人手中完成;最早最好的杜诗集注本产生于蜀中;最早的《杜工部年谱》亦在蜀中完成。据此,蜀人对杜甫的热爱和崇敬可见一斑。

　　为什么蜀人如此热衷于杜诗研究呢?为什么如此发达的杜诗学研究是在巴蜀而不是其他呢?这当然与蜀人好文的传统有关。有宋一代,蜀中大体稳定,文化发展亦居于领先位置。尤其在辞章方面,唐宋八大散文家(韩愈、柳宗元、欧阳修、曾巩、王安石、苏洵、苏轼、苏辙），蜀中就占了三家。由黄庭坚引领的江西诗派，则据两宋诗坛为其天下，其对整个宋代文坛的影响可谓古今罕俦。蜀人自古皆擅辞章，具有开放、包容的心态和特点。

仇兆鳌引李长祥云："少陵诗，得蜀山水吐气；蜀山水，得少陵诗吐气。"①蜀人以蜀中曾留下过杜甫的足迹和身影为荣，杜甫亦对这块"殊方""异域"饱含真挚的热爱之情，并以其手中之神笔描写和抒发对这块土地和土地上的人民深深的喜爱和眷恋，正因为如此，蜀人对杜甫有一种强烈的认同感，并不因为他是一个外乡人而有丝毫的疏离。对蜀人来说，蜀中有杜甫，就如同蜀中有司马相如、李白和苏轼一样，他们为之感到骄傲和振奋。杜学研究队伍、杜学研究成果，以蜀人为盛，也就势所必然，理所应当了。

蜀中杜诗学的兴盛，与蜀中造纸技术和雕版印刷的繁荣也有重要的关系。我国的第一个造纸业的中心就是巴蜀。正是造纸业的繁荣和发展，巴蜀的雕版印刷在唐宋就成为全世界的发源地和中心之一，唐代后期始，"四川似乎是当时刻书的中心"②。北宋时期，成都为当时四大刻书中心之一③。正是因为蜀中造纸术和雕版印刷术的繁荣兴盛，才有蜀中在五代时就有各种二十卷蜀本《杜集》的普遍流传，也才会有各种不同新旧蜀本的《杜集》《杜注》本子的出现，而致混淆不清。

以上种种因素，决定了宋代蜀中杜诗学的无可替代和难以超越。"千家注杜"的隆盛，蜀人在其中起到重要作用。现在，全国有多处杜甫草堂，唯蜀中的成都杜甫草堂保存最为完好；全国第一家杜甫学会是在蜀中成都成立的；全国唯一一家杜甫研究专刊——《杜甫研究学刊》也在蜀中编辑出版。是否可以这样说，杜诗的整理和研究，杜诗学的形成和发展，如果没有蜀人参与，将是不完整的。

---

① 《杜诗详注》卷九，第 727 页。
② 刘国钧《中国书史简编》，高等教育出版社 1958 年，第 58 页。
③ 北宋四大刻书中心为：汴梁、成都、杭州、建阳。

第二章　宋代巴蜀杜集编纂

杜集编纂,除"行于江汉之南"可能为杜甫自编的"文集六十卷"[1],今知大约由中唐樊晃编《杜工部小集》发端,历晚唐五代,至北宋蜀人王琪校订刊刻王洙编《杜工部集》,杜集大体定型。王洙、王琪先后编校的《杜工部集》是后来杜集各本的祖本,习称二王本。毫无疑问,对杜诗的收集和整理,王洙是第一功臣。蜀人王琪对王洙《杜工部集》进行校勘、整理、编订工作并刻印,其功业与王洙交相辉映,亦泽被百代。蜀人王琪主持完成杜集经典文本的校订刻印工作,对后世的影响是巨大的。他的工作也为蜀人积极参与杜诗文献学研究,树立了典范。

第一节　二王本之前的巴蜀杜集

王洙《杜工部集记》云:"蒐裒中外书,凡九十九卷(古本二卷,蜀本二十卷,《集略》十五卷,樊晃序《小集》六卷,孙光宪序二十卷,郑文宝序《少陵集》二十卷,别题《小集》二卷,孙仅一卷,《杂编》三卷),除其重复,定取千四百有五篇。"[2]据此可知,王洙编《杜工部集》所参此前杜诗文献凡九种。王洙所列各本大致当以时间先后为次,前五种为宋前编纂,后四种为宋代编纂。在这九种本子中,蜀本二十卷、孙光宪序二十卷、郑文宝序《少陵集》二十卷,大体可确定出于蜀中。王洙编订《杜工部集》之重视蜀中杜集本,可见出晚唐五代至北宋初蜀中编纂杜集之风气和成就。居首之古本,为唐本,仅

---

① 樊晃《杜工部小集序》,钱谦益《钱注杜诗》附录,上海古籍出版社1979年新1版,第709页。

② 《宋本杜工部集》卷首,《续古逸丛书》第四十七种。序云九十九卷,与夹注九种本子卷数之和有出入,不知是王洙过录各家本子卷数有误,抑或是计算卷数有误,或者是后来刻印错误。夹注"古本二卷",上海图书馆藏二王本《杜工部集》作"古本一卷",与《续古逸丛书》影印本不同,又二本卷末毛扆跋亦引作"古本一卷"。

二卷,应是选集或残帙。蜀本二十卷,位置仅次于古本,其年代应该早于樊晃《杜工部小集》。除可能为杜甫自编的六十卷本之外,现在基本可以肯定宋以前的杜诗全集本有两种:蜀本二十卷、孙光宪序二十卷。可惜这些本子,均已亡佚。巴蜀杜集,二王本之前,尚有王洙未提及的王著书杜诗卷和苏舜钦《老杜别集》。

一、蜀本二十卷

严羽《沧浪诗话·考证》云:"旧蜀本杜诗,并无注释,虽编年而不分古近二体,其间略有公自注而已。今豫章库本,以为翻镇江蜀本,虽分杂注,又分古律,其编亦且不同。近宝庆间,南海漕台雕《杜集》,亦以为蜀本,虽删去假坡之注,亦有王原叔以下九家,而赵注比他本最详。皆非旧蜀本也。"①此段话着重谈的是蜀本杜集问题,严羽将蜀本分为新旧两类。新蜀本有:翻镇江蜀本的豫章库本、宝庆间曾噩于南海漕台重新刊刻之郭知达《校定集注杜诗》。两种新蜀本的第一种可能就是二王本,郭绍虞云:"案镇江蜀本既与旧蜀本不同,疑即是王洙所编、而王琪所刻、裴煜所补之本。其与旧蜀本不同之点有二:据陈振孙《直斋书录解题》卷十六谓:'王洙原叔定其千四百五篇,古诗三百九十九,近体千有六。'则是此本虽无注而分体,与沧浪之说正同。又云:'蜀本大略同,而以遗文入正集中,则非其旧也。'则知旧蜀本遗文不入正集,是又与新蜀本不同之一点。"②严羽所云旧蜀本,当即王洙《杜工部集记》所举之"蜀本二十卷",此本编年不分体。旧蜀本为二十卷,与最早的六十卷杜集相去甚远。若王洙《记》所列各本的确严格以年代为次,则旧蜀本二十卷必在大历五年至七年间樊晃序《小集》六卷之前,所收或为杜甫离蜀之前所作诗文。

二、孙光宪序二十卷

孙光宪(901—968),字孟文,自号葆光子,陵州贵平(今四川资阳)人。后唐天成元年(926),为荆南高季兴掌书记,累官荆南节度副使。入宋,授黄州刺史。为政颇有治声。光宪博通经史,尤勤学,聚书数千卷,抄写雠校,老而不废,著述甚丰。能诗工词,为"花间派"重要词家。今传诗词文若干、《北梦琐言》二十卷。《宋史》卷四八三有传。孙光宪序二十卷杜集可能是其在荆南时所整理编订。

---

① 何文焕辑《历代诗话》,第703页。
② 郭绍虞《沧浪诗话校释》,人民文学出版社1961年,第232页。

三、郑文宝序《少陵集》二十卷

郑文宝(953—1013),字仲贤,又字伯玉,汀州宁化(今属福建)人。文宝父仕南唐,其初文宝亦仕南唐,以荫授奉礼郎,迁校书郎。入宋,太平兴国八年(983)进士,除修武主簿,迁大理评事,知梓州(今四川三台)录事参军事,转光禄寺丞,改著作佐郎,通判颍州。拜殿中丞,使川陕均税,平夔州广武卒乱。淳化二年(991),任陕西转运使,平蜀李顺乱。迁太常博士,加工部员外郎。三年,御史中丞李昌龄劾以生事边境,轻变禁法,坐贬湖外,为蓝山令,移枝江令。真宗即位,徙京山。咸平中,召授殿中丞,掌京南榷货。迁刑部员外郎。咸平五年(1002)四月,同勾当陕西随军转运使,转河东转运副使。景德元年(1004),徙陕西转运使、京西转运使①。大中祥符初,任兵部员外郎。文宝为人好谈方略,晓达西北蕃情,以功名自任,然不护细行。善篆书,能诗,著有文集二十卷(佚)、《谈苑》二十卷(佚)、《江表志》三卷、《南唐近事》三卷等。《宋史》卷二七七有传。

欧阳修《六一诗话》曰:"西洛故都,荒台废沼,遗迹依然,见于诗者多矣。惟钱文僖公一联最为警绝,云:'日上故陵烟漠漠,春归空苑水潺潺。'裴晋公绿野堂在午桥南,往时尝属张仆射齐贤家。仆射罢相归洛,日与宾客吟宴于其间,惟郑工部文宝一联最为警绝,云:'水暖凫鹥行哺子,溪深桃李卧开花。'人谓不减王维、杜甫也。钱诗好句尤多,而郑句不惟当时人莫及,虽其集中自及此者亦少。"②《竹庄诗话》卷一六郑文宝《爽约》诗下引《诗事》载:"欧公云:文宝诗如王维、杜甫。"③欧阳修所激赏的"水暖凫鹥行哺子,溪深桃李卧开花",似能窥见杜诗的影响④。

王得臣(彦辅)《增注杜工部诗序》:"按郑文宝《少陵集》,张逸为之序。"⑤张逸(?—1040),字大隐,郑州荥阳人。真宗时,进士及第。天圣二年(1024),出为益州路提点刑狱。景祐四年(1037),知益州,卒于官。《宋史·艺文志八》著录有张逸、杨谔《潼川唱和集》一卷。

《少陵集》二十卷,推测为郑文宝任梓州录事参军事或贬湖南蓝山时所编⑥,其后张逸官益州,遂为此集作序。

① 参见《续资治通鉴长编》卷三二、五一、五六、五八,第712、1109、1124、1225、1301页。
② 何文焕辑《历代诗话》,第270页。
③ 何汶《竹庄诗话》卷一六,中华书局1984年,第319页。
④ 杜甫《堂成》:"暂止飞乌将数子,频来语燕定新巢。"《绝句》:"泥融飞燕子,沙暖睡鸳鸯。"《绝句漫兴》:"沙上凫雏傍母眠。"
⑤ 《四部丛刊初编》影印南海潘氏藏宋刊本《分门集注杜工部诗》卷首。
⑥ 司马光《温公续诗话》曰:"郑刑部文宝谪官衡州,有《经朱阳子美墓诗》。"(《历代诗话》,第281页。)

四、王著书杜诗卷

王著,字知微,成都人。《宋史》卷二九六有传。明经及第,随孟昶入宋,授隆平主簿。善书法。太平兴国六年(981),加著作佐郎、翰林侍书与侍读。雍熙二年(985),迁左拾遗,使高丽。端拱(988—989)初,加殿中侍御史。淳化三年(992),太宗下旨,令翰林院侍书王著从宫廷内府秘阁所藏的名家书法中挑选精品,镌刻于枣木上,编成十卷《淳化阁帖》(又名《淳化秘阁法帖》),这是我国最早的书帖。此书汇集了宋以前100余家400多篇各体名家书法作品。王著善正书草隶,颇有家法,宋初独步一时。黄庭坚《书徐浩题经后》:"前朝翰林侍书王著笔法圆劲,今所藏《乐毅论》、周兴嗣《千字文》,皆著书墨迹。此其长处不减季海,所乏者韵尔。"①宋人陈槱《负暄野录》曰:"今中都习书诰敕者,悉规仿著字,谓之'小王书',亦曰院体,言翰林院所尚也。"②可见当时王著书法之影响。王著模写《乐毅论》和补全智永《千字文》事,更是对书学的重要贡献。此外,王著又书《东岳庙碑》,详定《急就章》等。

王著书杜诗卷,系残卷,抄杜诗五律三十六首,草书,共二百行,每行八九字不等。旧藏丹徒包山甫家,后归霍邱裴景福。裴景福《壮陶阁书画录》卷三有著录。裴景福(1855—1926),安徽霍邱人,字伯谦,号睫庵、睫闇。光绪十二年(1886)进士,授户部主事。后知广东陆丰、番禺、潮阳、南海等县。光绪二十九年被诬,谪戍伊犁。宣统元年(1909)赦归,居无锡,以金石书画自娱。另著有《睫闇诗钞》《河海昆仑录》《壮陶阁法帖》等。裴景福于王著书杜诗卷前跋云:"蜀绢织成,蓝丝阑。绢高工部尺八寸,阑高七寸六分,宽九分许。书杜诗五言律,共二百行,每行八九字不等。团结遒丽,出规入矩,全本唐法,无宋四家一笔。向为丹徒包山甫藏。初赠予四开,后全归予。原卷继改为册,首尾俱缺。杨跋似亦不全。历经名眼,邠庐冯先生亦不能定为何代何人之笔。予遍阅宋以后刻帖,罕相似者。及见内藏米老书蜀素卷,其绢色织法,蓝丝阑,宽狭高下,长短丝缕,悉与此同,始敢定为北宋初书。又于宋初诸家求之,始定为王侍书著书。甚矣,识古之难,而暗中摸索之更难也!蜀主王建好文喜书,每饬匠织生丝为卷,界以异色缕为阑,谓之蜀素。流落人间,北宋书家多用之。米老蜀素卷其一也。唐人书《黄庭内景经》,多用黄丝织绢,以朱丝或乌丝界行,蜀素殆其遗制。王著,《宋书》本传:著,唐

---

① 《豫章黄先生文集》卷二八,《四部丛刊》影印乾道本。
② 陈槱《负暄野录》卷上"小王书"条,中华书局1985年,第8页。

王方庆之孙,伪蜀明经及第。赴阙,授隆平主簿。攻书,笔迹甚媚,颇有家法。蜀素本蜀物,其书之宜也。著书碑刻无征,亦鲜墨迹传世,惟《墨缘汇观》记著草书《千文》一卷,粉花白纸,乌丝界行,称其书'珠圆玉润'。此亦草书也,与珠玉之评恰合,可以印证。《千文》后有周越一跋,在黄素上织蓝丝界行,与此卷同为一时所制可知。著书惟《淳化阁帖》各书家题名是其真笔,此卷字有与题名同者,结体用笔,无一不合,尤为确证。《千文》卷共一百四行,每行亦只十字,行气疏密,略与此同。"①周采泉以为王著所书杜诗卷与蜀本杜诗有关,此卷极有可能是王著手书当时所流传蜀本杜集中的部分内容而成②。

据裴景福著录,此卷所抄三十六首依次为:《公安送李二十九弟晋肃入蜀予下沔鄂》《陪王侍御宴通泉东山野亭》《奉寄李十五秘书·避暑云安县》《陪柏中丞观宴将士·极乐三军士》《有悲往事》《晚行口号》《寄贺二兰铦》《移居夔州郭》《旅夜书怀》《宿青草湖》《巴西驿亭呈窦使君·向晚波微绿》《收京》《有感·将帅蒙恩泽》《有感·胡灭人还乱》《秦州杂诗·满目悲生事》《春望》《云山》《江汉》《江上》《放船·送客苍溪县》《薄暮》《悲秋》《客亭》《去蜀》《遣忧》《散愁·久客宜旋旆》《空囊》《一室》《春日梓州登楼二首》《喜达行在所三首(按其三误抄在下题其一之后)》《蜀山行三首》。

王著书杜诗卷与《宋本杜工部集》(《续古逸丛书》影印本)文字颇有异同,部分很有价值。如:

《公安送李二十九弟晋肃入蜀予下沔鄂》,"予",《宋本杜工部集》卷一七作"余"。

《陪王侍御宴通泉东山野亭》"狂歌遇形胜"(按"遇"当作"过",或裴景福过录致误),《宋本杜工部集》卷一二作"狂歌过于胜","于胜"夹注:"一云过形。"

《奉寄李十五秘书》"画舸且迟回",《宋本杜工部集》卷一五作"画舸莫迟回"。

《有悲往事》,《宋本杜工部集》卷一○题作《至德二载甫自京金光门出间道归凤翔乾元初从左拾遗移华州掾与亲故别因出此门有悲往事》。"西郊胡正烦",宋本作"西郊胡正繁","烦"夹注:"一云繁。""至今犹破胆","犹"作"残"。"近得归京邑","归"作"侍"。

① 裴景福《壮陶阁书画录》卷三,中华书局 1937 年。
② 周采泉《杜集书录》,上海古籍出版社 1986 年,第 260—261 页。

《晚行口号》"落雁浮寒渚",《宋本杜工部集》卷一〇作"落雁浮寒水"。

《寄贺二兰铦》,"二",《宋本杜工部集》卷一一无。"饮啄几时同",宋本作"饮啄几回同"。

《巴西驿亭呈窦使君》,《宋本杜工部集》无,后员安宇辑佚二十七首收。《钱笺》卷一八题作《巴西驿亭观江涨呈窦使君》。"迷空岸却青",《钱笺》作"连空岸脚青"。"相看万里别",《钱笺》作"相看万里外"①。

《收京》,宋本无,后员安宇辑佚二十七首收。"克复诚如此",《钱笺》卷一八作"克复成如此"。"扶持在数公",《钱笺》作"安危在数公","安危"夹注"一作扶持"。

《薄暮》"江水最深地",《宋本杜工部集》卷一二作"江水长流地","长流"夹注"一云最深"。"山云欲暮时","欲"作"薄"。"寒花随乱草","随"作"隐"。"高秋心若悲","若"作"苦"。

《悲秋》"无由见两京",《宋本杜工部集》卷一二作"何由见两京"。

《客亭》"木落更天风",《宋本杜工部集》卷一二作"落木更天风"。

《去蜀》,宋本无,后员安宇辑佚二十七首收。"何必泪长流",《钱笺》卷一八作"不必泪长流","不"夹注"一作何"。

《春日梓州登楼二首》其二"随风入故园",《宋本杜工部集》卷一二作"随春入故园","春"夹注"一作风"。

《喜达行在所·西忆岐阳信》"莲峰望或开",《宋本杜工部集》卷一〇作"蓬峰望忽开"。

《喜达行在所·愁思胡笳夕》"南归气已新",《宋本杜工部集》卷一〇作"南阳气已新"。

《蜀山行》,《宋本杜工部集》卷一三题作《自阆州领妻子却赴蜀山行》。其二"飘零愧老妻",宋本作"飘飘愧老妻"。

裴景福后跋云:"此卷书工部五言律诗三十六首,取今本细校,不同者四十余字,然皆以卷内所书为优,当据此以正诸木之讹。"②此言甚是,再举几例说明。

《有感·将帅蒙恩泽》"至今勤圣主","勤",《宋本杜工部集》卷一六作"劳";"轮台旧拓边","轮"作"云";"无处问张骞","问"作"觅"。裴景福云:"轮误云,宋刻已然。""轮",各本皆同宋本作"云"。《新刊校定集注杜诗》卷三二引赵曰:"言新战之兵方横白骨,将帅必有意于拓边而功未立。其

---

①　钱谦益《杜工部集笺注》卷一八,康熙六年季振宜静思堂刻本。

②　裴景福《壮陶阁书画录》卷三,中华书局 1937 年。

在云台画像议功者,则是旧拓边之功也。"①新近两种新注本皆未出校,亦因旧说作解②,唯仇注校云:"赵汸作轮。"注云:"曰云台,思开国功臣也。"③首先,曰云台,用东汉中兴功臣云台二十八将而言,杜甫对开元天宝之拓边行为一向持否定态度,若写功臣安定国家,诗必然不会说"云台旧拓边"。其次,曰轮台,用汉武帝屯田轮台,后下轮台罪己诏之意,《有感》其五"欣闻哀痛诏,端拱问疮痍"当即用汉武故事,则"轮台旧拓边"合于杜甫反对拓边的思想。其三,《有感五首》其二曰"大君先息战,归马华山阳",其三曰"不过行俭德,盗贼本王臣",其四曰"终依古封建,岂独听箫韶",其五曰"欣闻哀痛诏,端拱问疮痍",知后四首皆旨在批判或勉励皇帝,对开元以降的拓边等重大政治决策进行反思。由以上三点,可确定《有感》其一"云台旧拓边"宜依王著书杜诗卷作"轮台旧拓边"。

《有感·胡灭人还乱》"欣闻哀痛诏",《宋本杜工部集》卷一六作"愿闻哀痛诏"。卢元昌《杜诗阐》卷一七曰:"谓文武将吏不足恃,专勉代宗。……哀痛诏,即是年柳伉疏中'天下共许朕自新'之意。"④此解似是,故此首"欣"字亦当以王著书杜诗卷为是。

《散愁·久客宜旋旆》"百万转深入",《宋本杜工部集》卷一三作"百万传深入"。"转",各本皆同宋本作"传"。新近两种新注本皆未出校,或亦因旧说作解⑤,唯仇注校云:"一作转。"⑥"转"字当以王著书杜诗卷为是。

《空囊》"不爨井晨冷",《宋本杜工部集》卷一〇作"不爨井晨冻"。"冷",各本皆同宋本作"冻",新近两种新注本亦皆未出校⑦,仇注云:"井晨冻,隔宿之冰在井栏也。若井泉在地,虽严冬不冻。"⑧"冷"字当以王著书杜诗卷为是。

五、苏舜钦《老杜别集》

苏舜钦(1008—1048),字子美。景祐二年(1035)进士。梓州铜山(今

---

① 郭知达《新刊校定集注杜诗》卷三二,台北故宫博物院藏瞿氏宋本。
② 《杜甫全集校注》卷一一,人民文学出版社 2014 年,第 3061 页。《杜甫集校注》卷一六,上海古籍出版社 2016 年,第 2556 页。
③ 《杜诗详注》卷一一,第 972 页。赵汸《杜律五言注解》卷上,十二叶上,国家图书馆藏万历十六年吴怀保七松居刻本。
④ 卢元昌《杜诗阐》,《杜诗丛刊》(第三辑),台湾大通书局 1974 年,第 825—826 页。
⑤ 《杜甫全集校注》卷七,第 2047 页。《杜甫集校注》卷一三,第 2118 页。
⑥ 《杜诗详注》卷九,第 773 页。
⑦ 《杜甫全集校注》卷六,第 1571 页。《杜甫集校注》卷一〇,第 1694 页。
⑧ 《杜诗详注》卷八,第 621 页。

四川中江)人,生于开封,苏易简孙。《老杜别集》未见公私书目著录,收诗三百八十余首,今佚。此本成于景祐三年,在王洙编纂《杜工部集》二十卷前四年。舜钦对杜诗极力推崇,长期搜集和整理杜诗,对杜甫的人格气节极为景仰。在"三体"盛行的宋初文坛上,独蜀人苏舜钦不尚世风,不随潮流,率先搜集、整理和编次杜诗,并大力学杜、尊杜,在宋代杜诗学史上,无疑有开风气之先的作用。苏舜钦《题杜子美别集后》云:

> 杜甫本传云:"有集六十卷。"今所存者才二十卷,又未经学者编辑,古律错乱,前后不伦。盖不为近世所尚,坠逸过半。吁! 可痛闵也。天圣末,昌黎韩综官华下,于民间传得号《杜工部别集》者,凡五百篇。予参以旧集,削其同者,余三百篇。景祐侨居长安,于王纬主簿处又获一集。三本相从,复择得八十余首,皆豪迈哀顿,非昔之攻诗者所能依倚,以知一出于斯人之胸中。念其亡去尚多,意必皆在人间,但不落好事家,未布耳。今以所得,杂录成一策,题曰《老杜别集》,俟寻购仅足,当与旧本重编次之。又本传云:"旅于耒阳,永泰二年,啖牛肉白酒,一夕而卒。"此诗中乃有《大历三年白帝城放船出瞿唐将适江陵》之作,及《大历五年追酬高蜀州见寄》,旧集有"大历二年调玉烛"之句,是不卒于永泰,史氏误文也,览者无以此为异。景祐三年十二月五日长安题。①

《题杜子美别集后》主要讲了三件事情:一、杜诗在宋初的流传状况;二、苏舜钦辑杜诗的具体情形;三、引杜诗对杜甫生卒年问题的考辨。苏舜钦所云"今所存者才二十卷"、"古律错乱,前后不伦",当系王洙所用编年而不分体的旧蜀本二十卷。舜钦之前有王禹偁崇杜,但其诗歌创作所体现的主要还是白体诗风,而非杜甫。故苏舜钦云杜诗"不为近世所尚"。《蔡宽夫诗话》曰:"王元之本学白乐天诗,在商州尝赋春日杂兴云:'两株桃杏映篱斜,装点商州副使家。何事春风容不得,和莺吹折数枝花!'其子嘉祐云:'老杜尝有"恰似春风相欺得,夜来吹折数枝花"之句,语颇相似。因请易之。'元之忻然曰:吾诗精诣,遂能暗合子美耶! 更为诗曰:'本与乐天为后进,敢期子美是前身!'卒不复易。"②"本与乐天为后进,敢期杜甫是前身"二句表明王禹偁由学白居易而进于学杜,他清楚地认识乐天诗和杜诗之间的

---

①　《苏舜钦集》,上海古籍出版社 1981 年,第 171—172 页。
②　魏庆之《诗人玉屑》卷八"暗合子美"条引,上海古籍出版社 1978 年新 1 版,第 183 页。

渊源关系。在这个意义上，王禹偁无疑是具有远见卓识的。

真正将学杜、尊杜付诸实践并产生巨大影响的是苏舜钦。苏舜钦于景祐三年（1036）年编成《老杜别集》。据《题杜子美别集后》可知，苏舜钦搜集、整理和编次杜诗在天圣末或明道初就已经开始。在举世以"三体"为尚的时代风气之下，苏舜钦的行为无疑是另类，在杜诗学史上具有里程碑式的重要意义。苏舜钦整理编次杜诗和学习杜甫诗歌创作，主要源于他对杜甫人格和杜诗艺术的推崇，其字子美，同源于此。周必大《题苏子美帖临本》认为苏舜钦字子美，乃学乡贤司马相如慕蔺相如而更名，云："俱字子美，得非司马相如慕蔺之意乎？"①苏舜钦称杜诗"豪迈哀顿，非昔之攻诗者所能依倚，以知一出于斯人之胸中"，可见他对杜诗的极力推崇。由于长期搜集和整理杜诗，浸染日久，时人对他学杜诗遂有"窃诗"之说。刘颁《中山诗话》辩曰："杜工部有'峡束苍江起，岩排石树圆'，顷苏子美遂用'峡束苍江，岩排石树'作七言句。子美岂窃诗者，大抵讽古人诗多，则往往为己得也。"②

第二节　二　王　本

王洙、王琪《杜工部集》二十卷，自嘉祐四年（1059）付梓刊刻后，遂成为杜集定本，为后代所有杜集之祖本，其在杜诗学史上的特殊地位自不必言。今有商务印书馆《续古逸丛书》本第四十七种《宋本杜工部集》、《中华再造善本》影印宋本《杜工部集》、国家图书馆出版社《国学基本典籍丛刊》影印《宋本杜工部集》。此本亦非二王本宋刻原本，属钞配本。

一、《杜工部集》的编纂与刻印

王洙（997—1057），字原叔，应天宋城（今河南商丘）人。郡望太原。仁宗天圣二年（1024）进士，为舒城尉，晏殊荐为应天府学教授。召为国子监直讲，迁大理评事，知太常礼院，同判太常寺。坐苏舜钦监进奏院祠神会客事，贬知濠州，徙襄、徐、亳州。以范仲淹、富弼荐，召还太常，迁兵部员外郎、知制诰。尝使契丹。至和元年（1054）九月，为翰林学士，改侍读学士兼侍讲学士。洙泛览多闻，学术通博，无不练达。预校《史记》《汉书》，预修《崇文总

---

① 曾枣庄主编《宋代序跋全编》卷一四四，齐鲁书社 2015 年，第 4105 页。
② 何文焕辑《历代诗话》，第 284—285 页。

目》《国朝会要》《三朝经武圣略》等。著有《易传》等。卒赠给事中,谥曰文。生平事迹见欧阳修《翰林侍读学士侍讲学士王公墓志铭》(《欧阳修全集》卷三二)、《宋史》卷二九四本传。

王洙虽不以诗名,但对杜诗却尤为钟爱。刘颁《中山诗话》载:"刁景纯有见无类,必往复,归每至三鼓。宋祁判馆,集僚属,而刁或连日不赴,因邀而谯让之。王原叔戏改杜《赠郑广文》曰:'景纯过官舍,走马不曾下。蓦地趁朝归,便遭官长骂。'李献臣曰:'我为足之,云:"多罗四十年,偶未识摩毡。(时西戎唃氏子名摩毡。)近有王宣政,时时与纸钱。"(刁尝为王宣政作墓铭。)'以古文篆隶加褾轴,密挂刁厅事。"①事在宝元年间。此类以杜诗戏嘲事,说明当时馆阁文士对杜诗普遍较为熟悉。此前,陈从易得杜集旧本,"身轻一鸟过"过字脱落,诸人补为"疾""落"或"起"字,得善本方知为"过"字②,这说明当时对杜集善本有潜在的需要。《新唐书·艺文志》著录:"《杜甫集》六十卷、《小集》六卷。"③但《杜甫集》六十卷至北宋时已不复见。在这样的现实需要之下,王洙搜集编纂了《杜工部集》二十卷。王洙《杜工部集记》末述杜集编纂情况云:

> 甫集初六十卷,今秘府旧藏,通人家所有,称大小集者,皆亡逸之余,人自编摭,非当时第叙矣。搜裒中外书,凡九十九卷。除其重复,定取千四百有五篇。凡古诗三百九十有九,近体千有六。起太平时,终湖南所作,视居行之次,若岁时为先后,分十八卷。又别录赋笔杂著二十九篇,为二卷。合二十卷。意兹未可谓尽,他日有得,尚副益诸。④

《记》作于宝元二年(1039)十月。据《记》可知,王洙做了以下工作:

第一,利用"秘府旧藏",收集各种杜集。王洙在整理编次杜诗时共参考了九种杜集本子。上文对蜀本二十卷、孙光宪序二十卷、郑文宝序二十卷分别作了考察,其他各本的大致情形可参考万曼《杜集叙录》、陈尚君《杜诗早期流传考》⑤。王洙认为这些集子"皆亡逸之余,人自编摭,非当时第叙",各

---

① 何文焕辑《历代诗话》,第291页。
② 欧阳修《六一诗话》,《历代诗话》,第266页。
③ 《新唐书》卷六〇,中华书局1975年,第1603页。
④ 《宋本杜工部集》卷首,《续古逸丛书》第四十七种。
⑤ 万曼《杜集叙录》,《文学评论》1962年第4期。陈尚君《杜诗早期流传考》,复旦大学中国语言文学系古典文学教研室、复旦大学中国语言文学研究所文学批评史研究室编《中国古典文学丛考》(第一辑),复旦大学出版社1985年,第152—183页。

集的编纂皆较为随意而不统一,均非杜诗最初的面貌,都不能用作可靠的底本。于是,王洙参稽众本,去除各本互见重出之篇,重作编纂。

第二,王洙可能做了简单校勘,保存了部分异文(说详下文)。这可能是杜集最早的校勘。

第三,分别古、近二体,古诗八卷,399 首(卷一至八);近体十卷(卷九至十八),1 006 首;赋笔杂著二卷,29 篇。

周采泉曰:"杜集之分古、近体编次,恐始于王洙。"①这一判断是可以成立的。宋本《杜工部集》卷一二近体诗一百三首②,有《江头五咏》,后三首《栀子》《鸂鶒》《花鸭》皆五言律诗,第一首《丁香》、第二首《丽春》如下:

> 丁香体柔弱,乱结枝犹垫。细叶带浮毛,疏花披素艳。深栽小斋后,庶使幽人占。晚堕兰麝中,休怀粉身念。

> 百草竞春华,丽春应最胜。少须颜色好,多漫枝条剩。纷纷桃李姿,处处总能移。如何此贵重,却怕有人知。

《丁香》五言八句,用仄韵,非近体。《丽春》则似是两首诗连写,前四句仄韵为古绝句,后四句平韵为近体五绝。按理《丁香》和《丽春》都不应纳入近体卷中,而且《丽春》则可能本为两首,一可入古诗,一可入近体诗。但因为五首诗有一个总题《江头五咏》,故编者未作分别,而是就这五首诗的主要形式特点,一并放在近体卷中。由此可证杜诗最初是不分体的,分体是王洙编纂时所作的分别。今宋本《杜工部集》中还可找到其他证据。卷一《大云寺赞公房二首》,题注:"同作四首,其二在别卷。"卷五目录《屏迹一首》,夹注:"本三首,二首在别卷。"《大云寺赞公房》和《屏迹》二题,皆既有古诗,亦有近体。在近体卷中,可以找到同题作品和编者相应的交代。卷九《大云寺赞公房二首》,题注:"本四首,二首在前卷。"卷一二目录《屏迹二首》,夹注:"本三首,一首在别卷。"所谓"同作四首""本三首""本四首",显然是就王洙编《杜工部集》所依据的本子而言。

第四,古诗、近体之中,大体按创作时间先后编次,所谓"视居行之次,若岁时为先后"。王洙参考了之前各本所作编次,虽然有少数地方有明显失误,但仍然应该视作可信赖的编年。

---

① 《杜集书录》,第5页。
② 宋本《杜工部集》卷一二非二王本,系据吴若本补。但吴若本对二王本编次未作调整,故大体可视同二王本。

宋本《杜工部集》源于吴若本宋刻及影抄本的卷一〇至卷一四,源于二王本宋刻的卷一七至卷一八,凡七卷,各卷之首于篇数之下夹注有"居行之次"的交代。钱谦益《注杜诗略例》两处谈到吴若本,一则曰"今据吴若本,识其大略,某卷为天宝未乱作,某卷为居秦州、居成都、居夔州作。其紊乱失次者,略为诠订",一则曰"杜集之传于世者,惟吴若本最为近古,它本不及也"①,知钱氏于吴若本旧次有所诠订。《钱笺》凡诗十八卷,各卷之首于篇数下亦有夹注交待创作地点,除篇数不同外,其卷一〇至卷一四、卷一七至一八,与宋本《杜工部集》七卷所见夹注文字全同。如下所论,吴若本在校勘和简略注释之外,基本上维持二王本原貌,故可推测,二王本不仅卷一七和卷一八两卷,其余诗十六卷各卷之首在篇数下皆有夹注文字交待"居行之次"②。兹将二王《杜工部集》今见所有及应有的这些夹注文字录于下,今本无者据《钱笺》:

卷一古诗五十首,夹注:"天宝未乱时并陷贼中作。"

卷二古诗四十三首,夹注:"避贼至凤翔行在,及归鄜州,还京师,出华州作。"

卷三古诗七十八首,夹注:"寓秦州及同谷县,行赴蜀中作。"

卷四古诗三十六首,夹注:"初寓成都及至阆州作。"

卷五古诗五十二首,夹注:"居东川,再至阆州,复还成都作。"

卷六古诗四十八首,夹注:"居云安及至夔州作。"

卷七古诗五十七首,夹注:"居夔州作。"

卷八古诗四十五首,夹注:"居松陵、公安及至湖南作。"

卷九近体诗八十五首,夹注:"天宝未乱及陷贼中作。"

卷一〇近体诗一百二十二首,夹注:"避贼至凤翔,及收复京师,在谏省,出华州,转至秦州作。"

卷一一近体诗一百一十五首,夹注:"此下在成都作。"

卷一二近体诗一百三首,夹注:"在成都及绵、汉、梓州作。"

卷一三近体诗一百首,夹注:"居阆州及再至成都作。"

卷一四近体诗一百首,夹注:"行过戎、渝州,居云安、夔州作。"

卷一五近体诗一百三十三首,夹注:"居夔州作。"

卷一六近体诗一百三十二首,夹注:"居夔州作。"

---

① 《牧斋初学集》卷一百十,《四部丛刊》影印崇祯刻本。又《钱笺》卷首,康熙六年季振宜静思堂刻本。

② 最早发现这一问题的是谢思炜。其《杜甫集校注》于卷一等各卷据钱笺补录,然未视作二王本原有。校曰:"卷题注居止据钱笺过录,当为吴若本原有。"(第2页)

卷一七近体诗五十四首,夹注:"大历三年正月,起峡中,至江陵,及湖南作。"

卷一八近体诗五十七首,夹注:"自公安发,次岳州,及湖南作。"

由于以上开创性的工作,王洙编《杜工部集》遂成为后世公认的杜集定本。从王琪《杜工部集后记》"余病其卷帙之多而未甚布"一语,似可推知王洙本未曾刊刻。

王琪,字君玉,成都华阳人,后徙舒(今安徽庐江)。宰相王珪从兄。举进士,调江都主簿。上时务十二事,除馆阁校勘、集贤校理,通判舒州。历开封府推官、直集贤院、两浙淮南转运使、修起居注、知制诰。奉使契丹,责信州团练副使。以龙图阁待制知润州,徙江宁,复知制诰,加枢密直学士、知邓州,徙扬州。入判太常寺,又出知杭州,复为扬州、润州。以礼部侍郎致仕。卒,年七十二。琪性孤介,不与时合。数临东南名镇,政尚简静。《宋史》卷三一二有传。琪以文章名世,颇得晏殊赏识①。

嘉祐四年(1059),王琪取二十年前王洙编定的《杜工部集》进行整理校勘,镂板刊行。范成大《吴郡志》云:"嘉祐中,王琪以知制诰守郡。始大修设厅,规模宏壮,假省库钱数千缗。厅既成,漕司不肯除破。时方贵杜集,人间苦无全书,琪家藏本,雠校素精。即俾公使库镂板,印万本,每部为值千钱。士人争买之,富室或买十许部。既偿省库,羡余以给公厨。"②可见,王琪校刻《杜工部集》适应了当时社会的文化需要。王琪《杜工部集后记》曰:

　　近世学者,争言杜诗。爱之深者,至剽掠句语,迫所用险字而模画之,沛然自以绝洪流而穷深源矣。又人人购其亡逸,多或百余篇,小数十句,藏去矜大,复自以为有得。翰林王君原叔,尤嗜其诗,家素蓄先唐旧集,及采秘府,名公之室,天下士人,所有得者,悉编次之,事具于《记》。于是杜诗无遗矣。子美博闻稽古,其用事,非老儒博士,罕知其自出。然讹缺久矣,后人妄改而补之者众,莫之遏也。非原叔多得其真,为害大矣。……原叔虽自编次,余病其卷帙之多而未甚布。暇日与苏州进士何君琢、丁君修,得原叔家藏,及古今诸集,聚于郡斋而参考之,三月而后已。义有兼通者,亦存而不敢削,阅之者固有浅深也。而又吴江邑宰河东裴君煜,取以覆视,乃益精密,遂镂于版,庶广其传。或俾余序于篇者,曰:如原叔之能文,称于世,止作记于后,余窃慕之。且

① 胡仔《苕溪渔隐丛话》后集卷二〇引《复斋漫录》、叶梦得《石林诗话》卷上。
② 范成大《吴郡志》卷六,商务印书馆1941年,第33页。

余安知子美哉？但本末不可阙书，故概举以附于卷终。原叔之文，今迁于卷首云。嘉祐四年四月望日，姑苏郡守太原王琪后记。①

王琪《后记》说明了五项事实：一、从杜诗"不为近世所尚"的苏舜钦之时，到王琪重新编次、刻印王洙本杜集短短的二十三四年间，学者已争言杜诗，然无所折衷，或弃藏矜大，或剽掠句语，或妄改而补之。二、王洙首编《杜工部集》，于杜诗为功最大，但卷帙多而流布不广，故王琪会同进士何瑑、丁修二人，聚原叔杜本和古今诸本杜集，作进一步修订刻印。三、王琪校理持严谨审慎的态度，义有兼通者，皆存而不敢削。四、王琪等人整理王洙本后，由裴煜复审，后镂于版，以广其传。五、王洙记迁于卷首。

王琪《后记》中提到参与校订的丁修，王得臣《增注杜工部诗集序》有提及，《分门集注杜工部诗·集注姓氏》列有"姑苏丁氏修"。裴煜，字如晦。临川（今属江西）人。庆历六年（1046）进士。历吴江知县、国子监直讲、太常博士，充秘阁校理。治平中，知扬州、苏州，官至翰林学士。煜工书，有楷书《久疏帖》②，今藏台北故宫博物院。嘉祐元年（1056）十月，裴煜宰吴江，欧阳修为饯行，与会者有王安石、苏舜钦、梅尧臣、苏洵等八人。本年，王安石作《送裴如晦即席分题三首》《席上赋得然字送裴如晦宰吴江》《答裴煜道中见寄》等诗，嘉祐二年秋，王安石又作《酬裴如晦》③。

裴煜曾先后两次对王琪编定《杜工部集》做过贡献。第一次是在嘉祐四年（1059），裴煜时任吴江知县，曾协助王琪编刊《杜工部集》。王琪《后记》曰："又吴江邑宰河东裴君煜，取以覆视，乃益精密，遂镂于版，庶广其传。"裴煜曾对王琪、何瑑和丁修等编定的《杜集》完稿进行过终审和诸多校正和补充。第二次是在王琪本《杜工部集》付诸刻印后。治平中（1065—1067），裴煜知苏州，取郡库原版，补刻其所搜集的杜甫诗文九篇，作为"补遗"附于集后。《直斋书录解题》卷一六《杜工部集》二十卷提要曰："王洙原叔搜裒中外书九十九卷，除其重复，定取千四百五篇，古诗三百九十九，近体千有六。起太平时，终湖南所作，视居行之次若岁时为先后。别录杂著为二卷，合二十卷，宝元二年记，遂为定本。王琪君玉嘉祐中刻之姑苏，且为后记。元稹《墓铭》亦附第二十卷之末。又有遗文九篇，治平中太守裴集刊，附集外。"④裴煜此举类似后来之"外集"或"集外诗"，开宋人搜集、整理杜甫佚诗、佚文

---

①　《宋本杜工部集》卷二○，《续古逸丛书》第四十七种。

②　亦称《秀州帖》，见《宋人法书》（第 2 册），北平故宫博物院 1931 年。

③　参见刘成国《王安石年谱长编》，中华书局 2018 年，第 367—368、406 页。

④　陈振孙《直斋书录解题》卷一六，上海古籍出版社 1987 年，第 470 页。

之风气。后来宋人所搜佚文增得之数，有二十八、二十九、三十五、四十一、四十五篇不等①。

二、《杜工部集》的流传与版本

王琪于嘉祐四年(1059)刻印之《杜工部集》二十卷，为宋代第一部完整的《杜集》刻本，亦为北宋唯一官刻《杜集》。后两宋郡斋、公库刻本渐多。王琪此举，有开风气之先的作用，其于杜诗的保存和流传可谓功勋卓著。此本为分体、编年、白文无注本，乃今传世杜集之最早本。此后杜集补遗、增校、注释、批点、集注、编年、分体、分类、分韵之作，皆祖此本②。

前节所述的王琪等人主要对王洙所编《杜工部集》二十卷做了一些校勘工作，王琪《后记》所谓"义有兼通者，亦存而不敢削"即指此而言。裴煜对此本所做的工作则相对简单，他附入了补遗九篇③。《直斋书录解题》卷一六著录即裴煜补遗刊刻之《杜工部集》二十卷。北宋中后期流传的杜集最重要的就是此本。

（一）王安石利用王洙本《杜工部集》刊定杜诗

王洙《杜工部集》在编成之后不久即流布于世。皇祐四年(1052)，王安石利用《杜工部集》刊定杜诗。此为今可考知最早使用王洙本进一步整理杜诗者。蔡宽夫云：

> 今世所传《子美集》本，王翰林原叔所校定，辞有两出者，多并存于注，不敢彻去。至王荆公为《百家诗选》，始参考择其善者，定归一辞。如"先生有才过屈宋"，注："一云先生所谈或屈宋。"则舍正而从注。"且如今年冬，未休关西卒"，注："一云如今纵得归，休为关西卒。"则刊

---

① 周紫芝《竹坡诗话》云："近世士大夫家所藏杜少陵逸诗，本多不同。余所传古律二十八首，其间一诗，陈叔易记云，得于管城人家册子叶中。一诗，洪炎父记云，得之江中石刻。又五诗，谢仁伯记云，得于盛文肃家故书中，犹是吴越钱氏所录。要之，皆得于流传，安得无好事者乱真？"（何文焕辑《历代诗话》，第345页。）胡仔《苕溪渔隐丛话》引《王直方诗话》曰："得老杜遗诗二十九篇，而《哭台州郑司户苏少监》一首，山谷云：'语似不类。'"（《苕溪渔隐丛话》前集卷一三，人民文学出版社1962年，第89页。）《玉海》引《中兴馆阁书目》唐《杜甫诗》二十卷："王洙序……又《外集》一卷，三十五首，吴铸为序。"（武秀成、赵庶洋《玉海艺文校证》，凤凰出版社2013年，第1226页。）《王状元集百家注编年杜陵诗史》（贵池刘氏影宋本），后有拾遗四十一首。蔡梦弼《杜工部草堂诗笺》有逸诗《拾遗》四十五首。

② 洪业《杜诗引得·序》，上海古籍出版社1983年缩印本，第2页。

③ 宋本《杜工部集》卷末《杜工部集补遗》依次为诗五篇：《瞿唐怀古》《送司马入京》《惜别行（送刘仆射判官）》《呀鹘行》《狂歌行赠四兄》，文四篇：《祭远祖当阳君文》《祭外祖祖母文》《为阆州王使君进论巴蜀安危表》《东西两川说》。

注而从正本。若此之类,不可概举。其采择之当,亦固可见矣。惟"天阙象纬逼,云卧衣裳冷",阙字与下句语不类,"隔目青荧夹镜悬,肉骏碨礧连钱动",肉骏于理者不通,乃直改阙作阅,改骏作骏,以为本误耳。①

蔡宽夫,名居厚,临安(今杭州)人,绍圣元年(1094)进士。蔡宽夫认为将杜诗"定归一辞"始于王安石《百家诗选》,或有小误。庆历八年(1048)王安石知鄞县,得杜甫遗诗二百余篇,至皇祐四年(1052)略予整理,撰《老杜诗后集序》。嘉祐五年(1060),王安石受宋敏求之托,编成《百家诗选》。王编《百家诗选》未收李白、杜甫、韩愈诗。至元丰五年(1082),王安石删杜甫、李白、韩愈、欧阳修诗,编《四家诗选》②。考虑到《四家诗选》只是杜李韩欧四家诗的选本,宋宜为陈浩然《析类杜诗》作序时《四家诗选》尚未编成的事实,知王安石刊定杜诗,必在皇祐四年整理《老杜诗后集》之时或稍前③。王安石与裴煜有诗歌往还,嘉祐二年王安石曾上启王琪,治平三年(1066)王安石受王洙诸子的托请撰王洙妻墓志铭④,可见王安石与二王本的编定校刻者都有很好的交往,故他参考《杜工部集》刊定杜诗是合乎情理的。王安石的整理工作在王琪校订《杜工部集》之前七年⑤,其依据刊定杜诗所采用的

————

① 《苕溪渔隐丛话》前集卷九引《蔡宽夫诗话》,第59页。
② 参见刘成国《王安石年谱长编》,第202、277、556、2107—2108页。
③ 宋宜序陈浩然《析类杜诗》曰:"唐之时以诗鸣者最多,而杜子美迥然特异。……然世之所传,尚有遗落而不完。顷者,处士孙正之得所未传二百篇,而丞相荆公继得之,又增多焉。及观内相王公所校全集,比于二公,互有详略。皆从而为之序,故子美之诗,仅为完备。近世取士,壹于经术,而风骚之学,有所不暇。虽幽居闲放之人,时或讽味,而皆鄙俚陈近之辞,求其知子美者,盖寡矣!岂子美之诗,深远而难知耶?抑其篇章之浩博而难穷考耶?今兹退休田里,始得陈君浩然授予子美诗一编,乃取其古诗近体,析而类之,使学者悦其易览,得以沿其波而讨其源也。予嘉陈君有志于诗,而惟子美之为嗜,则可谓笃于诗学者矣,因其请而为之序云。"(《四部丛刊初编》影印南海潘氏藏宋刊本《分门集注杜工部诗》卷首)序末署元丰五年(1082)二月二十三日。《四家诗选》的编纂在元丰五年三月以后,刘成国考证颇详:"本年三月,陈绎自广州移知江宁。翌年八月,王益柔知江宁府事,绎去职。在此期间,二人唱酬颇颇。因往还唱酬,诗艺切磋,陈绎乘问以杜、欧、韩、李四家诗相询。公将四家诗之精品签而示之,陈绎以所送先后编集,遂成《四家诗选》。"(《王安石年谱长编》,第2108页。)
④ 参见刘成国《王安石年谱长编》,第402、729页。
⑤ 王安石《老杜诗后集序》云:"自《洗兵马》下,序而次之。"则《后集》所收诗自《洗兵马》以下,皆收京后所作。蔡宽夫所举《醉时歌》《兵车行》《游龙门奉先寺》《骢马行》都在王洙编《杜工部集》卷一,均为收京以前的作品,故《老杜诗后集》当未收。《百家诗选》又不收杜甫,《四家诗选》之编成又远在其后且不可能为宋宜序陈浩然《析类杜诗》时所见,故蔡宽夫所举这些诗只能收在王安石所编另外一种杜集当中。收《洗兵马》以下者既名曰"老杜诗后集",推测王安石在此之前或编有"老杜诗前集",《醉时歌》等或即收在此"前集"当中。又据"序而次之"语,可知王安石编《老杜诗后集》(包括可能的"前集")为编年体杜集,比黄伯思《校定杜工部集》早六十余年。按周采泉曰:"所以题'后集'者,想别于樊晃《小集》及张逸《序》刻之蜀本而言,而临川本人则实未见王洙编次本也。"(《杜集书录》,第268—269页)叶绮莲、郑庆笃等、张忠纲亦以为荆公未见王洙本(《杜集书目提要》,第348页;《杜集叙录》,第18页),皆误。

必然是王洙原编之本。

上海图书馆藏宋本《杜工部集》卷一《醉时歌》句下夹注云："一云所谈或屈宋。"宋本《杜工部集》卷一《兵车行》"役夫敢申恨。且如今年冬，未休关西卒"，夹注云："一云役夫心益愤。如今纵得，休为陇西卒。"夹注文字有小异。蔡宽夫所引另外两首见宋本《杜工部集》卷一《游龙门奉先寺》和《骢马行》，文字全同。宋本《杜工部集》卷一主要系据宋二王本抄补，其中细字夹注有作"一云"者，有作"一作"者①。蔡氏所举两处"一云"既为1052年王安石整理杜诗所见，则可推测凡作"一云"者，可能皆为王洙校记。然其详不得尽知②。

（二）蔡宽夫利用王琪校刻《杜工部集》

上引蔡宽夫所言"辞有两出者，多并存于注，不敢彻去"，亦与王琪《后记》所言"义有兼通者，亦存而不敢削"意同，故蔡氏所据以比照王安石《老杜诗后集》的《子美集》，极可能是王琪校勘之本③。王琪的校订刻印使得王洙编《杜工部集》得以广泛流传，进一步推动扩大了杜诗在宋代中后期的影响。蔡宽夫又云：

　　国初沿袭五代之余，士大夫皆宗白乐天诗，故王黄州主盟一时。祥符、天禧间，杨文公、刘中山、钱思公专喜李义山，故昆体之作，翕然一变。而文公尤酷嗜唐彦谦诗，至亲书以自随。景祐、庆历后，天下知尚古文，于是李太白、韦苏州诸人，始杂见于世。杜子美最为晚出，三十年来，学诗者非子美不道，虽武夫女子，皆知尊异之。李太白而下，殆莫与抗。文章隐显，固自有时哉。……老杜诗既为世所重，宿学旧儒，犹不肯深与之。尝有士大夫称杜诗用事广，傍一经生忽愤然曰："诸公安得为公论乎？且其诗云：浊醪谁造汝，一酌散千忧。彼尚不知酒是杜康

① 他卷亦有作"某作"者。据笔者检视，凡夹注作"某作"者，大多皆在据吴若本补或据吴若本抄补各卷。
② 王洙子王钦臣《王氏谈录》校书条曰："公言：校书之例，它本有语异而意通者，不取可惜，盖不可决谓非昔人之意，俱当存之，如注为一云作壹。（一字已上谓之一云，一字谓之一作。）公自校杜甫诗，有'草阁临无地'之句，它本又为荒芜之芜，既两存之。它日有人曰为无字，以为无义。公笑曰：'《文选》云：飞阁下临于无地。岂为无义乎？'"（朱易安、傅璇琮等主编《全宋笔记》第一编第十册，大象出版社2003年，第168页。）宋本《杜工部集》卷一五《草阁》："草阁临无地，柴扉永不开。""无"字无夹注。此卷为宋刻二王本，不知何故"无"下无王钦臣所记夹注。又"一字已上谓之一云，一字谓之一作"，宋本《杜工部集》来源于宋刻二王本各卷亦未见一律。
③ 《苕溪渔隐丛话》前集卷七引《蔡宽夫诗话》："王君玉云：子美之诗词有近质者，如'麻鞋见天子，垢腻脚不袜'之句，所谓转石于千仞之山势也。学者尤之过甚，岂远大者难窥乎。"（第41页）蔡氏所引王君玉云云，出自王琪《杜工部集后记》。

作,何得言用事广?"闻者无不绝倒。予为进士时,尝舍于汴中逆旅,数同行亦论杜诗,旁有一押粮运使臣,或顾之曰:"尝亦观乎?"曰:"平生好观,然多不解。"因举"白也诗无敌,飘然思不群"相问,曰:"既言无敌,安得却似鲍照、庾信?"时座中虽笑之,然亦不能遽对,则似亦不可忽也。①

这段记载生动有趣,信息丰富。蔡氏所云景祐(1034—1038)、庆历(1041—1048),王洙编成《杜工部集》的宝元二年(1039)正好在这两个年代中间。景祐三年(1036),苏舜钦编成《老杜别集》。蔡氏说"三十年来,学诗者非子美不道,虽武夫女子,皆知尊异之",由蔡氏进士之绍圣元年(1094)上推三十年,为治平二年(1065),此时王琪校订刊刻《杜工部集》已完成七年,裴煜补遗重刻《杜工部集》的工作可能也已经完成。"三十年来""老杜诗既为世所重",此语可与王琪《杜工部集后记》"近世学者,争言杜诗"相参观,这一现象显然与二王本《杜工部集》的编纂和刻印息息相关。

(三) 华镇利用二王本

大观二年(1108),华镇以二王本为据,"因韵由少及多以为叙",大书《杜工部诗》一部,特别标出王安石《四选》所取篇目。《永乐大典》卷九百五引华镇《题杜工部诗后》:"余喜读杜工部诗,渐老,目力不逮,大书一部,以便观览。旧集虽五言、七言、古诗、近体各以类聚,然编次随岁月先后,长篇短阕,参错不伦。今因韵数由少及多以为叙,亦自便之一端。元丰间,王文公在江宁,尝删工部、翰林、韩文公、欧阳文忠诗,以杜李欧韩相次,通为一集,目曰《四选》。此中用丹晕其题首者,皆《四选》之所录。或一诗数章,止取一二,则晕其首句,以志王公之去取。大观戊子七月八日,会稽华镇题。"(出华镇《云溪居士集》)华镇云:"旧集虽五言、七言、古诗、近体各以类聚,然编次随岁月先后。"此旧集当即二王本。

(四) 王得臣利用二王本撰成《增注杜工部诗》

政和三年(1113),王得臣以王琪校刻《杜工部集》为本,撰成《增注杜工部诗》四十九卷②。王得臣(1036—1116),字彦辅,安陆(今属湖北)人。嘉

---

① 《苕溪渔隐丛话》前集卷二二引《蔡宽夫诗话》,第144—145页。
② 王彦辅序曰:"予时渔猎书部,尝妄注缉,且十得五六。宦游南北,因循中辍。投老挂冠,杜门家居,日以无事,行乐之暇,不度荒浅,既次其韵,因阅旧注,惜不忍去,搜考所知,再加镌释。然予不幸病目,无与乎简牍之观,遂命子澂,泊孙端仁,参夫讨绎,俾之编缀,用偿夙志,尚愧孤陋,未臻详尽。……自王原叔内相再编定杜集二十卷,后姑苏守王君玉得原叔家藏于苏州进士何璩、丁修处,及今古诸集,相与参考,乃曰:义有兼通者,亦存而不敢削。故予之所注,以苏本为正云。时洪宋八叶,明天子之在御,政和纪元之三祀下元日序。"(《四部丛刊初编》影印南海潘氏藏宋刊本《分门集注杜工部诗》卷首)

祐四年（1059）进士。历任巴陵令、开封判官、福建路转运副使、司农少卿等职，有《麈史》三卷传世。其进士之年恰是王琪校刻《杜工部集》之时，宜其所注"以苏本为正"。

（五）黄伯思利用二王本撰成《校定杜工部集》

政和五年（1115）前后，黄伯思利用二王本《杜工部集》，古律相参，随年编纂，撰成《校定杜工部集》二十二卷①。黄伯思（1079—1118），字长睿，福建邵武人。元符三年（1100）进士。历官河南府法曹、秘书省校书郎等，终秘书郎。《苕溪渔隐丛话》后集引《东观余论》云：

> 余得子美诗集，颇与今行椠本小异，如："忍对江山丽"，印本"对"乃作"待"。"雅量涵高远"，印本"涵"乃作"极"。当以此为正，若是者尚多。②

此条出自黄伯思《跋洛阳所得〈杜少陵诗〉后》：

> 政和二年夏，在洛阳，与法曹赵来叔因检校职事，同出上阳门，于道北古精舍中得此帙。所录杜子美诗颇与今行椠本小异。如："忍对江山丽"，印本"对"乃作"待"。"雅量涵高远"，印本"涵"乃作"极"。当以此为正，若是者尚多。予方欲借之，寺僧因以见与，遂持归。校所藏本，是正颇多。但偶忘其寺名耳。六年二月十一日舟中偶翻旧书见之，因题得之所自云。山阳还丹阳，是夕宿扬州郭外。长睿父题。③

---

① 上海图书馆藏宋嘉定刊本《东观余论》卷下《太傅大丞相李公序校定杜工部集》："杜子美诗，古今绝唱也。旧集古律异卷，编次失序，不足以考公出处及少壮老成之作。余常有意参订之，特病多事，未能也。故秘书郎，武阳黄长睿父博雅好古，工于文辞，尤笃喜公之诗。乃用东坡之说，随年编纂，以古律相参。先后始末，皆有次第。然后子美之出处，及少壮老成之作，灿然可观。……公之述作行于世者，既未为多，遭乱亡佚，又不为少。加以传写谬误，浸失旧文，乌三转而为焉者，不可胜数。长睿父官洛下，与名士大夫游，哀集诸家所藏，是正讹舛。又得逸诗数十篇，参于卷中。及在秘阁，得御府定本，校雠益号精密，非世所行者之比。长睿父没后十七年，余始见其亲校定集卷二十有二于其家，朱黄涂改，手迹如新，为之怆然，窃叹其博学渊识，而有功于子美之多也。……绍兴六年丙辰正月朔，武阳李纲序。"《直斋书录解题》卷一六著录《校定杜工部集》二十二卷，曰："秘书郎黄伯思长睿所校。既正其差误，参考岁月，出处异同，古律相间，凡一千四百十七首。杂著二十九首，别为二卷，李丞相伯纪为序之。"（第470页）黄伯思《校定杜工部集》的主要贡献详参吴怀东《黄伯思〈校定杜工部集〉小考》（《杜甫研究学刊》2015年第1期），后收入《杜甫与唐代文学论稿》，凤凰出版社2019年，第95—103页。

② 《苕溪渔隐丛话》后集卷六，第38页。

③ 黄伯思《东观余论》卷上，上海图书馆藏宋嘉定刊本。

由上跋可知,政和二年夏,黄伯思在洛阳上阳门道北佛寺中见到《杜少陵诗》,随即发现此本与"今行椠本"相较,异文颇多。此事又可见出黄氏于留意整理杜诗为时颇久,故能一见而知"若是者甚多"。寺僧以此本相送,黄氏归校"所藏",果然"是正颇多"。政和六年,黄氏在由山阳回丹阳途经扬州舟中"偶翻旧书",遂作此跋。"偶翻旧书"云云,表明政和六年之前,黄氏《校定杜工部集》可能已经大体完工。

宋本《杜工部集》卷一六《戏寄崔评事表侄苏五表弟韦大少府诸侄》:"忍待江山丽,还披鲍谢文。"宋本此卷据二王本抄补。又卷一七《移居公安敬赠卫大郎》:"雅量极高远,清襟照等夷。"宋本此卷为二王本。由李纲《序》知,黄氏《校定杜工部集》在编年、校勘之外,又有补遗,故黄氏据《杜少陵诗》所校之"今行椠本""印本",当即裴煜补遗重刻之二王本《杜工部集》。又黄伯思《杜子美诗笔次序辨》曰:

> 又至鄜迎家,后收京,扈从还长安。董于归鄜便言移华州,漏还京一节。王原叔集杜诗,古诗甫与章梓州诗及游惠义寺等,皆武初尹之前。律诗则在初尹之后。二者必有一误。据王序,武归朝廷,甫浮游左蜀,往来非一,则律诗所序是也。古诗《田父美严中丞》一篇,次序误矣。原叔以召补京兆功曹,不赴,欲如荆楚,在严公初尹前,非是。盖律诗《寄巴州》注云:"时甫除功曹,在东川。"在武初尹之后,故误也。政和四年八月十六日,观杜集二序,因正之。①

《次序辨》所言董某暂不得详考,但可以明确的是,黄伯思所辨者正是二王本《杜工部集》诗歌编次存留的疑问。故可推断,二王本《杜工部集》是黄伯思《校定杜工部集》的主要参照之本。绍兴六年(1136),黄伯思之子黄䚮刊刻《校定杜工部集》②。《直斋书录解题》和《文献通考》著录此书,其后亡佚。

(六)《汉皋诗话》校议二王本

其后,两宋之际佚名《汉皋诗话》校议杜诗亦以二王本《杜工部集》为参照。此书已佚,郭绍虞辑得十数条③,其中七条如下:

> "长夜苦寒谁独悲,杜陵野老骨欲折。"此成都诗,旧集作长安,非

---

① 黄伯思《东观余论》卷上,上海图书馆藏宋嘉定刊本。
② 李纲序,《东观余论》卷下署时间为绍兴六年(1136),《梁溪先生文集》卷一三八署绍兴四年。推测李纲作序时间在四年,黄伯思之子黄䚮刊刻《校定杜工部集》在六年。
③ 《宋诗话辑佚》,中华书局 1980 年,第 335—336 页。

也。其夜字之讹,故误作安耳。况卒章之意甚明。

"大火运金气,荆扬不知秋。"火字从一作,谓大火西流,《七月》诗也。正文作暑,今不取。

"别离重相逢,偶然岂足期。"足字旧集作定,盖由字画小讹;况上句已云泄云无定姿也。

"茂树行相引,连山望忽开。"茂字连山字,皆从一作。时归凤翔行在。正文连山作连峰,非也。雾树亦然。

"掖垣竹埤梧十寻,洞门对霤常阴阴。"霤字从别本。《文选》云:二堂对霤,此春深诗也。而诸本作雪,误矣。

"力疾坐清晓,来诗悲早春。"诗字从别本,考诗题与上下句意,当从之。旧作时,非。

"峡云笼树小,湖日荡船明。"荡字,从一作。非久游江湖者,不知此文之工。正文作落,盖字讹也。

因今上海图书馆藏宋本《杜工部集》系由二王本和吴若本拼合而成,故上引七条可相应别作两类。后四条所论诗见于宋本《杜工部集》卷一〇和卷一一,据吴若本补,此处暂不置论①。前三条所论诗见宋本《杜工部集》卷四和卷六。卷四《投简成华两县诸子》:"长安苦寒谁独悲,杜陵野老骨欲折。"字与《汉皋诗话》所言"旧集作长安"合。卷六《毒热寄简崔评事十六弟》:"大暑运金气,荆扬不知秋。"暑夹注:"一作火。"正文与一作,字与《汉皋诗话》所言合。卷六《送殿中杨监赴蜀见相公》:"别离重相逢,偶然岂定期。"字与《汉皋诗话》所言"旧集作定"合。故可推定,《汉皋诗话》所言杜诗"旧集",

---

① 《杜工部集》卷一〇《喜达行在所三首》其一:"雾树行相引,连峰望忽开。"雾夹注:"一作茂。"连峰夹注:"一作连山。"与《汉皋诗话》所言一作和正文大致相合。此当视作吴若本依从二王本之例。宋本《杜工部集》卷一〇《题省中院壁》:"掖垣竹埤梧十寻,洞门对霤常阴阴。"霤夹注:"一作雪。"《汉皋诗话》言"霤字从别本","诸本作雪",则可推知二王本原作雪,吴若本改二王本正文字入夹注。宋本《杜工部集》卷一一《奉酬李都督表丈早春作》:"力疾坐清晓,来时悲早春。"时夹注:"一云诗。"《汉皋诗话》既言"诗字从别本","旧作时",则其所据以讨论的二王本原作"时",且无夹注;今宋本《杜工部集》夹注"一云诗"三字当系吴若本新增校记。宋本《杜工部集》卷一一《送段功曹归广州》:"峡云笼树小,湖日落船明。"落夹注:"一作荡。"此与《汉皋诗话》所言一作和正文同,是吴若本承袭二王本字之例。两宋之际以后杜集各本凡夹注"旧作某"者,此"旧"字可能大多指的是二王本。如《古逸丛书》本和宋本《杜工部草堂诗笺》卷一七《万丈潭》"倒影垂澹瀩",瀩夹注:"旧作瀷。"宋本《杜工部集》卷二此句正作"倒影垂澹瀷"。其例甚多,不备举。

为二王本。

（七）王铚以唐写本杜诗校二王本

两宋之际又有王铚以唐写本杜诗校二王本。《苕溪渔隐丛话》引《说诗隽永》：

> 王性之尝见唐人写本杜诗云：孤城此日堪肠断，愁对寒云雪满山。乃白满山也。①

王性之，名铚，南北宋之交汝阴（今阜阳）人。宋本《杜工部集》卷一一《至日遣兴奉寄北省旧阁老两院故人二首》其二："孤城此日堪肠断，愁对寒云雪满山。"雪夹注："一作白。"宋本此卷据吴若本补。王铚既然格外提出唐人写本杜诗的异文，其所校之本原当无夹注，或为二王本《杜工部集》②。今宋本"一作白"的夹注或系吴若本新增的校记。

（八）鲁訔据二王本撰成《编次杜工部诗》

绍兴二十三年（1153），鲁訔（1099—1175）据二王本《杜工部集》，编成《编次杜工部诗》十八卷。鲁訔，字季卿，号冷斋，嘉兴（今属浙江）人，绍兴五年（1135）进士。历余杭主簿、台州教授、江山令、太府少卿、江西转运副使、福建路提刑等职。鲁訔《编次杜工部诗序》曰："名公钜儒，谱叙注释，是不一家，用意率过，异说如蜗。余因旧集略加编次，古诗近体，一其后先。摘诸家之善，有考于当时事实及地理岁月，与古语之的然者，聊注其下。"③

（九）吴若本《杜工部集》小考

二王本《杜工部集》之后，有所谓吴若本《杜工部集》。此本因钱谦益自称用作底本撰成《杜工部集笺注》（以下简称《钱笺》）而获知于世，明清之际以来，影响很大。朱鹤龄辑注《杜工部全集》（以下简称《辑注》）于《钱笺》多有取资。

钱谦益《注杜诗略例》两处谈到吴若本：

> 后之为年谱者，纪年系事，互相排缵。梁权道、黄鹤、鲁訔之徒，用以编次后先，年经月纬，若亲与子美游从，而藉记其笔札者。其无可援

---

① 《苕溪渔隐丛话》后集卷八，第51页。
② 今见宋本《杜工部集》之夹注一作白，二王本原无，或吴若等人据王铚所见唐人写本所作校记。
③ 《古逸丛书》本《杜工部草堂诗笺》卷首。同书卷首前录王洙《杜工部集记》，题曰《杜工部诗集旧集序》，知鲁訔所谓旧集，当指二王本《杜工部集》。

据,则穿凿其诗之片言只字,而曲为之说,其亦近于愚矣。今据吴若本,识其大略,某卷为天宝未乱作,某卷为居秦州、居成都、居夔州作。其紊乱失次者,略为诠订。

杜集之传于世者,惟吴若本最为近古,它本不及也。题下及行间细字,诸本所谓公自注者多在焉,而别注亦错出其间。余稍以意为区别,其类于自注者,用朱字,别注则用白字,从《本草》之例。若其字句异同,则壹以吴若本为主,间用它本参伍焉。①

据第一条,《钱笺》对他所认为的吴若本"紊乱失次者,略为诠订",这是编次的大调整;据第二条,《钱笺》在字句异同上,"以吴若本为主",同时"间用它本参伍"。因知《钱笺》在编次和字句两个方面,皆不完全遵从吴若本。故可以肯定,吴若本并非《钱笺》版本学意义上的底本,《钱笺》本质上应该视作杜集的一个全新版本。

与《钱笺》关系较近的《辑注》一书,其版本渊源更为杂乱。钱谦益《吴江朱氏杜诗辑注序》后朱鹤龄识语曰:

愚素好读杜,得蔡梦弼草堂本点校之,会粹群书,参伍众说,名为辑注。乙未(1655),馆先生家塾,出以就正,先生见而许可。遂捡所笺吴若本及九家注,命之合钞。益广搜罗,详加考核,朝夕质疑,寸笺指授,丹铅点定,手泽如新。卒业请序,箧藏而已。壬寅(1662),复馆先生家,更录呈求益。先生谓所见颇有不同,不若两行其书。时虞山方刻杜笺,愚亦欲以辑注问世。书既分行,仍用草堂原本,节采笺语,间存异说。谋之同志,咸谓无伤。②

据识语可知,《辑注》最初选用蔡梦弼《杜工部草堂诗笺》为主要参照本,后改从《钱笺》用吴若本,二人交恶之后,又改回用《草堂诗笺》。翻检《辑注》可知,朱鹤龄在编次和字句上,并不依从《草堂诗笺》③。故《辑注》也应该视作一个新的杜集版本,但其价值远逊《钱笺》④。

---

① 《牧斋初学集》卷一一〇,《四部丛刊》影印崇祯刻本。又《钱笺》卷首,康熙六年季振宜静思堂刻本。
② 朱鹤龄辑注《杜工部全集》卷首,金陵三多斋刻本。
③ 参见洪业《杜诗引得·序》,第68页。
④ 洪业《杜诗引得·序》:"朱氏长于字句之释,以勤劳自任,其病也钝。"注曰:"观朱注杜诗,凡体会言外之意,大略得之牧斋,朱所自发明者,盖寥寥无几也。"(第56页)

洪业早年曾对《钱笺》所据吴若本提出了十条质疑①,这些质疑是以吴若本为《钱笺》底本作出的判断。如上所述,《钱笺》并不严格以吴若本为底本,故洪业的判断大体难以成立②。洪业后来自述失误之因说:"实则钱氏于吴本辄有增削挪移而不说明,遂使我疑吴本不至如此而已。"③邓绍基明确认识到:"钱笺杜诗,并不完全依据吴若本,有种种迹象表明,钱氏以意改动诗的编次,甚至改字。"④但他在反驳洪业观点,肯定吴若本长处时,仍难免要将《钱笺》视同吴若本,相关研究多有此弊⑤。亲见吴若本者,唯钱谦益和朱鹤龄,故今欲探讨吴若本原貌,必以《钱笺》和《辑注》为依靠。既然二本皆不专守吴若本一本,那么,我们探讨吴若本的原则就是:只有《钱笺》和《辑注》明确说吴若本注、吴本作某或吴作某,特别是二书所言吴本相合者,必然是吴本实有的样貌。大体来看,吴若本是以二王本为底本⑥,进行校勘和注释。据《钱笺》和《辑注》所引,于吴若本可获得如下认识:

第一,吴若本字句依二王本。

此类例证共得 40 条,作品皆见于宋本《杜工部集》渊源于二王本各卷:

《钱笺》卷二《潼关吏》"万古用一夫",万夹注:"吴本作千。"宋本《杜工部集》卷二作千。

---

① 参见洪业《杜诗引得·序》,第 57—67 页。
② 孙微对洪业质疑有逐一辨析,见《杜诗学文献研究论稿》,河北大学出版社 2010 年,第 32—39 页。
③ 《再说杜甫》,《洪业论学集》,中华书局 1981 年,第 427—428 页。
④ 邓绍基《关于钱笺吴若本杜集》,《江汉论坛》1982 年第 2 期。
⑤ 元方《谈宋绍兴刻王原叔〈杜工部集〉》,《文学遗产增刊》第十三辑,中华书局 1963 年,第 96—104 页。蔡锦芳《吴若本与〈钱注杜诗〉》,《杜甫研究学刊》1990 年第 4 期。长谷部刚《简论〈宋本杜工部集〉中的几个问题——附关于〈钱注杜诗〉和吴若本》,李寅生译,《杜甫研究学刊》1999 年第 4 期。
⑥ 钱曾藏有影宋抄吴若本,《钱遵王述古堂藏书目录》卷七:"《杜工部集》吴若本二十卷四本(宋本影抄)。"(《四库全书存目丛书》,史部第 277 册,第 706 页。)此本今藏国家图书馆,《杜甫全集校注》以之为最重要的参校本,《杜甫集校注》则忽略了此本。曾祥波认为,既然上海图书馆藏宋本《杜工部集》是以二王本为主体,补以吴若本,那么吴若本与二王本在编次和字句上必然是大同而小异(《杜诗考释》,上海古籍出版社 2016 年,第 15—16 页)。此前,蔡锦芳《吴若本与〈钱注杜诗〉》一文已提出相近的意见。这一判断很有道理。承蒙孙微惠赐国家图书馆藏影宋抄吴若本卷一九和卷二〇两卷图片,将之与宋本《杜工部集》相校,二本没有多大差别。又据《杜甫全集校注》校记,宋本《杜工部集》和影宋抄吴若本(《全集校注》称作钱钞本)各篇字句大体相同。可举一个较具代表性的例证,《钱笺》卷一九《进三大礼赋表》"浪迹陛下丰草长林",迹夹注:"吴本有于字。"寄食朋友夹注:"吴作友朋。"宋本《杜工部集》、国家图书馆藏影宋抄吴若本卷一九皆有于字,皆作朋友。可见影宋抄吴若本与宋本《杜工部集》全同,而与《钱笺》所用吴若本不全同。故可推测,影宋抄吴若本与宋本《杜工部集》可能是基本相同的本子,二本都是由二王本和吴若本拼合而成,其中十五卷源自二王本,五卷源自吴若本。因此,探讨吴若本的特征,影宋抄吴若本《杜工部集》可信度并不高。

《钱笺》卷五《短歌行》"欲向何门跋珠履"，跋夹注："吴作飒。"宋本《杜工部集》卷五作飒。

《钱笺》卷六《课伐木》"苍皮成委积"，夹注："吴本作积委。"宋本《杜工部集》卷六作积委。

《钱笺》卷六《雨》"幽人有独步"，独夹注："吴作高。"宋本《杜工部集》卷六作高。

《钱笺》卷八《惜别行送向卿进奉端午御衣之上都》"拜跪题封向端午"，向夹注："吴本作贺。"宋本《杜工部集》卷八作贺。

《钱笺》卷八《送重表侄王砅评事使南海》"我之曾祖姑"，祖夹注："吴作老。"宋本《杜工部集》卷八作老。

《钱笺》卷八《追酬故高蜀州人日见寄》"东西南北更谁论"，谁夹注："吴作堪。"宋本《杜工部集》卷八作堪。

《钱笺》卷九《赠韦左丞丈》"时议归前烈"，烈夹注："吴作列。"宋本《杜工部集》卷九作列。

《辑注》卷一《对雨书怀走邀许主簿》题注："吴若本作许十一簿公。"宋本《杜工部集》卷九题作《对雨书怀走邀许十一簿公》，《钱笺》卷九同。

《辑注》卷一《赠特进汝阳王二十二韵》"谬持蠡测海"，谬夹注："吴作且。"《钱笺》卷九《赠特进汝阳王二十韵》题注："按诗二十二韵，题恐误。""且持蠡测海"，且夹注："鲁作谬。"宋本《杜工部集》卷九《赠特进汝阳王二十韵》，无题注。"且持蠡测海"，且无夹注。宋本《杜工部草堂诗笺》卷五"且持蠡测海"，夹注："且，鲁作谬。"《钱笺》夹注当出自《草堂诗笺》。

《钱笺》卷一〇《喜闻官军已临贼寇二十韵》"悲怜女子号"，怜夹注："吴作连。"宋本《杜工部集》卷九作连。

《钱笺》卷一四《自瀼西荆扉且移居东屯茅屋四首》其四"久游巴子国"，夹注："吴作宅。"宋本《杜工部集》卷一六作宅。

《钱笺》卷一四《白帝城最高楼》"峡坼云霾龙虎卧"，夹注："吴作睡。"宋本《杜工部集》卷一六作睡。

《钱笺》卷一五《复愁十二首》其二"昏鸦接翅归"，夹注："吴作稀。"宋本《杜工部集》卷一五作稀。

《钱笺》卷一五《秋清》"高秋苏病气"，病夹注："吴作肺。"宋本《杜工部集》卷一五作肺。

《钱笺》卷一六《九日五首》其四"愁绝更谁论"，谁夹注："吴作堪。"宋本《杜工部集》卷一五作堪。

　　《钱笺》卷一六《十月一日》"为冬亦不难",亦不夹注:"吴作不亦。"宋本《杜工部集》卷一六作不亦。

　　《钱笺》卷一六《孟冬》"巫峡寒都薄",峡夹注:"吴作岫。"宋本《杜工部集》卷一六作岫。

　　《钱笺》卷一六《舍弟观赴蓝田取妻子到江陵喜寄三首》其二"马度秦关雪正深",关夹注:"吴作山。"宋本《杜工部集》卷一六作山。

　　《钱笺》卷一六《寄杜位》"天地身何在",在夹注:"吴作往。"宋本《杜工部集》卷一六作往。

　　《钱笺》卷一七《宴胡侍御书堂》"暗暗春籍满",春夹注:"吴作书。"宋本《杜工部集》卷一七作书。

　　《钱笺》卷一七《奉送苏州李二十五长史丈之任》"经术昔相传",昔夹注:"吴作竟。"宋本《杜工部集》卷一七作竟。

　　《辑注》卷三《自京赴奉先县咏怀五百字》"中堂有神仙,烟雾蒙玉质",有夹注:"吴作舞。"蒙夹注:"吴作散。"宋本《杜工部集》卷一作"中堂舞神仙,烟雾散玉质"。《钱笺》卷一作"中堂舞神仙,烟雾散玉质",夹注"一作有""一作蒙",此夹注或吴若本原有。

　　《辑注》卷四《偪侧行赠毕曜》侧夹注:"吴作仄。"宋本《杜工部集》卷二题作《偪仄行(赠毕耀)》。

　　《辑注》卷七《万丈潭》"倒影垂澹沲",沲夹注:"赵刻同,音队,吴作濑。"宋本《杜工部集》卷三作濑。

　　《辑注》卷七《石犀行》"修筑堤防出众力",修筑夹注:"吴作终藉。"宋本《杜工部集》卷四作终藉。

　　《辑注》卷九《陈拾遗故宅》"颜昭超玉价",超夹注:"吴作赵。"宋本《杜工部集》卷五"彦昭赵玉价",赵夹注:"一作超。"

　　《辑注》卷一一《忆昔二首》其一"劳心焦思补四方",心夹注:"吴作身。"宋本《杜工部集》卷四作身。

　　《辑注》卷一四《不寐》"心弱恨知愁",知夹注:"吴作和,陈作多,黄作容。"宋本《杜工部集》卷一六作"心弱恨和愁",和夹注:"一作知。"《钱笺》卷一五作"心弱恨和愁",和夹注:"一作知,陈作多,或作容。"

　　《辑注》卷一四《八哀诗·赠左仆射郑国公严公武》"虚无马融笛",无夹注:"吴若诸本及《英华》同,今本作横。"宋本《杜工部集》卷七作虚无马融笛。

　　《辑注》卷一五《昔游》"猎射起尘埃",尘夹注:"吴作黄。"宋本《杜工部集》卷六作黄。

《辑注》卷一五《阁夜》"人事音书漫寂寥",音书漫夹注:"一作音尘日,刊作音书频,吴作依依漫。"宋本《杜工部集》卷一六作"人事依依漫寂寥",夹注:"一云人事音尘日寂寥。"

《辑注》卷一六《秋行官张望督促东渚耗稻向毕清晨遣女奴阿稽竖子阿段往问》"并驱纷游场",夹注:"吴作动莫当。"宋本《杜工部集》卷七作并驱动莫当,夹注:一云纷游场。

《辑注》卷一七《奉酬薛十二丈判官见赠》"谁重斩邪剑",斩邪夹注:"吴、郭作断蛇,黄作斩郊。"宋本《杜工部集》卷七"谁重断虵剑",夹注:"一云口(国)重斩邪剑。"

《辑注》卷一七《自瀼西荆扉且移居东屯茅屋四首》其二"一种住清溪",清夹注:"吴作青。"宋本《杜工部集》卷一六作青。

《辑注》卷一七《日暮》"草露满秋原",夹注:"吴作滴秋根,一作滴秋原。"宋本《杜工部集》卷一五作"草露滴秋根",夹注:"一作满秋原。"

《辑注》卷一七《雨四首》其二"看鸥坐不移",夹注:"吴作辞。"宋本《杜工部集》卷六作辞。

《辑注》卷一九《解忧》"呀吭瞥眼过",吭夹注:"吴、赵作坑。"宋本《杜工部集》卷八作坑,夹注:"一作帆。"

《辑注》卷二〇《奉赠李八丈曛判官》"垂白辞南翁",辞夹注:"吴作乱。"宋本《杜工部集》卷八题作《奉赠李八丈判官(曛)》,作乱。

《辑注》卷二〇《风疾舟中伏枕书怀二十六韵奉呈湖南亲友》"枫岸垒青岑",垒夹注:"吴作叠。"宋本《杜工部集》卷一八作叠。

第二,吴若本保留二王本注。

此类例证共得 12 条,作品皆见于宋本《杜工部集》渊源于二王本各卷:

《钱笺》卷一《兵车行》耶娘注:"吴若本注云:古乐府云:不闻耶娘哭子声,但闻黄河流水鸣溅溅。"宋本《杜工部集》卷一题注有此,鸣作一。

《钱笺》卷一《奉同郭给事汤东灵湫作》旷原注:"吴若本注:原,昆仑东北脚名也。《穆天子传》:自群玉之山以西,至于西王母之邦三千里。自西王母之邦,北至于旷原之野,飞鸟之所解其羽,千有九百里。宗周至于大旷原,万四千里。"宋本《杜工部集》卷一"广原延冥搜"夹注:"原,昆仑东北脚名也。"据洪业考①,《穆天子传》以下皆钱谦益增益的文字。

《钱笺》卷五《观薛稷少保书画壁》陕郊注:"吴若本注:公诗曰:驱车越陕郊,北顾临大河。"按宋本《杜工部集》卷五题注有此十三字。

---

① 洪业《杜诗引得·序》,第63页。

《钱笺》卷五《光禄坂行》长弓注:"吴若本注云:白日贼多,翻是长弓子弟。"宋本《杜工部集》卷五诗末夹注有此十字。

《钱笺》卷五《草堂》笺:"吴若本于布衣、专城之下注云:即杨子琳、柏贞节之徒。"《辑注》卷一一同。宋本《杜工部集》卷五有此九字。

《钱笺》卷五《除草》题注:"吴若本注:去蘈草也。蘈音潜,山韭。"宋本《杜工部集》卷六题注有此七字。

《钱笺》卷六《雨》诗末夹注:"吴若本注:峡内无井,取江水吃。"宋本《杜工部集》诗末夹注有此八字。

《钱笺》卷七《壮游》粟豆注:"吴若本注:汉有太常三辅粟豆。"宋本《杜工部集》卷六粟豆夹注有此八字。

《钱笺》卷一五《寄刘峡州伯华使君四十韵》"割爱酒如渑",夹注:"吴若本旧注云:平生所好,消渴止之。"宋本《杜工部集》卷一五句下夹注有此八字。

《钱笺》卷一六《宗武生日》诗末注:"吴若本注:宗武小名骥子,曾有诗:骥子好男儿。"宋本《杜工部集》卷一六诗末有此十六字夹注。

《钱笺》卷一六《送王十六判官》沙头注:"吴若本注:江陵吴船至,泊于郭外沙头。"宋本《杜工部集》卷一六沙头夹注有此十一字。

《钱笺》卷一八《风疾舟中伏枕书怀奉呈湖南亲友》首二句注:"吴若本注云:伏羲造瑟,神农作琴。舜弹五弦琴,歌《南风》之篇,有矣。"宋本《杜工部集》卷一八诗末夹注有此二十字。

第三,吴若本改易二王本字句。

此类例证共得 13 条,作品皆见于宋本《杜工部集》渊源于二王本各卷。

《钱笺》卷二《洗兵马》"紫禁正耐烟花绕",禁夹注:"吴本作驾。"宋本《杜工部集》卷二正作耐。

《钱笺》卷五《早发射洪县南途中作》"征途乃侵星",乃夹注:"吴作后,一作复。"宋本《杜工部集》卷五作乃,夹注:"一作复。"

《钱笺》卷七《别李义》"尔克富诗礼",尔克注:"诸宋刻皆作温克。"宋本《杜工部集》卷七正作尔克。《钱笺》既云"宋刻皆作温克"(《新刊校定集注杜诗》卷一四、宋本《草堂诗笺》卷四一、古逸本《草堂诗笺》卷三四俱作温克),则《钱笺》所见吴若本必作温克。按洪业《杜诗引得·序》:"今按钱氏《笺注》本《别李义》'尔克富诗礼,骨清虑不喧',诗后列注中别标'尔克'二大字,其下注云'诸宋刻皆作温克',然则所谓吴若本而作'尔克'者,殆非宋刻欤?"[①]洪氏之误恰在于以为《钱笺》完全遵从吴若本。

---

① 《杜诗引得·序》,第 65 页。

《钱笺》卷八《咏怀二首》其一"意深陈苦词",苦夹注:"吴本作昔。"宋本《杜工部集》卷八作苦。

《辑注》卷一《示从孙济》"竹枝霜不蕃",蕃夹注:"吴作繁,郭作翻。"宋本《杜工部集》卷一作"竹枝霜不蕃",无夹注。

《辑注》卷三《雨过苏端》"久旱雨亦好",雨夹注:"吴作云。"宋本《杜工部集》作"久旱雨亦好",无夹注。

《辑注》卷三《送长孙九侍御赴武威判官》"此行牧遗甿",牧夹注:"吴作收。"宋本《杜工部集》卷二作"此行收遗甿",无夹注。

《辑注》卷八《入奏行》"为君酤酒满眼酤",前酤字夹注:"吴作酤。"宋本《杜工部集》卷五作"为君酤酒满眼酤",无夹注。

《辑注》卷一七《解闷十二首》其十二"劳人害马翠眉须",劳人害马夹注:"荆公本同,吴作劳生害马。"须夹注:"旧作疏,山谷云:善本作须。"宋本《杜工部集》卷一五作"劳生重马翠眉疏"。

《辑注》卷一八《锦树行》"霜凋碧树作锦树",作夹注:"荆作行,吴作待。"宋本《杜工部集》卷七作行。

《辑注》卷一九《秋日荆南述怀》"皆登屈宋才",登夹注:"吴作知。"宋本《杜工部集》卷一七作登。

《辑注》卷二〇《赠韦七赞善》"虾菜忘归范蠡船",虾夹注:"吴作鲑。"宋本《杜工部集》卷八作虾。

第四,吴若本改二王本字并新加注释。

此类例证共得 2 条,作品皆见于宋本《杜工部集》渊源于二王本各卷。

《钱笺》卷二《湖城东遇孟云卿复归刘颢宅宿宴饮散因为醉歌》"庭树鸡鸣泪如线",线夹注:"一云霰。"如霰注:"吴若本注:《楚辞》:泪下兮如霰。鲍明远诗:佳期怅何许,泪下如流霰。"宋本《杜工部集》卷二作线,无夹注。

《钱笺》卷三《乾元中寓同谷县作歌七首》其四"林猿为我啼清昼",林猿夹注:"一作竹林,浩然本作竹林猿。"竹林注:"吴若本注:蜀中鸟名。"按此,吴若本字当作竹林。宋本《杜工部集》卷三作林猿。

第五,吴若本有新增注释。

此类例证共得 25 条,其中 23 条所涉作品皆见宋本《杜工部集》渊源于二王本各卷,最末 2 条见渊源于吴若本卷中:

《钱笺》卷一李邕《登历下古城员外新亭》员外注:"吴若本题下注云:本传云:天宝初,为汲郡北海郡太守。时李之芳自尚书郎出为齐州司马,作此亭。"宋本《杜工部集》卷一李邕《登历下古城员外新亭》题注:"时李之芳自尚书郎出为齐州司马,制此亭。"无本传云至太守十四字,作作制。

《钱笺》卷一《丽人行》衱注："吴若本注:《礼记》注:交领也。《尔雅》:衱谓之裾。郭璞云:衣后裾也。"宋本《杜工部集》卷一无此注。

《钱笺》卷二《九成宫》太白注："吴若本注云:谓肃宗至德二载次于凤翔时也。《地理志》:凤翔郿县有太白山。《赠秦少府歌》:去年行宫当太白。"宋本《杜工部集》卷二无此注。

《钱笺》卷二《洗兵马》郭相注："吴若本注:郭子仪。"宋本《杜工部集》卷二无此注。

《钱笺》卷三《乾元中寓同谷县作歌七首》其六笺:"吴若本注云:此篇为明皇作也。明皇以至德二载至自蜀,居兴庆宫,谓之南内。明年,改元乾元。时持盈公主往来宫中,李辅国常阴候其隙间之。故上元二年,帝迁西内。"宋本《杜工部集》卷三无此注。

《钱笺》卷四《题壁画马歌》韦偃注:"吴若本注:按张彦远《名画记》:鸥,韦鉴子,善小马牛羊山原。甫他诗皆云偃,未知孰是。甫与偃同时,不应有误,疑《画记》失传。"宋本《杜工部集》卷四无此注。

又《题壁画马歌》骐骥注:"吴若本注:骐骥字,《说文》不载,惟《玉篇》云:马黑脊。不言良马。往见晁无咎云:既扫骅骝,乃见骐骥。乃是语病,不然必有误。或作骥骥二字,尤非。甫好用骐骥字,疑别有出云。《骢马行》:肯使骐骥地上行。《赠李二丈》云:蹭蹬骐骥老。"宋本《杜工部集》卷四无此注。

《钱笺》卷四《戏作花卿歌》题注:"吴若本注题下:此谓段子璋反东川,李奂走成都,崔光远讨平之时事也。崔大夫谓光远,子章作此璋字。李侯疑即奂,尝领东川,以子璋乱出奔。及平,复得之镇,故云重有此节度也。"笺云:"吴若本注云:李奂领东川,以子璋乱奔成都,及平,复得之镇,故曰重有此节度也。"《钱笺》重出吴若本注,不知何故。宋本《杜工部集》卷四无此注。

《钱笺》卷四《大麦行》笺:"吴若本注云:后汉桓帝时童谣:小麦青青大麦枯,谁当获者妇与姑。此诗源流出此。"宋本《杜工部集》卷五无此注。

《钱笺》卷五《过郭代公宅》笺:"吴若本注云:明皇与刘幽求平韦庶人之乱,正在神龙后,元振常有功其间,而史失之,微此诗,无以见。"宋本《杜工部集》卷五无此注。

《钱笺》卷六《折槛行》房魏注:"吴若本注云:房乔故秦府学士,魏公佐建成,非十八人之列。"按吴若注所云乔或为杜之误,秦王府十八学士以房杜为首。宋本《杜工部集》卷八无此注。

《钱笺》卷六《七月三日亭午已后较热退晚加小凉稳睡有诗因论壮年乐事戏呈元二十一曹长》乌匼注:"吴若本注:魏武拟古皮弁,裁缣帛以为帢,以色别贵贱。晋咸和中,制尚书八座丞郎门下三省皆白幍,二宫直官乌纱帽。作帢,字书无匼字,音恰。"宋本《杜工部集》卷六无此注。

《钱笺》卷六《牵牛织女》鸣玉注:"吴若本注:《晋·嵇康传》:鸣玉殿省。"宋本《杜工部集》卷六无此注。

《钱笺》卷六《槐叶冷淘》屠苏注:"吴若本注云:庵也。《博雅》:屠麻,庵也。服虔《通俗文》:屋平曰屠麻。刘孝威《结客少年场行》:插腰铜匕首,障日锦屠苏。或以为屠苏酒,非是。"宋本《杜工部集》卷六无此注。

《钱笺》卷七《荆南兵马使太常卿赵公大食刀歌》芮公注:"吴若本注:以《唐书》考之,恐是卫伯玉。"宋本《杜工部集》卷七无此夹注。

《钱笺》卷七《奉酬薛二十丈判官见赠》"谁重断蚳剑",夹注:"一云国重斩邪剑。"断蚳注:"吴若本注云:斩邪用朱云事。断蚳,恐非人臣所用。"宋本《杜工部集》卷七诗句夹注大同,唯国误作口。

《钱笺》卷八《发刘郎浦》刘郎浦注:"吴若本注:蜀先主纳吴女处也。吕温诗云:吴蜀成婚此水浔,明珠步障幄黄金。谁将一女轻天下,欲换刘郎鼎峙心。《十道志》:刘郎浦在荆州。《江陵图经》:在石首县。"宋本《杜工部集》卷八无此夹注。

《钱笺》卷九《赠李白》飞扬跋扈注:"吴若本注:贺六浑论侯景专制河南四十年,有飞扬跋扈之意。"宋本《杜工部集》卷九无此夹注。

《钱笺》卷九《陪郑广文游何将军山林十首》其七"棘树寒云色",棘夹注:"刊作楝。"棘树注:"吴若本注:刊作楝。《尔雅》云:栜,赤棘,白者栜。山厄切。注云:赤栜好丛生山中,白栜圆叶而岐为大木。"《钱笺》重出"刊作楝",不甚可解。

《钱笺》卷九《重过何氏五首》其一"花妥莺捎蝶",妥夹注:"刊作堕。"妥注:"吴若本注:刊作堕。音妥,妥又音堕。关中人谓落为妥。三山老人曰:花妥,即花堕也。《曲礼》正义云:妥,下也。毛苌《诗传》:妥,安坐也。"宋本《杜工部集》卷九无。《钱笺》重出"刊作堕",亦不甚可解。

《钱笺》卷一五《诸将五首》其一金盌注:"吴若本注云:金作玉。《汉武故事》茂陵事,本言玉盌。"宋本《杜工部集》卷一五作金盌,无夹注。

《钱笺》卷一五《夔府书怀四十韵》胶漆注:"吴若本注:用弃甲事。"宋本《杜工部集》卷一五无此夹注。

《钱笺》卷一六《忆郑南玭》玭注:"吴若本注:玭疑作玼,音泚,玉色鲜洁也。"《辑注》卷一三同。宋本《杜工部集》卷一五无此注。

《钱笺》卷一三《寄董卿嘉荣十韵》君牙注:"吴若本注云:此邢君牙也。本传云:田神功为兖郓节度使,使君牙将屯兵好畤防秋。神功镇兖郓,在代宗初,故曰京师今晏朝。是时君牙尚微,在神功麾下,乃名斥之。"宋本《杜工部集》卷一三无此注。宋本此卷据吴若本抄补。吴若此注凡五十八字。宋本双行小注约行三十字,此五十八字需占一行,在宋版原版式中断难多出一行,故此注或抄手略去。

《钱笺》卷一三《绝句六首》其三"凿井交棪叶",夹注:"吴若本注:交棪作井绠也。"宋本《杜工部集》卷一三无此注。宋本此卷据吴若本抄补。此六字,双行约占去二字,或亦抄时略去。这说明以今宋本《杜工部集》据吴若本抄补部分来研究吴若本原貌,亦有不足。因为照宋本行格抄补必然会舍弃部分稍见冗长的注文。

第六,与张元济宋本《杜工部集》卷一〇至一四出吴若本的判断相符。

此类例证共得 23 条,作品皆见宋本《杜工部集》渊源于吴若本各卷:

《钱笺》卷一〇《晚出左掖》鸡栖注:"吴若本注云:朱仲卿车如鸡栖马如狗。"宋本《杜工部集》卷一一诗末有此十字。

《钱笺》卷一〇《望岳》"秋待西风凉冷后",西夹注:"吴作秋。"宋本《杜工部集》卷一一正作秋。

《牧斋初学集》卷一〇九《读杜二笺上》笺《秦州杂诗·东柯好崖谷》:"晴天养片云,吴季海本作养,他本皆作卷。晴天无云,而养片云于谷中,则崖谷之深峻可知矣。山泽多藏育,山川出云,皆叶养字之义。养字似新而实稳,所以为佳。如以尖新之见取之,此一字,却不知增诗家几丈魔矣。"按《钱笺》卷一〇作养,夹注:"一作卷。"《辑注》卷六卷夹注云:"吴本作养。"宋本《杜工部集》卷一〇作养,夹注:"一作卷。"

《钱笺》卷一〇《寄张十二山人彪三十韵》"相遇益悲辛",悲夹注:"一作酸,吴作愁。"宋本《杜工部集》卷一一正作愁。

《钱笺》卷一一《蜀相》"三顾频烦天下计",烦夹注:"吴作繁。"宋本《杜工部集》卷一一作繁。

《钱笺》卷一一《奉简高三十五使君》"披豁对百真",真夹注:"吴若本作君,恐误。"宋本《杜工部集》卷一一作君。

《钱笺》卷一一高适《赠杜二拾遗》"此外更何言",外夹注:"吴作后。"宋本《杜工部集》卷一一作后。

《钱笺》卷一二《绝句漫兴九首》其七稚子注:"吴若本注:稚子,笋也。一作雉子。《汉铙歌》有《雉子班》。"宋本《杜工部集》卷一一稚子夹注:"一作雉子。《汉铙歌》有《雉子班》。一云稚子,笋也。"

《钱笺》卷一三《江亭王阆州筵饯萧遂州》"愁随舞曲长",随夹注:"吴作从。"宋本《杜工部集》卷一三作从。

《钱笺》卷一三《玉台观》"更肯红颜生羽翼",翼夹注:"吴作翰。"宋本《杜工部集》卷一三作翰。

《钱笺》卷一三《到村》"疏顽惑町畦",疏顽夹注:"吴作顽疏。""稍酬知己分",稍夹注:"吴作暂。"宋本《杜工部集》卷一三正作顽疏、暂。

《钱笺》卷一三《遣闷奉呈严公二十韵》严夹注:"吴本有郑字。"宋本《杜工部集》卷一三题正作《遣闷奉呈严郑公二十韵》。

《钱笺》卷一四《赠崔十三评事公辅》"飘飘西极马",后飘字夹注:"吴作飙。"又"悲歌识者谁",夹注:"吴作知。"宋本《杜工部集》卷一四作飙、知。

《钱笺》卷一四《陪诸公上白帝城宴越公堂之作》城夹注:吴有头字。宋本《杜工部集》卷一四题作《陪诸公上白帝城头宴越公堂之作》。

《辑注》卷六《秦州杂诗》其六"林疏鸟兽稀,那堪往来戍",林夹注:"吴作旌。"堪夹注:"吴作闻。"宋本《杜工部集》卷一〇作旌、闻。

《辑注》卷六《东楼》"西行过此门",西行夹注:"吴作西征,一作征西。"宋本《杜工部集》卷一〇作西征。

《辑注》卷六《天河》"秋至最分明",最夹注:"吴作辄,赵作转。"宋本《杜工部集》卷一〇作辄,夹注:"刊作最。"

《辑注》卷六《促织》"故妻难及晨",故夹注:"吴作放。"宋本《杜工部集》卷一〇作放,夹注:"一云故。"

《辑注》卷六《秦州见敕目薛三据授司议郎毕四曜除监察与二子有故远喜迁官兼述索居凡三十韵》,据夹注:"吴作璩。"宋本《杜工部集》卷一〇作璩。

《辑注》卷六《寄岳州贾司马六丈巴州严八使君两阁老五十韵》"貔虎闲金甲",闲夹注:"吴作开。""春给水衡钱",给夹注:"吴作得。"宋本《杜工部集》卷一〇作开、得。得夹注:"刊作给。"

《辑注》卷八《江头五咏·丽春》"少须颜色好",夹注:"吴作好颜色。"宋本《杜工部集》卷一二作好颜色。

《辑注》卷一〇《戏作寄上汉中王二首》其一"掌中贪看一珠新",看夹注:"吴作见。"宋本《杜工部集》卷一二作见。

《辑注》卷一二《船下夔州郭宿雨湿不得上岸别王十二判官》"含情觉汝贤",情夹注:"吴作凄。"宋本《杜工部集》卷一四作凄。

以上总共115条。若从吴若本和二王本关系的层面来看,第一和第二可视作吴若本对二王本的承袭,计52条;第三和第四可视作吴若本对二王本的改动,计15条;第五是吴若本对二王本的增注,计25条。假定《钱笺》和《辑注》所见115条能够基本反映吴若本的整体面貌,那么就可以推断,吴若本对二王本的更动是局部的,若再考虑到吴若本大体保存了二王本的编次,则吴若本可以视作二王本的校勘增注本,它在最大程度上保存了二王本的主要信息,它是一个更加完善的二王本。绍兴三年(1133),吴若撰《杜工部集后记》曰:

> 右杜集,建康府学所刻板也。……(府学教授刘旦)常今初得李端明本以为善,又得抚属姚宽令威所传故吏部鲍钦止本校足之,末得若本,以为无恨焉。凡称樊者,樊晃小集也。称晋者,开运二年官书也。称荆者,王介甫四选也。称宋者,宋景文也。称陈者,陈无己也。称刊及一作者,黄鲁直、晁以道诸本也。①

由上可知,在吴若本人看来,后人所称之吴若本最大的贡献是校勘,此本首先应是以二王本为底本的集校本,其次是注释,再次是辑佚②。

今知对吴若本使用较多的是蔡梦弼《杜工部草堂诗笺》。《古逸丛书》本《诗笺》卷首鲁訔绍兴癸酉(二十三年,1153)所作《编次杜工部诗序》后,有嘉泰甲子(四年,1204)蔡梦弼识,曰:"校勘之例,题曰樊者,唐润州刺史樊晃小集。题曰晋者,晋开运二年官书本也。曰欧者,欧阳永叔本也。曰宋者,宋子京本也。王者,乃介甫也。苏者,乃子瞻也。陈者,乃无己也。黄者,乃鲁直也。刊云一作某字者,系张原叔、张文潜、蔡君谟、晁以道及唐之顾陶本也。"这段话大概是吴若《后记》的转抄改写。据检,《草堂诗笺》夹注主要有一作某、陈作某、鲁作某、晋作某、晁作某、正异作某、旧作某、王彦辅作某、王介甫作某、蔡君谟作某、蔡肇作某、宋景文作某、晋本作某、一本作某、黄作某、鲍作某、或作某、今作某、王荆公作某、王作某、别本作某、阁本作某、荆公作某、刊作某、谢作某、赵作某等,其间称名不统一,又与蔡识所言不尽相符。蔡识只字未及吴若本,但《草堂诗笺》的夹注却有不少可以在《钱笺》《辑注》和宋本《杜工部集》渊源于吴若本各卷中找到相应内容。《古逸丛书》本和宋本《杜工部草堂诗笺》卷六《自京赴奉先县咏怀五百字》"乐动殷崲崌"夹注:

> 殷读曰隐,震也。谓时明皇奏乐骊山温泉也。相如《上林赋》:车骑雷起,殷天动地。崲崌,一作螗蝎,一作樛崌,一作汤崌。王琪、吴若本

---

① 《钱注杜诗》,上海古籍出版社1979年新1版,第715页。
② 《钱笺》卷一八附录有"吴若本逸诗七篇"。

皆作嵑嵲。嵑,音渴,嵲,丘割切。张衡《南都赋》:其山则崆峣嵲嵑。
注:山石高险貌。欧阳公、王荆公改樛嵲作胶葛。相如《子虚赋》:张乐
乎胶葛之寓。注:旷远深貌。扬雄《甘泉赋》:其相胶葛。注:胶,犹言胶
加也。《鲁灵光殿赋》:洞洞轇輵。其字又不同。《正异》又作嵲嵑。今
从王、吴本为正。

《草堂诗笺》明确提到吴若本仅此一条,但却提供了丰富的信息。"乐动殷
嵑嵲"句,《钱笺》和《辑注》都未明确提及吴若本①。而宋本《杜工部集》卷
一、国图藏钱曾影宋抄本吴若序《杜工部集》卷一皆作"乐动殷汤嵲",与《草
堂诗笺》夹注所云"王琪、吴若本皆作嵑嵲"字不同。《草堂诗笺》的这条夹
注足以表明:二王本和吴若本是当时最为重要的两个杜集版本。

吴若本的注释尚有可论者。上文列举的第四、第五项吴若本新增注释
合 27 条。洪业指出其中数条各有出处②,今再检今存宋代主要注本,将这
27 条注释大致分为两类:

第一类,因袭改易前人见解。此类有 12 条:

"竹林"注:《校定集注杜诗》(台北故宫博物院藏瞿氏宋本)卷六引杜
《补遗》:"蔡氏《西清诗话》云:林猿,古本作竹林,后人不知,乃易为林猿,今
本皆因之。尝有自同谷来,笼一禽,大如雀,色正青,善鸣。问其名,曰:此竹
林鸟也。少陵凡于诗目,必纪其处以明风俗方物贻后人,岂可妄意易之邪?
此说蔡氏得于传闻,未足为信。盖猿多夜啼,今啼清昼,自有意义。"又略见
《景宋王状元集百家注编年杜陵诗史》(贵池刘氏玉海堂景宋丛书本)卷一
一、《分门集注杜工部诗》(《四部丛刊》影印潘氏宋本)卷二五、《黄氏补千家
注纪年杜工部诗史》(元詹光祖刻本)卷六引苏曰引蔡條。知吴若本此注出
《西清诗话》。

"员外"注:洪业曰:"是伪王状元本中所谓'彦辅曰'而《分门集注》本所
谓'洙曰'者之注也。"见《百家注》卷一、《分门集注》卷五。又见《校定集注
杜诗》卷一,未云所出。又见《补注杜诗》卷一,云出"洙曰"。无论出自洙曰
还是彦辅曰,其年代皆早于吴若本,是吴若本此注存在抄前人注的可能。

"衱"注:《校定集注杜诗》卷二引杜《补遗》:"《广韵》曰:匐彩,妇人髻
饰花也,匐音鼍。《尔雅》曰:衱谓之裾。郭璞曰:衣后裾也。一本匐作匐、衱

---

① 《钱笺》卷一作"乐动殷樛嵲",夹注:"荆作胶葛,一作蠮螉,一作福嵑嵲,一作汤嵲。"《辑
注》卷三作"乐动殷胶葛",夹注:"旧作樛嵲,荆公、欧公家为胶葛。《正异》作嵲嵑。"《辑
注》似综合了《草堂诗笺》和《钱笺》。

② 《杜诗引得·序》,第 62—63 页。

作被,非是。"此乃抄前人注。

"太白"注:《校定集注杜诗》卷三、《百家注》卷六、《分门集注》卷六、《补注杜诗》卷三注,相近而不同。此条似吴若本小有新见。

"郭相"注:《分门集注》卷一四、《补注杜诗》卷四注:"洙曰:郭子仪也。"此乃抄前人注。

《同谷县作》其六注:《校定集注杜诗》卷六注引东坡云:"六歌一篇为明皇作也。明皇以至德二年至自蜀居兴庆宫,谓之南内。明年改元乾元。时持盈公主往来宫中,李辅国常阴候其隙间之。故上元二年,帝迁西内。"《百家注》卷一一、《分门集注》卷二五、《补注杜诗》卷六题注引苏曰大同。此或抄前人注。

《戏作花卿》注:《补注杜诗》卷七注引洙曰:"子璋,即段子璋也。崔大夫,崔光远也。"又:"李侯,东川节度使李奂也。"《校定集注杜诗》卷七引赵云:"盖段子璋既攻东川,则李奂必失节度矣。以花卿斩之,则李侯复保有节度焉。"此条似杂取各家说而成。

《大麦行》注:似杂取各家说而成。

"屠苏"注:洪业指出,此出自《杜田补遗》。见《校定集注杜诗》卷一一引《杜田补遗》:"屠苏,屋名,或作屠酥。《玉篇》:屠酥,庵也。《通俗文》:屋下曰屠酥。《广韵》:屠酥,草庵。又:屠酥酒,元日饮之,可除温气。则屠酥有二义。是诗走置锦屠酥,乃屋也,非酒。古乐府刘孝威《结客少年场行》:插腰铜匕首,障日锦屠酥。"亦略见《补注杜诗》卷一一引"修可曰"。简单比照可知,吴若本注是杜田注的简抄。

"刘郎浦"注:《校定集注杜诗》卷一五引薛云:"《江陵图经》:刘郎浦在石首县,孙权与刘备成婚于此,因以得名。"《补注杜诗》卷一五引鲍曰:"先主纳吴女处也。吕温诗云:吴蜀成婚此水浔,真珠步障幄黄金。谁将一女轻天下,欲换刘郎鼎峙心。"薛、鲍之说当为吴若本注的来源。

"花妥"注:洪业指出此见于见《白家注》卷二、《分门集注》卷一〇,亦见《补注杜诗》卷一八,出"苏曰"。

"金盎"注:此或出杜田《补遗》,见《校定集注杜诗》卷三〇注引。

第二类,疑似新提出的见解。此类有 15 条:

"如霰"注:此条似吴若本新见。

"韦偃"注:此条似吴若本新见。

"骐骥"注:此条似吴若本新见。

《过郭代公宅》注:《古逸丛书》本《草堂诗笺》之《黄氏集千家注杜工部诗史补遗》卷四、宋本《草堂诗笺》卷二十三注:"又谓:神龙则中宗即位改元元年,去先天二年凡八年,而学者每疑之。尝论之曰:太平公主擅宠自中宗,而末则祸胎在神龙而下也。或者又谓:明皇与刘幽求平韦庶人之乱,此在神龙后,乃知元振有功其间,而失之,微此诗,无以见也。"据《校定集注杜诗》卷九、《补注杜诗》卷九、《草堂诗笺》注"又谓"云云,出自赵次公。则"或者又谓"云云,当指吴若本注。故此注或吴若本新见。

"房魏"注:此条似吴若本新见。

"乌匼"注:此条《古逸丛书》本《草堂诗笺》卷二九、宋本三十六夹注有引:"历考字书,无匼字,疑当作帢,音恰。"似吴若本新见。

"鸣玉"注:此条似吴若本新见。

"芮公"注:《补注杜诗》卷一三黄鹤补注同有此疑。此条似吴若本新见,黄鹤未提。

"断虵"注:《校定集注杜诗》卷一三引赵云:"两句皆是建功立名事。旧本正作斩蛇剑,乃汉高祖事,不可在常人言之。"此条似吴若本新见。

"飞扬跋扈"注:《校定集注杜诗》卷一七引赵曰有此,此注或吴若本新见。

"棘树"注:此注或吴若本新见。

"胶漆"注:《钱笺》续曰:"吴曾《漫录》:谓潼关弃甲也。"此注或吴若本新见。

"砒"注:《补注杜诗》卷二九黄鹤补注曰:"砒,玉色,言石之似砒,故诗云:石影衔珠合,泉声带玉琴。"此注或吴若本新见,黄鹤未标出。

"君牙"注:《古逸丛书》本《草堂诗笺》卷二六、宋本《草堂诗笺》卷三一夹注有引:"牙帐,谓牙旗也。或曰:此谓邢君牙也。未详。"《钱笺》批评为曲说附会,或吴若本新见。

"交椶"注:《古逸丛书》本《草堂诗笺》卷三七、宋本卷四六从此说。或为吴若本新见。

吴若《后记》称刘亘先后得到府帅李端明和赵公的支持。据《景定建康志》卷一四,绍兴二年(1132)闰四月至十月,端明殿学士、朝奉郎李光知建康府事,兼江东安抚使。绍兴二年十二月至三年三月,端明殿学士、朝奉大夫赵鼎知建康府事,兼江东安抚使。故吴若本《杜工部集》的编刻最早始于绍兴二年闰四月李光知建康府之初,至晚在吴若《后记》末署之绍兴三年六月告成,前后用时不过十四五个月,耗时无多。吴若《后记》又说刘亘初得李端明本,又得抚属姚宽所传鲍钦止本①,最后得"若本",知此集所主要参考

---

① 据《宝庆会稽续志》卷八,姚宽时在李光幕府。

的便是李光本、鲍钦止本和"若本"三种。《后记》所说的"称樊""称荆"等，并上引之各条注释当皆据此三本。此三本中，李光本和"若本"，具体不详，鲍钦止本为注本，则吴若本《杜工部集》的注极可能源自鲍钦止本。洪业说："窃疑集注之起当在绍兴中叶，或其稍前。""宋人之于杜诗，所尚在辑校集注，迨南宋之末，蔡、黄二本已造其极。"[1]吴若本《杜工部集》当是杜诗辑校集注早期的代表。故在校勘和注释两个方面，吴若本《杜工部集》保存了北宋校勘注释杜诗的成果，同时也开启了后来辑校集注杜诗的风气，堪称两宋乃至中国古代杜诗学史的总结性和转折性撰述，意义重大。

（十）二王本《杜工部集》版本小考

《郡斋读书志》卷一七著录《杜甫集》二十卷集外诗一卷、《注杜诗》二十卷、蔡兴宗编《杜诗》二十卷、赵次公《注杜诗》五十九卷，提要曰："集有王洙原叔、王琪君玉序。皇朝自王原叔以后，学者喜观甫诗，世有为之注者数家，率皆鄙浅可笑。有托原叔名者，其实非也。吕微仲在成都时，尝谱其年月。近时有蔡兴宗者，再用年月编次之。而赵次公者，又以古律诗杂次第之，且为之注。两人颇以意改定其误字云。"[2]晁公武著录《杜甫集》二十卷，当即二王本。《注杜诗》二十卷，可能是托名王洙的注本之一。蔡兴宗编《杜诗》二十卷，当以二王本为参照，"再用年月编次"而成。由晁公武的合并著录来看[3]，"古律诗杂次第之"的赵次公《注杜诗》亦必然以二王本为重要参照本。吴若本之后，校勘、注释、编年、分类、补遗各种重编、选编杜集渐多，至宋末元明批点、批选、评论之风渐盛，二王本虽为最早的杜诗定本，但其影响渐次削弱。直至明末清初，由于《钱笺》对吴若本的推崇，二王本始重新引起人们重视[4]。

裴煜补遗重刻二王本原本今已不存，今可见者为上海图书馆所藏毛氏汲古阁所藏宋本，一般认为这是两种相俪之南宋刻本及其影抄本。《上海图书馆善本书目》曰："《杜工部集》二十卷补遗一卷（唐杜甫撰　宋王洙编

① 《杜诗引得·序》，第9、40页。
② 孙猛《郡斋读书志校证》，上海古籍出版社1990年，第857页。
③ 马端临承袭了晁公武的合并著录，《文献通考·经籍考》著录《杜工部集》二十卷集外诗一卷、《注杜诗》二十卷、蔡兴宗编《杜诗》二十卷、赵次公《注杜诗》五十九卷，又别录黄伯思《校定杜工部集》二十二卷，皆辑录晁公武、陈振孙提要（《文献通考》卷二三二，《景印文渊阁四库全书》第614册，第750—751页）。
④ 周采泉曰："宋代注家自以赵、蔡、黄三家，最为著名，钱氏尚多加指摘，刘辰翁以次，当然更不屑一顾，所以全书无一引元明人语，至《钱笺》出，杜诗面貌为之一新。虽后人对《钱笺》亦有讥其穿凿者，要之其廓清氛翳，荡涤伪注之功，自不可没。……有清一代，学人注杜，蔚然成风，未始非钱氏倡导之力也。"（《杜集书录》，第154—155页。）明末清初重宋本杜集之风气亦钱氏之功。

两种宋刻毛氏汲古阁钞本　第一种卷一首三叶　卷十七至二十　补遗　半叶十行　行十八至二十一字　第二种卷十至十二　半叶十行　行二十字　清毛扆跋)宋刻存八卷又三叶(卷一首三叶　十至十二　十七至二十　补遗)余卷毛氏汲古阁钞配。"①1957年12月,商务印书馆据上海图书馆所藏宋本影印出版《宋本杜工部集》六册,列为《续古逸丛书》第四十七种。张元济跋对此书之版本渊源有更详尽的考证,跋曰:

　　毛氏汲古阁所藏宋本,递传至于潘氏滂喜斋,今归上海图书馆。相传为嘉祐间刊。然以讳字避至完构观之,是刻当在南宋初矣。

　　检校全集,计二十卷,补遗一卷。宋刻两本相俪,缺卷为毛氏钞补,亦据两本。

　　其一存卷一第三、四、五叶,卷十七至二十及补遗。每半叶十行,行十八至二十一字。毛氏钞补自卷一第六叶起,至卷九,卷十五、卷十六。每卷先列子目,目后衔接正文。

　　其二为卷十至卷十二,每半叶十行,行二十字。毛氏钞补卷十三及十四,每卷先列子目,目后重衔书名、卷次及诗体首数各一行。

　　两本字体、纸墨均甚相似,骤不易辨,但从行款注例审之,显有不同。又检刻工,前一本有洪茂、张逢、史彦、张由、余青、吴圭、洪先、张谨、牛实、刘乙、宋道、徐彦、施章、田中、张清、吕坚、王伸、方诚、骆昇、葛从、朱赟、蔡等。……于是确定为绍兴初年之浙本无疑。《直斋书录解题》谓:"又有遗文九篇,治平中太守裴煜刊集外。"此存《补遗》一卷,可证是为覆刻君玉之本也。

　　复考配本,间有樊作某、晋作某、荆作某、宋景文作某、陈作某、刊作某、一作某等,与钱牧斋《笺注》所载吴若《后记》云"凡称樊者樊晃小集也,称晋者开运二年官书也,称荆者王介甫《四选》也,称宋者宋景文也,称陈者陈无己也,称刊及一作者黄鲁直晁以道诸本也",若合符节,是必吴若刊本,可无疑义。吴记作于绍兴三年六月,当即刻于是时。两本雕版,异地同时。此本刻工有杨茂、言清、言义、王佑、熊俊、黄渊、杨诜、郑珣、翟庠等,尚未见于他书,盖建康府学所镌者也。

　　吴本虽后于王本,牧斋已推为近古。由今观之,两本实为希世之珍。近人之疑吴本为乌有,而深讥虞山之作伪者,观此亦可冰释。览毛斧季跋文……从残存三册核之,知当时已为胖合之本。

————————————

① 《上海图书馆善本书目》卷四,上海图书馆1957年。

钱氏述古堂亦尝景写一部,而卷一尚存宋刻第一、二叶之王洙《杜工部集记》,意者毛、钱交挚,殆即斧季撤赠者。此本今藏北京图书馆。……

去年成都筑工部草堂,鼓舞群仰,名山羽翼,悠待球珍。爰借上海书馆所藏《杜工部集》,赵宋孤椠,传世冠冕,摄景精印,列为《续古逸丛书》第四十七种。其卷一王《记》之宋刊,卷十二第廿一后半叶,卷十九第一、二叶,及补遗第七、八叶之钱钞,均据北京图书馆藏本照补者。①

据张跋,此本主要渊源于两种宋刻本:

第一种,南宋绍兴初年浙江覆刻王琪嘉祐四年(1059)刻印的二王本《杜工部集》,凡十五卷。分别是:卷一(第三、四、五叶)、卷一七至卷二〇共四卷(卷一计入钞补),另有补遗,皆为宋刻。卷一(第一叶、第二叶、第六叶至卷末)、卷二至卷九、卷一五至一六,共十一卷,据宋本钞补。半叶十行,行十八字至二十一字。版心有刻工洪茂、张逢、史彦、张由等姓名。

第二种,南宋绍兴初年吴若本《杜工部集》,凡五卷。卷一〇至卷一二,共三卷,皆为另一宋刻。卷一三、卷一四,共两卷,据宋刻钞补。半叶十行,行二十字,版心有刻工杨茂、杨义、王佑、熊俊、黄渊、杨跣等姓名。

此外,《续古逸丛书》影印之《宋本杜工部集》,据国家图书馆所藏述古堂影抄吴若刊本补了上图藏本的几处缺字和钞补。所补有:卷首王洙《记》补"饥""负薪""哺糒""湖"六字;卷一二最末一首《薄游》最后之"夕复秋光"四字;卷一九第一、二叶和补遗第七、八叶,则以国图所藏影抄吴若刊本整叶补足。

由上可知,总体来看,上图所藏宋本《杜工部集》和《续古逸丛书》影印之《宋本杜工部集》大体可视同一书。

关于今见之宋本《杜工部集》,尚有三点值得提出:

第一,《续古逸丛书》影印本亦偶见上图藏本缺字未补者。如卷二第二十叶下第二行末"鸟"字,卷四第十一叶下第三行第十"貌"字,卷九第六叶下第一行双行小注所缺一字,卷一〇第十五叶上第九行"几"夹注所缺一字。又王洙《记》"搜裒中外书凡九十九卷"夹注"古本一卷",《续古逸丛书》影印本作"古本二卷",不知何故。

第二,宋本《杜工部集》卷一〇至一二刻本和卷一三、一四钞本五卷所据

_____

① 《宋本杜工部集》卷末,《续古逸丛书》第四十七种。

并非吴若原本,而是南宋晚期的翻刻本①。

我们不妨带着上面的两个认识,重新审查一下毛扆跋:

> 先君昔年以一编授扆,曰:"此《杜工部集》,乃王原叔本也。余借得宋板,命苍头刘臣影写之,其笔画虽不工,然从宋本抄出者。今世行杜集,不可以计数,要必以此本为祖也。汝其识之!"扆受书而退,开卷细读,原叔《记》云……二十卷末,有嘉祐四年四月望日姑苏郡守王(祺)《后记》。此后又有补遗六叶,其《东西两川说》仅存六行而缺其后。而第十九卷缺首二叶。扆方知先君所借宋本乃王郡守镂板于姑苏郡斋者,深可宝也,谨什袭而藏之。后廿余年,吴兴贾人持宋刻残本三册来售,第一卷仅存首三叶,十九卷亦缺二叶,补遗《东西两川说》亦止存六行,其行数字数悉同,乃即先君当年所借原本也。不觉悲喜交集,急购得之。但不得善书者成此美事,且奈何!又廿余年,有甥王(为玉)者,教导其影宋,甚精,觅旧纸从抄本影写而足成之。②

《汲古阁珍藏秘本书目》集部著录《杜工部集》十本,曰:"先君当年借得宋板,影抄一部。谓扆曰:世行杜集本几十种,必以此为祖本。乃王原叔本也。原叔搜裒中外书九十九卷,除其重复,以时序为次,编成诗十八卷,文二卷,遂为定本。扆谨藏之。后吴兴贾人以宋刻残本来售,取而校之,即先君所抄原本也。其缺处悉同,因情善书者从抄本补全之。不知先君当年从何处借来,今乃重入余手,得成全书,岂非厚幸。三十两。"③此目所记,与毛扆跋详略不同。据毛扆跋所述可知如下事实:

首先,毛晋所交付毛扆的是影写宋本。此本原缺卷一九首二叶,及补遗《东西两川说》首六行后之两叶。毛扆跋末曰:"岁在己卯重九日,隐湖毛扆谨识,时年六十。"知此跋写于1699年重九日,上推两个二十余年,约五十年,则毛晋授毛扆影写宋刻二王本大约在1649年前后。

其次,二十余年后,毛扆得宋刻残本仅三册。此仅为完整宋本十册的三分之一弱。毛扆称残本三册"第一卷仅存首三叶,十九卷亦缺二叶,补遗《东

---

① 元方《谈宋绍兴刻王原叔〈杜工部集〉》,《文学遗产增刊》十三辑,1963年。黑川洋一《关于王洙本〈杜工部集〉的流传》,见《杜甫之研究》,东京创文社1977年。长谷部刚《简论〈宋本杜工部集〉中的几个问题——附关于〈钱注杜诗〉和吴若本》,《杜甫研究学刊》1999年第4期。岳珍《吴若本杜工部集刻工考》,《杜甫研究学刊》1999年第4期。

② 毛扆《宋本杜工部集跋》,《宋本杜工部集》卷末,《续古逸丛书》第四十七种。

③ 毛扆《汲古阁珍藏秘本书目》,《丛书集成初编》据士礼居丛书排印本,第26页。

西两川说》亦止存六行"。按毛扆所云"卷一首三叶",与张元济所云"卷一第三、四、五叶"意同,毛扆系由卷一标目下数三叶,张元济则从版心所标叶数论。

其三,得宋残本二十余年后,毛扆命王为玉影写完足之。宋刻残本三册主体为卷一七至卷二〇共四卷,加上补遗(缺两叶)和卷一的三个散叶。据毛扆所说,其余十六卷(含卷一残缺部分),皆"从抄本影写而足成之"。此"抄本"当即扆父晋命苍头刘臣"从宋本抄出者"。

由上述知,汲古阁曾有两种宋本《杜工部集》,一为影写二王本,一为二王本配补影写本。影写者一为刘臣,一为王为玉。

关于两种宋本《杜工部集》的传承,我们还可以提出几点新的认识:

首先,今见之宋本《杜工部集》,不是毛扆跋本的原貌。

上海图书馆藏宋本《杜工部集》十册:卷首(共二叶)和卷一和卷二为第壹册;卷三、卷四和卷五为第贰册;卷六和卷七为第叁册;卷八和卷九为第肆册;卷一〇和卷一一为第伍册;卷一二和卷一三为第陆册;卷一四和卷一五为第柒册;卷一六和卷一七为第捌册,卷一八和卷一九为第玖册,卷二〇和补遗(八叶)为第拾册。同时参照张元济据行款注例所作"其一存卷一第三、四、五叶,卷一七至二〇及补遗。每半叶十行,行十八至二十一字。毛氏钞补自卷一第六叶起,至卷九、卷一五、卷一六"的判断,可推断毛扆所得宋刻残本三册为:第捌册,存后半卷一七;第玖册,此为完好的整册;第拾册,此为相对完好的整册;第壹册存留仅三叶,可能为散叶。前引张元济跋曰:"览毛斧季跋文……从残存三册核之,知当时已为牉合之本。"此"牉合",当即张跋前文所云"检校全集,计二十卷,补遗一卷。宋刻两本相俪,缺卷为毛氏钞补,亦据两本"。但是,张元济的判断却与毛扆跋自述所云除卷一七至二〇,以及卷一首三叶、补遗之前六叶为宋刻本外,毛扆抄补《杜工部集》其余部分皆据毛晋命刘臣影写之宋本影写补足,显然不同。毛晋影宋本系出二王本,毛扆配补影宋本同样系出二王本,而今见之宋本《杜工部集》却是宋刻二王本和吴若本配补影宋本。也就是说,今见之宋本《杜工部集》并非毛扆配补影宋本原貌。

其次,汲古阁毛扆抄补二王本后来散佚卷一〇至一四,汲古阁和滂喜斋之间某位藏书家据宋刻吴若本补抄足之。

前引张元济跋称:"毛氏汲古阁所藏宋本,递传至于潘氏滂喜斋。"《滂喜斋藏书记》著录《北宋刻杜工部集二十卷》(一函十册),提要曰:"每卷先列其目,目后接诗,前有王原叔记,嘉祐四年苏州郡守王琪刻本也。浣花全集当以此为最古,其余椠本不下数十家,皆云初矣。秘帙流传,海内恐无第二本,能不视为鸿宝耶? 王琪《后记》'有近质者',下注云'如麻鞋见天子垢腻脚不袜之句',凡十三字,今本皆脱。每半叶十行,行二十字。宋讳缺笔甚严。旧为汲古阁藏书。宋刻存者卷一首三叶、卷一〇至一二、卷一七至末,共七卷。余皆影钞。结构精严,毫发不苟,斧季之甥王为玉笔也。后有斧季跋,王琪之'琪'误作'祺'。"①据潘祖荫提要,此本当出于汲古阁毛扆指导王为玉配补之二王本《杜工部集》,然其间有两点存疑:一是潘氏统言此本版式为"半叶十行,行二十字";潘氏明云"宋刻存者卷一首三叶、卷十至十二、卷十七至末,共七卷。余皆影钞"。第一点,原因可能主要在于十行十九至二十一字与十行二十字差别不大,潘氏疏于检视。第二点则不容易作出很好的解释。据毛扆跋,此宋刻配补影写本之卷一七至二〇,以及卷一首三叶、补遗之前六叶为宋刻,但潘氏所言宋刻则多出了卷一〇至一二。检视上图藏本,结合张元济跋所言,可以推断,汲古阁毛扆本后来又有散佚,散佚者为卷一〇至卷一四,之后有人补以宋刻吴若本卷一〇至一二,又据吴若本抄补了卷一三和一四,此本归潘祖荫滂喜斋。宋刻吴若本卷一〇至一二,可能源出钱谦益绛云楼之遗,但此本传承不可知。至于卷一四和一五可能据钱曾述古堂藏钞本补,但何以未据毛晋和钱曾二王本抄补,亦不得而知。滂喜斋藏本的补抄者可能是潘祖荫,也可能是潘祖荫之前的某位藏书家,然亦不得详考。

其三,陆心源藏本《杜工部集》当出于毛晋影写二王本。

《皕宋楼藏书志》卷六八著录《杜工部集》二十卷附补遗(影宋本刊本汲古阁旧藏),提要曰:"案凡诗十八卷……均与《直斋书录解题》合,盖即王原叔编定本也。杜集以吴若本为最善,此又若本之祖。中遇宋讳,皆缺笔。版心有刻工姓名,如张逢、史彦、余青、吴圭等名。盖宋雕本影写。"②《仪顾堂题跋》卷一〇《影宋抄王洙本杜诗跋》:"与《解题》合,而无注,盖即原叔编而王琪刻者,杜集最初之本也。南渡后,原叔孙祖宁又刻于浙中,见《中州集》卷二。原叔未尝注杜诗,观王琪后记可知。今通行本九家注、千家注杜诗所采王原叔注,实元祐间秘阁校对邓忠臣字若愚所作,见《中州集》卷二引吴激彦高说。浙本前有王祖宁序,备言其祖未尝注杜诗。与《读书志》及吴彦高说合。"③陆心源的两处表述相合,一云"盖宋雕本影写",一径题曰"影宋抄王洙本杜诗",此本似即毛晋所交付毛扆的影写宋本《杜工部集》。

---

① 《滂喜斋藏书记》卷三,上海古籍出版社 2007 年,第 72 页。
② 《皕宋楼藏书志》卷六八,中华书局 1990 年影印本,第 772 页。
③ 《仪顾堂题跋》,中华书局 1990 年影印本,第 121—122 页。

陆心源藏书后皆流散日本,傅增湘曾亲见此本。傅氏提要曰:"影写宋刊本,十行,二十字。有毛斧季手跋,言为其甥王为玉所写。(日本静嘉堂文库藏书,己巳十一月十三日阅。)"①据上,陆心源藏本无疑为毛晋影写宋本《杜工部集》,此本末的毛扆跋或系好事者从毛扆影写本抄写添加上去的。

其四,钱曾《读书敏求记》著录之二王本《杜工部集》,系出毛晋影写本,此本后来去向不明。

钱曾《读书敏求记》著录《杜工部集》二十卷,提要曰:"牧翁笺注杜集,一以吴若本为归。此又若本之祖也。予生何幸,于墨汁因缘有少分如此。斯文未坠,珠囊重理。知吾者不知何人,蓬蓬然有感于中,为之放笔三叹。"②钱曾以此本为二王本,钱谦益未见,遗憾的是钱曾未明言此本为宋刻本抑或影写本。钱曾又藏有影宋吴若本,《钱遵王述古堂藏书目录》卷七:"《杜工部集》吴若本二十卷四本(宋本影抄)。"③钱曾《读书敏求记》著录张舜民《画墁录》一卷,提要曰:"己卯(1699)夏日录完,随复校一过,新刻颠倒讹谬,不足存也。"④这是《读书敏求记》明确交待的著录时间最晚的一部书,故《读书敏求记》的完成当在1699年或稍后,即钱曾去世之前数年。据《述古堂藏书目录》钱曾自序,知此目编成于己酉(1669)年初夏⑤。故钱曾编成《述古堂藏书目录》比《读书敏求记》要早三十年左右,二书之间不完全一致是可以理解的。

前揭元方《谈宋绍兴刻王原叔〈杜工部集〉》一文认为《读书敏求记》著录之二王本《杜工部集》是毛晋据以影抄之宋刻本,又说:"观其词意,当然是宋刻本,但他未详加考证,所以误以为王琪原刻,至于此本仅见于《读书敏求记》而不见于《述古堂》《也是园书目》的原因,当是钱曾得此书时,是在1669年康熙八年己酉诠次书目并与毛扆夜谈之后,所以文内有'珠囊重理'的话。"此段分析很有道理,但未尽是。首先,《述古堂书目》编成之时,钱曾未见宋刻或影抄二王本《杜工部集》,而在1669年春夏之后始见此本,故其去世前数年编定《读书敏求记》始有著录。这一点元方所言是可信的。但钱曾不可能见到毛晋借抄的原本宋刻二王本《杜工部集》。据前引钱谦益《吴江朱氏杜诗辑注序》后朱鹤龄识语,1655年,钱谦益将"所笺吴若本及九家注"交给朱鹤龄,至1662年,朱鹤龄将所成稿录呈牧翁。据《钱笺》卷首康熙

①　《藏园群书经眼录》卷一二《杜工部集》二十卷,中华书局1983年,1023—1024页。
②　钱曾《读书敏求记》卷四,《四库全书存目丛书》,史部第277册,第611页。
③　钱曾《钱遵王述古堂藏书目录》卷七,《四库全书存目丛书》,史部第277册,第706页。
④　钱曾《读书敏求记》卷三,《四库全书存目丛书》,史部第277册,第584页。
⑤　钱曾《钱遵王述古堂藏书目录》卷首,《四库全书存目丛书》,史部第277册,第637页。

六年(1667)季振宜序,自1662至1667年,钱谦益去世(1664年)前后,《钱笺》刻印之前的五六年,钱曾受钱谦益之托参与了《钱笺》最后的定稿及付梓的全部工作。在此期间,若钱曾得见宋刻或影抄二王本,《钱笺》理当有所反映。由前引毛扆跋,毛晋借抄影写二王本后长期秘不示人,毛扆得知此本后亦"谨什袭而藏之"。1699年重九日,毛扆命王为玉配补《杜工部集》始克竣工,时去1669年钱曾与毛扆会面隐湖已有三十年。这时距钱曾去世(1701年)也就两年时间,故钱曾得见毛扆王为玉抄补本《杜工部集》可能性不大。钱曾《读书敏求记》所著录之二王本,当是毛晋影写本,其获睹时间在1669年以后,《钱笺》已经刻印行世。钱曾《读书敏求记》管庭芬等校证补曰:"黄丕烈云:此书影宋旧钞本,予于甲寅岁(1794)得之李邦彦书友手,云从吴江来者。周星诒云:陈氏带经堂藏有影宋本,附有补遗。"①意者,李邦彦从吴江得钱曾影宋二王本《杜工部集》,此书后归黄丕烈,百宋一廛书后归陈氏带经堂,陈氏带经堂书后由周星诒得之。此本后来去向不知。张元济跋曰:"钱氏述古堂亦尝景写一部,而卷一尚存宋刻第一、二叶之王洙《杜工部集记》,意者毛、钱交挚,殆即斧季撤赠者。此本今藏北京图书馆。"此论似以述古堂抄本系抄毛扆之本,或误。

其五,钱曾《述古堂书目》所见影宋抄吴若本《杜工部集》(四本)即今国家图书馆所藏述古堂抄本(六本)之来源。

张金吾《爱日精庐藏书志》著录《杜工部集》二十卷附补遗,注为"影写宋刊本 绛云楼藏书",提要曰:"凡诗十八卷……均与《直斋书录解题》合,盖即王原叔编定本也。杜集以吴若本为最善,此又若本之祖。中遇宋讳,皆缺笔。版心有刻工姓名,如张逢、史彦、余青、吴圭等名。盖从宋雕本影写者。绛云楼、述古堂俱有印记。"②由张金吾著录可知,此本与钱曾《读书敏求记》著录之本必有关联。张金吾称此本有钱谦益绛云楼和钱曾述古堂两方印记,似乎是由绛云楼递藏到述古堂,这不太好理解,因为不仅钱谦益当世不知有二王本传世,钱曾亦分明提及牧翁未见此本。不过,可以明确的是,由张金吾所言可推知《读书敏求记》著录之《杜工部集》二十卷"盖从宋雕本影写者",为"影写宋刊本"。然此本何以有绛云楼印记?

元方《谈宋绍兴刻王原叔〈杜工部集〉》以为张金吾所见本的绛云楼印记系伪造。这个意见有轻疑古人之嫌。张金吾所藏本既有绛云楼印记,则此本当与钱谦益所藏吴若本有关。国家图书馆见藏之钱曾述古堂抄本《杜

① 管庭芬、章钰《钱遵王读书敏求记校证》卷四上,中华书局1990年影印本,第186页。
② 《爱日精庐藏书志》卷二九,中华书局1990年影印本,第514页。

工部集》为六册,上海图书馆藏《杜工部集》为十册,二者编次字句近是,但装册不同,证明二本的来源有异。钱曾《述古堂书目》著录影抄吴若本《杜工部集》二十卷四册,既云"四册",则此本可能并非完册,推测张金吾著录之二十卷本或系以述古堂存留之影抄吴若本为主,另据钱曾《读书敏求记》所见影抄二王本抄补而成。季振宜著录《杜工部集》廿五卷,小注曰:"元板。又一部,照宋抄本,二十卷,六本。"①张金吾藏本可能即季振宜所云"照宋抄本,二十卷,六本",国家图书馆所藏述古堂抄本当即此本②。

第三节　巴蜀杜诗辑佚与何南仲《分类杜诗》

《杜甫集》六十卷,其散失、亡佚是很严重的,二王本仅二十卷,搜罗恐不完备,故王洙《杜工部集记》末曰:"意兹未可谓尽,他日有得,当副益诸。"王琪聚集古今诸集重新校定、整理、编次王洙《杜工部集》二十卷付梓,其后裴煜补刻所辑得的佚文佚诗,作为"补遗"附于集后。"补遗"包括杜甫佚诗五首,佚文四篇,凡九篇。宋代杜诗杜文的辑佚由裴煜始。宋代共辑得杜甫佚诗五十一首,其中有五首已入正集,今已不得辨认③。余四十六首于诸本所录,还可辨认。

关于杜甫佚诗,宋时已有人表示不足为训。王直方《诗话》引李希声云:"老杜遗诗二十九篇,而《哭台州郑司户苏少监》一首,山谷云:语似不类。"④周紫芝《竹坡诗话》说当时士大夫家藏《杜少陵逸诗》本多不同,其间当有好

---

① 《季沧苇藏书目》,商务印书馆 1935 年,第 52 页。
② 元方《谈宋绍兴刻王原叔〈杜工部集〉》:"季沧苇《延令书目》'杜工部集又一部照宋钞二十六卷六本。'按此条附写在元板杜集之下,当是补录。考其卷数本数,可能就是前面提到的钱曾述古堂抄本,因为钱氏藏书大部归于季氏。此本后在康熙中归康亲王,有康邸之印,又有礼邸之印。此书流入王府不为藏书家所知,1947 年始出现于北京,曾为我所收得,今归北京图书馆。"
③ 聂巧平《宋代杜诗的辑佚》指出,今宋本《杜工部集》有诗 1 423 首,其中古体诗 409 首,近体诗 1 001 首,除所收他人诗 13 首(李邕 1 首,卷一;高适 2 首,卷 8、卷 11;岑参 2 首,卷 10;王维 1 首,卷 10;贾至 1 首,卷 10;严武 3 首,卷 12、卷 13;韦迢 2 首,卷 18;郭受 1 首,卷 18)和裴煜补遗 5 首外,有诗 1 405 首;而二王本原编《杜工部集》有诗 1 405 首,其中古体诗 399 首,近体诗 1 006 首。今宋本《杜工部集》较二王原本多收古体诗 10 首,少收近体诗 5 首,即全集多收诗有 5 首,增删之具体篇目现已不可知(《广西师院学报》2001 年第 2 期)。然据谢思炜《杜甫集校注》逐首编号,补遗之外,二王本十八卷收诗计 1 408 首。二王本实收诗与王洙《杜工部集记》所言不合,或王洙计数有误。
④ 《苕溪渔隐丛话》前集卷一三引,第 89 页。

事之徒以假乱真者,而周自得杜甫佚诗有二十八首①。金代王若虚《滹南诗话》卷一云:

> 世所传《千注杜诗》,其间有曰"新添"者四十余篇,吾舅周君德卿尝辨之云:唯《瞿唐怀古》《呀鹘行》《送刘仆射》《惜别行》为杜无疑,自余皆非本真,盖后人依仿而作,欲窃盗以欺世者。……其中一二虽稍平易,亦不免磋跌。至于《逃难》《解忧》《送崔都水》《闻惠子过东溪》《巴西观涨》及《呈窦使君》等,尤为无状。……吾舅自幼为诗,便祖工部,其教人亦必先此。尝与予语及"新添"之诗,则颦蹙曰:"人才之不同如其面焉。耳目鼻口相去亦无几矣,然谛视之,未有不差殊者。诗至少陵,他人岂得而乱之哉?"公之持论如此,其中必有所深得者,顾我辈未之见耳,表而出之,以俟明眼君子云。②

王若虚借其舅周君德卿语,认为当时辑得的杜甫佚诗四十余篇,只有四篇为杜无疑,至于其他,皆非真本。

我们认为,轻易否定宋人所辑杜甫佚诗的态度亦过于草率。杜甫佚诗的收集,自裴煜后,蜀人员安宇辑得佚诗有二十七首,这是从宋代以来,篇目可考之杜甫佚诗辑得最多的一次。诸家虽各自标榜搜集佚诗数目,实际相互重复较多。王直方、周紫芝所收佚诗,大致不出员安宇所辑范围。至清代,仇兆鳌云又得佚诗六首,然今天学人认为其以贪多为目的而未可尽信,洪业《杜诗引得·序》称:"仇兆鳌虽续有所辑,然或一联半首,或鬼语梦句,或明知其不为甫诗而尚载之,无足取也。"③

据南宋蜀人员兴宗《九华集》卷二一《员公墓志铭》,员安宇,四川仁寿人,皇祐进士,累官朝奉大夫,知眉州。员兴宗,字显道,号九华子,早年读书九华山,高宗绍兴二十七年进士,孝宗时累官至著作郎、国史院编修、实录院检讨。有《九华集》五十卷,佚,今辑存有二十五卷。员安宇所辑得佚诗二十七首,蔡梦弼《杜工部草堂诗笺》有录。另外,蜀人赵次公、郭知达也各自辑得杜甫佚诗一首。宋代蜀人所辑得杜甫佚诗共二十九首。加上裴煜辑佚诗五首。《过洞庭湖》佚诗,据《潘子真诗话》,"今蜀本收入"④。整个宋代共辑得三十五首杜甫佚诗,皆因蜀人之功得以保存而流传至今。在杜集整理

---

① 《历代诗话》,第 345 页。
② 《历代诗话续编》,第 506 页。
③ 洪业《杜诗引得·序》,第 4 页。
④ 仇兆鳌《杜诗详注》卷二三引《潘子真诗话》,中华书局 1979 年,第 2087 页。

和完备过程中，蜀人可谓居功至大，贡献卓越。宋人辑杜甫佚诗具体情况如下：

裴煜五首：《瞿唐怀古》《送司马入京》《呀鹘行》《惜别行送刘仆射》《狂歌行赠四史》。

王原叔本三首：《送王侍御往东川》《惠义寺送王少尹赴成都》《军中醉歌寄沈八》①。

陈浩然本二首：《楼上》《杜鹃行》②。

吴若本七首：《闻惠二过东溪》《过洞庭湖》《李监宅二首之一》《长吟》《绝句三首》（闻道巴山里、水槛温江口、漫道春来好）

赵次公一首：《避地》③。

郭知达本一首：《汉州王大录事宅作》。

员安宇二十七首：《客旧馆》《遣闷戏呈路曹长》《逃难》《寄高适》《送灵州李判官》《与严二归奉礼别》《巴西驿亭观江涨呈窦使君二首之二》《又呈窦使君》《遣忧》《早发》《巴山》《收京》《巴西闻收京送班马入京》《花底》《柳边》《送窦九归成都》《赠裴南部》《送崔都水翁下峡》《随章留后新亭会送诸君》《东津送韦讽摄阆州录事》《愁坐》《阆州送二十四舅赴青城》《陪严郑公秋晚北池临眺》《去蜀》《放船》《哭台州郑司户苏少监》《虢国夫人》④。

综上所述，在搜集杜甫佚诗上，蜀人贡献居多。这种情形的发生绝不是

① 据宋人曾季貍《艇斋诗话》和潘淳《诗话补遗》，《军中醉歌寄沈八》为畅当作品；《全唐诗》卷二三四著录《军中醉饮寄沈八刘叟》为杜甫作，题下注："一作畅当诗"，同书卷二八七畅当诗亦收入，题下注："一作杜甫诗"。岑仲勉《唐人行第录》引宋人彭叔夏《文苑英华辨证》辨析此诗后云："非甫作也"。今人胡可先以为此诗当为畅当作，而非杜甫。

② 《全唐诗》卷二三四著录《杜鹃行》为杜甫作，题下注："一作司空曙诗。"同书卷二九三司空曙诗卷亦收入，题下注："一作杜甫诗。"宋人彭叔夏《文苑英华辨析》卷六（名氏）、清人仇兆鳌《杜诗详注》卷九皆两存未决。杨伦《杜诗镜铨》卷二〇引李子德云："当是司空曙作。"今人胡可先认为杜甫已有《杜鹃行》一首，《全唐诗》卷二一九收入，疑卷二二四《杜鹃行》为司空曙诗，而《文苑英华》连类收入，故难定作者。

③ 《避地》诗，赵次公注乙帙卷三（林继中《杜诗赵次公先后解辑校》乙帙卷八）有《避地》一诗，严羽《沧浪诗话·考证》："少陵有《避地》逸诗一首云……，此则真少陵语也，今书市集本，并不见有。"（《历代诗话》，第703页。）今人陈尚君《杜诗早期流传考》云："诸注叙时间准确到月日，王洙、王琪是不可能臆加的，显然出于杜甫之手。"莫砺锋《论宋人校勘杜诗的成就及影响》文赞同陈尚君说，并认为宋人的判断可谓卓识。今人吴企明《唐音质疑录·杜甫诗辨伪札记》（上海古籍出版社1985年）认为此诗非杜甫作。

④ 《全唐诗》卷二三四著录《虢国夫人》为杜甫作，题注："一作张祜《集灵台》二首之一。"同书卷五一一张祜诗《集灵台》二首其二，题注："此篇一作杜甫诗。"此诗据《朱묵》见《草堂逸诗》。南宋蜀刻本《张承吉文集》卷五收《集灵台》二首之二，题注："又云杜甫，非也。"宋楼钥、清施鸿保皆认为此诗非杜甫作。今人胡可先、吴企明也以为此诗非杜甫作，而为张祜作品。

偶然的。自古蜀人就有好文的传统,开放,包容,杜甫避难蜀地,深深地感受到蜀人的热情。蜀人对杜甫也有强烈的认同感,并以杜甫曾寓居蜀中为荣。全国杜甫草堂有九处①,目前保存得最完好的杜甫草堂、全国第一个成立的杜甫研究学会、全国唯一的杜甫研究专刊《杜甫研究学刊》皆在蜀中。蜀中传统,无论是本地之蜀人,还是入蜀之外乡人,但凡身在蜀中,皆会加入学杜、研杜的队伍。正如张秀熟在《草堂》(今《杜甫研究学刊》)的创刊辞中讲到:"杜甫一生,在蜀中流寓最久;杜甫诗篇,亦以在蜀为盛。寓成都有草堂,寓夔府亦有草堂,蜀已成为工部第二故乡,离夔东下,犹时想念。工部垂老不忘蜀,蜀之人亦永不忘工部,海内外有客来蜀,亦未尝不欲一游草堂;甚至谈蜀必侈谈工部,谈工部必想望蜀,蜀之名已与工部之名相联系,相互照耀于史册。"②

何南仲,四川遂宁人,建炎二年(1128)进士③。南仲《分类杜诗》,公私书目未见著录,李石《方舟集》有序。李石(?—1181),字知几,四川资中人。高宗绍兴二十一年(1151)进士,累官太学博士。二十九年,出为成都学官。就学者自远而至,为蜀学一时之盛。召除都官员外郎,出知合州、眉州。淳熙二年,除成都路转运判官。诗文闳肆跌宕,颇得苏轼门径。与陆游有诗文往还。李石《何南仲分类杜诗叙》曰:

> 雅道不复作,至于子美、太白,天下无异议,退之晚,尤知敬而仰之。唐人多工巧,退之以为余事,其有取于李杜者,雅道之在故也。近世杨大年尚西昆体,主李义山句法,往往摘子美之短而陋之曰"村夫子语"。人亦莫或信,何者? 子美诗固多变,其变者必有说。善说诗者,固不患其变,而患其不合于理,理苟在焉,虽其变,无害也。《诗》记十五国之风,而吾夫子取其不齐者而齐之,上而王公大夫,下而庸散仆隶;上而性命道德,下而淫佚流荡,此岂可一说尽之哉! 吾友南仲,取子美之诗句,分为十体,体以类聚,庶几得子美之变者也。南仲曷尝以是为子美诗之尽,然说诗者可以类起矣。仆不敢求其尽,试援此以从南仲。④

此书编次体例为"取子美之诗句,分为十体,体以类聚",是南仲将杜甫诗句分为十体,标准是依杜诗之变。南仲以为杜诗有十变,具体有哪十变,

① 张忠纲等《杜甫大辞典》,山东教育出版社 2009 年,第 460—461 页。
② 张秀熟《发刊辞》,《草堂》(创刊号),1981 年。
③ 诸葛忆兵《宋代科举资料长编》(南宋卷),凤凰出版社 2017 年,第 20 页。
④ 李石《方舟集》卷一〇,《景印文渊阁四库全书》第 1149 册,第 645 页。

一时难以索解。周采泉认为："杜诗如此种分类,向所未有。"①的确,以诗变分体,从古到今,唯南仲此一书而已。唐诗四变,有三变皆与蜀地有关。唐诗,子昂出为之一变;李白为之又一变;杜甫则又为一变;韩愈为唐诗又一变。子昂、李白为蜀人,晚年寓居蜀中的杜甫诗歌大变,恰是朱熹对杜诗诟病的原因之一②。唐诗四变,三变皆在蜀中,难道说与蜀地有关?蜀人南仲以诗歌之变为分体依据,或其敏感于诗歌之变在蜀中发生,或更敏感于变体存于杜诗。

揣摩李石《叙》,除"变"字之外,"雅道"和"村夫子"二词值得注意。《叙》以《诗》作比曰"上而王公大夫,下而庸散仆隶;上而性命道德,下而淫佚流荡",此论中"上而"之"王公大夫""性命道德",即"雅道";"下而"之"庸散仆隶""淫佚流荡",即"村夫子"。大略来说,何南仲《分类杜诗》之分类当是为了说明杜诗中既有同于"庸散仆隶""淫佚流荡"的村俗之言,亦有关系"王公大夫""性命道德"的大雅文章。

苏轼《王定国诗集叙》曰:"太史公论《诗》,以为《国风》好色而不淫,《小雅》怨悱而不乱。以余观之,是特识变风、变雅耳,乌睹《诗》之正乎?昔先王之泽衰,然后变风发乎情,虽衰而未竭,是以犹止于礼义,以为贤于无所止者而已。若夫发于情,止于忠孝者,其诗岂可同日而语哉!古今诗人众矣,而杜子美为首,岂非以其流落饥寒,终身不用,而一饭未尝忘君也欤!"③此论实则继承了唐人樊晃、赵鸿等人的看法,将杜诗视作文人诗中的"大雅"。李石《叙》援《诗》立论或渊源于东坡。

苏轼之所以阐发杜诗大雅特质,或出于对前辈否定杜诗论的反拨。此前贬抑杜诗的代表人物是杨亿和欧阳修:

> 杨大年不喜杜工部诗,谓为村夫子。乡人有强大年者,续杜句曰"江汉思归客",杨亦属对,乡人徐举"乾坤一腐儒",杨默然若少屈。欧公亦不甚喜杜诗,谓韩吏部绝伦。吏部于唐世文章,未尝屈下,独称道李杜不已。欧贵韩而不悦子美,所不可晓;然于李白而甚赏爱,将由李白超赵飞扬为感动也。④

《邵氏闻见后录》卷一九:

---

① 周采泉《杜集书录》,第 696 页。
② 《朱子语类》卷一四〇,中华书局 1986 年,第 3324—3326 页。
③ 《苏轼文集》,中华书局 1986 年,第 318 页。
④ 刘攽《中山诗话》,《历代诗话》,第 288 页。

　　欧阳公于诗主韩退之，不主杜子美，刘中原父每不然之。公曰："子美'老夫清晨梳白头，玄都道士来相访'之句，有俗气，退之决不道也。"中原父曰："亦退之'昔在四门馆，晨有僧来谒'之句之类耳。"公赏中原父之辩，一笑也。①

　　一般来看，"村夫子"当然和"雅道"相对立，但并非不能兼容变通。若从村俗的立场去观察，自会感受到杜甫凡夫俗子的一面。如明人陆时雍《诗镜总论》："杜少陵《怀李白》五古，其曲中之凄调乎？苦意摹情，遇于悲而失雅。《石壕吏》《垂老别》诸篇，穷工造景，逼于险而不括。二者皆中和之则，论诗者当论其品。""少陵'绿樽须尽日，白发好禁春'，一语意经几折，本是惜春，却缘白发拘束怀抱，不能舒散，乃知少年之意气犹存，而老去之愁怀莫展，所以对酒自伤也。少陵作用，大略如此。""宋人尊杜子美为诗中之圣，字型句窦，莫敢轻拟。如'自锄稀菜（原误作莱）甲，小摘为情亲'，特小小结作语。'不知西阁意，更肯定留人'，意更浅浅。而一时何赞之甚？"②凄苦悲哀是普通人之常情，由青春年少之意气出发去感受年老的衰颓是普通人之常情，感慨生活中的点滴琐事亦是普通人之常情。若站在个体人的角度，类似陆氏的这些议论，读杜诗者或许都能有所体会。诚如钱穆所言，杜甫是意欲求有所表现而终无机会让他表现的人物，但他却以多病之身承担了文化兴衰之大责任，他是在现实事功上无所表现却主宰历史的大人物之一。由此角度，我们亦可以举出更多杜甫的诗句："朱门酒肉臭，路有冻死骨"，这是对世俗政治的批判；"拓境功未已，元和辞大炉"，这是对安史之乱所作出的政治反思。杜甫首先是一个普通人，跟普通人一样有生老病死、悲欢忧戚之世俗苦痛感，其村俗盖由此而来。杜甫当然是普通人中成长出来的圣人，因为他能摆脱自我之欲望牵缠，转而关切生民之苦和文化之发展。何南仲《分类杜诗》所取以类聚"子美之诗句"，大概就是上面所提到的诗句，他可能是力图折中北宋褒扬和贬低杜甫的两派意见，他所欲揭示的可能是一个由下而上、由俗而雅的杜甫。

---

① 邵博《邵氏闻见后录》，中华书局1983年，第149页。
② 《历代诗话续编》，第1413、1416页。

第三章 宋代巴蜀杜诗单注本

南北宋杜诗学有一个明显的不同,即北宋时期主要致力于杜诗的搜集和杜集整理编纂,南宋时期则重在注释和编年。宋代蜀中治杜的特点显然不同于其他地区,蜀中在首倡学杜、尊杜的过程当中,杜集的整理、编纂,杜诗的注释和编年几乎同时进行,并无孰先孰后、孰优孰劣之分,二者可谓齐头并进,共领两宋治杜风气。两宋期间,蜀中杜诗注本就有十五种。其中包括蜀中蜀人注杜十三种,宦蜀士人注杜二种。蜀中注杜十二人,其中尤以师尹、杜田和师古等为代表。宦蜀士人注杜,影响最大者为蔡兴宗。蜀中杜诗单注本中的伪注本主要有题名苏轼的《东坡故事》等①,今名之曰伪苏注。今略依年代为次,对上述诸家稍作讨论。

第一节 师 尹 注

师尹(?—1152),字民瞻,眉州彭山(今属四川)人。据魏了翁《朝奉大夫通判夔州累赠正奉大夫师君墓志铭》②,师尹尝注杜甫、苏轼诗,明辩闳博。十岁丧父,颖异强记,十八试成都学官,为父执王当所器重。崇宁年,尝与州贡奏名礼部,蔡京恶太学生上书排己,命覆试,尹遭淘汰。政和八年(1118)进士。

---

① 周采泉《杜集书录》将苏轼《东坡故事》、师古《杜诗详说》二种同列伪注类。但二者性质并不完全同。《东坡故事》纯属伪托苏轼其名,跟苏轼本人没有任何关系。而《杜诗详说》则不同,此本确为蜀人师古注,周采泉之所以视之为伪注,主要原因在于《杜诗详说》中存在缺少实据的附会穿凿之处。此尤为后人诟病,清人钱谦益对此可谓深恶痛绝。另有杜修可《续注子美诗》,《杜集书录》将其列为外编全集校刊笺注类存目。蔡锦芳对杜修可其人其注都进行了严谨和详细的考辨,其结论是:杜修可是用杜田注、赵次公注及其他一些注拼合出来的一个人物,这个人实际上是不存在的(《杜修可考》,《杜甫研究学刊》1997年第4期,收入《杜诗版本及作品研究》,上海大学出版社2007年,第40—57页)。本书暂将杜修可忽略不论。

② 《鹤山集》卷八七,《景印文渊阁四库全书》第1173册,台湾商务印书馆1986年,第315—317页。

调京兆府兵曹掾,兼工曹。后任夏县主簿、监京兆府税、延安府教授、乾州奉天县丞、凤翔府教授。会五路交兵,移疾归。逾年,监汉州税、成都府等路榷茶司干办公事、总领四川财赋所主管文字等。绍兴中,秦桧命师尹审理宣抚使郑刚中狱,尹力明郑冤,开罪秦桧。因注苏轼诗。后通判夔州、成都府,中暑卒。杜、苏诗注之外,有文集二十卷。师尹杜注,书名不可考。周采泉曰:"《宋史·艺文志》:《杜甫诗详说》二十八卷,不知作者。疑即此书。"①

郑刚中狱事,在绍兴十三年(1143)。本年,师尹注苏轼诗。然鹤山所撰《师君墓志铭》未言师尹注杜诗的具体情况。师尹是郭知达《校定集注杜诗序》所明确提到的九家之一,郭知达引用430余处,列各家征引次数的第三位,其中不少由赵注转引。郭知达《校定集注杜诗》或可提供一些线索。

《校定集注杜诗》卷一《苦雨奉寄陇西公兼呈王征士》"迢迢天汉东"夹注:

> 古诗:"迢迢牵牛星。"言有所隔。
>
> 杜《补遗》:"《河图括地象》曰:'河精上为天汉。'《隋文志》曰:'天津九星不备,关梁道不通。'《晋志》曰:'天津横天河中,一曰天汉。'盖子美以久雨路阻,虽素浐之近,若在天汉之东也。后世京都之桥,多以天汉为名。"
>
> 师云:"《诗》:'维天有汉,监亦有光。'天汉,银河也。"
>
> 赵云:"天汉则中渭桥之所。《长安志》于中渭桥引《三辅黄图》曰'渭水贯都,以象天汉,桥南渡,以法牵牛'是也。《西征赋》云:'北有清渭浊泾。'按《长安志》,浐水在县东,北流四十里入渭。如此则浐虽在南,渭虽在北,要之皆长安水,且相通矣。杜《补遗》引非是。庾肩吾《经禹庙诗》曰:'起吴山北,星临天汉东。'似言天上之汉,公特用其字。"

如上所引此条分四层:先出旧注,次出杜《补遗》,次出师尹注,次出赵注。似郭以杜田略早于师尹。然郭书本身亦未能统一。如卷九《山寺》"使君骑紫马,捧拥从西来……以兹抚士卒,孰曰非周才"夹注:

> 师云:"《左氏》:'筚篥蓝缕,以启山林。'筚篥,柴车。蓝缕,弊衣。"
>
> 杜田《补遗》:"《左氏》:'筚篥蓝缕。'《方言》曰:'南楚凡人贫,衣被丑弊,谓之须捷,或谓之褛裂。'褛音缕。衣坏或谓之蓝缕。……"
>
> 赵云:"《诗》:'崇牙树羽。'本言乐,而今所谓树羽,则军旅所设之

---

① 《杜集书录》,第40页。张忠纲等拟名《杜工部诗注》,见《杜集叙录》,第46页。

物。……'静千里'，则章留后境内无战也。'衣蓝缕'，杜田引《方言》，其说是。……"

如上此条分三层：先出师尹注，后出杜田注，再出赵注。若师尹注和杜田注同时引用，《校定集注杜诗》以先出师尹注，后出杜田注为多。又卷二九《寄刘峡州伯华使君四十韵》"近有风流作，聊从月继（一作寯）征"夹注引赵云：

"风流作"，言其诗之风流，用对"月继"，则月月相继而征索之。"月继"字，师民瞻本作"月窟"；杜田《补遗》作"月寯"，引颜延年《宋郊祀歌》"月寯来宾，日际奉土"，注："寯，窟也，一作峡。"未知孰是。

此条为赵注所引，先出师尹注，继出杜田注，似赵次公以师尹注较杜田注稍早。赵次公距师尹、杜田二人年代更近。故当从赵次公，知师尹注年代略早于杜田注。

如本章第二节所考，杜田注最早完成于宣和五年（1123）或稍后，则师尹注完成的时间当更近于宣和五年。鹤山《师君墓志铭》说师尹政和八年（1118）擢第之后数年为官陕西一带，推测师尹注杜正在此期，即鹤山提到的"会五路被兵，君移疾归"之时。"五路被兵"，指建炎四年（1130）年九月宋、金在陕西富平会战，宋五路十八万军马大败，金占领了陕西大半部分地区。师尹为官陕西一带，时值北宋末年，正是国家内外交困时期，而杜诗的浩然正气和尊王攘夷精神无不感召着每一位爱国士人，此时此刻，无论是从时间、环境还是从人生经历来讲，正直的师民瞻，在这一时期注杜诗的可能性是最大的。

与杜田注有意补旧注之遗、正前人之谬不同，就赵注和郭知达《校定集注杜诗》所引来看，师尹注表现出相对的独立性，其主要特点如下：

首先，师尹注重在字句之勘订，颇有可取之处。如：

卷一三《觉柏中允兼子侄数人除官制词因述父子兄弟四美载歌丝纶》题注引赵云："旧本中允，师民瞻本作中丞，是。盖近体诗有题云《陪柏中丞观宴将士》。"①

---

① 《杜甫全集校注》卷一五作"中丞"，校记曰："'中丞'，底本（按此首在宋本《杜工部集》卷七，源出二王本）、钱抄本、宋九家本、宋百家本、宋分门本作'中允'，误。宋千家本、元千家本、赵本作'中丞'。今按常衮《制诰集》卷一三《授柏贞节夔忠等州防御使制》：'敕开府仪同三司试太常卿使持节邛州诸军事兼邛州刺史御史中丞剑南防御使及邛南招讨使上柱国巨鹿县开国子柏贞节……可使持节都督夔州诸军事兼夔州刺史，依前兼御史中丞充夔忠万归涪等州防御使，本官勋封如故。'此当即所见之制，则作'中丞'为是，今据改。"（第4298页）

卷一三《虎牙行》"秋风欻吸吹南国,天地惨惨无颜色"夹注引赵云:"'秋风',师民瞻本作'北风',是。盖下皆冬意。"①

卷一三《晚晴》"高唐暮冬雪壮哉",诗末夹注引赵云:"师民瞻本改旧本'高堂'作'高唐',是。盖夔州所作,宜使巫山之高唐也。"②

卷一六《清明》"此都好游湘西寺,诸将亦自军中至。马援征行在眼前,葛强亲近同心事"夹注引赵云:"旧本作'诸将之自军中至',师民瞻本'之'作'亦',是。此作实道其事耳。此以比主帅。"③

卷一六《聂耒阳以仆阻水书致酒肉疗饥荒江诗得代怀兴尽本韵至县呈聂令陆路去方田驿四十里舟行一日时属江涨泊于方田》"知我碍湍涛,半旬获浩漾"夹注引赵云:"一本以上句为'荒江眇',遂于此句为'半旬获浩渺'。师民瞻云:'浩漾,音以沼切,注云:大水貌。谢灵运《山居赋》云:吐泉原之浩漾。'"

卷一八《承沈八丈东美除膳部员外阻雨未遂驰贺奉寄此诗》"膳部默凄伤"夹注:"甫大门昔任此官。赵云:'《论语》:笾豆之事,则有司存。言沈丈之司何所比拟乎,公直以比其大父也。盖公之大父审言尝为此官,故因沈丈而追感矣。公自注云大门,则大父之新称。师民瞻本直改作大父,以俟博闻者订之。'"④

卷一九《曲江二首》其一"江上小堂巢翡翠,苑(一作花)边高冢卧麒

---

① 师校是,参见《杜甫全集校注》卷一八校记,第5264页。

② 师校是,参见《杜甫全集校注》卷一八注(一)并校记,第5370、5372页。

③ 宋本《杜工部集》卷八作"亦",赵所云之旧本非二王本,不知何本。

④ 宋本《杜工部集》卷九夹注:"甫大父昔任此官。"是二王本公自注作"大父"。《杜甫全集校注》卷四九八校记云:"钱钞本、宋九家本'父'作'门'。今按:六朝、唐人称高祖曰高门,曾祖曰曾门,称人之祖父曰大门,岂自称其祖亦可曰大门耶? 别无所见,志以存疑。其余诸本,并意同而文繁。"(第498页)钱钞本即影宋钞吴若本。赵注云:"公自注云大门,则大父之新称。师民瞻本直改作大父,以俟博闻者订之。"是则赵次公未见二王本。师尹作杜注时吴若本尚未出现。《校定集注杜诗》卷一一《黄河二首》其二"黄河西岸(赵作南岸)是吾蜀",诗末夹注引赵云:"黄河南岸,一作西岸。师民瞻所传任昌叔本取之,非是。"知师尹注杜所用为任昌叔本。任昌叔,生平事迹不详,《宋史》无传。周行己《和任昌叔寄终南山之什》曰:"少陵作者今卓尔,彭泽一觞奚何已。诗工酒逸觉有神,此理浪传嗤俗子。却求举选科目间,仰看有道当汗颜。闻君欲往更愁绝,归心日夜急飞湍。"(周行己《浮沚集》卷八,中华书局1985年,第100页)从诗中可以看出,任昌叔确实注释过杜诗,而且非常不错,为当时卓然一大家。行己,字恭叔,永嘉(今浙江温州)人,元祐六年(1091)年进士,官至秘书省正字。行己早从伊川程氏游,开永嘉学派。行己之学虽出程氏,但与曾巩、黄庭坚、秦观和李之仪等多有唱和。陈振孙《直斋书录解题》著录有《浮沚先生集》十六卷《后集》三卷。振孙祖母为行己第三女,其著录当为可信。可知,周行己为北宋中后期时人,行己与昌叔有唱和,亦当为同时代之人。从赵注多次征引师本以校勘、纠驳旧本和他本来看,其所传任昌叔本亦为当时杜诗之精本。赵注杜之时,吴若本已刻印,其所见之本"膳部默凄伤"夹注作"甫大门昔任此官",与吴若本同,则其底本或即吴若本。

麟"，诗末夹注引赵云："两句皆纪眼前所见也。冢前有石麒麟，盖富贵之家，卧则冢之荒废矣，故公落句有感焉。旧本'花边'，师民瞻本作'苑边高冢'，是。盖芙蓉苑之边也。"①

卷三〇《白帝》"白帝城头云若屯"夹注引赵云："首句乃师民瞻本，旧作'白帝城中云出门'，非。盖用对'雨翻盆'，而字出《列子》言化人之宇曰：'望之若云屯焉。'谢灵运诗：'岩高白云屯。'使此'屯'字也。"

卷三一《奉送卿二翁统节度镇军还江陵》"嘹唳吟笳发，萧条别浦清。寒空巫峡曙，落日渭阳明"夹注引赵云："'吟笳'，军中之所吹也。'别浦'，则舟经之处也。'寒空巫峡曙'，说夔州，公之在也；'落日渭阳明'，说长安，所以怀乡，又暗有卿二翁者乃公舅翁之义也。师民瞻作'渭阳情'，不必如此。"

卷三二《晓望》"高峰寒上日，叠岭宿霾云"夹注引师云："一作'高峰初上日，叠岭未收云'。"

由上引可知，赵次公于师尹本虽不尽信从，但师注本当是赵注颇为信赖的重要参照本。

其次，师尹注偶亦调整编次。如卷二二《绝句漫兴九首》其一末夹注引赵云："师民瞻本作第九首。"其九末夹注引赵云："师民瞻本作第一首。"

其三，师尹注亦释杜句出处，如卷一《秋雨叹三首》其一"着叶满枝翠羽盖"夹注引师云："张平子《东京赋》：树翠羽之高盖。"

其四，师注时或补充史实。如卷一二《往在》"贼臣表逆节，相贺以成功。是时妃嫔戮，连为粪土丛"夹注引师云："《幸蜀记》：天宝十五载七月九日，禄山令张通儒害霍国公主、永王妃侯莫陈氏、驸马杨朏等八十余人，又害皇孙、郡县主、诸妃等三十六人。"

其五，师注亦注音义。如卷一二《火》"崩冻岚阴旷"夹注引师云："旷音乎古反，《韵书》注：文彩状明。"

其六，师注偶及时人对杜甫的影响。如卷一一《贻华阳柳少府》"子壮顾我伤，我欢兼泪痕。余生如过鸟"夹注引师云："李白诗：生犹鸟过目，胡乃自结束？景公一何愚？牛山泪相续。"卷二〇《废畦》"悲君白玉盘"夹注引赵云："师云：如李白诗：少时不识月，呼作白玉盘。"

其七，师注偶亦注及杜诗对后来者的影响。如卷一〇《楠树为风雨所拔叹》"干排雷雨犹力争"夹注引师云："退之《南山诗》：力虽能排斡，雷电怯呵诟。"

---

① 师校是，参见《杜甫全集校注》卷四校记，第1051页。

其八，师注又及杜甫之行踪。如卷一一《引水》"云安沽水仆奴悲，鱼复移居心力省"夹注引师云："此自云安徙夔。"

其九，师尹注偶亦解析诗意，或为赵注所吸收。如卷六《鹿头山》"冀公柱石姿，论道邦国活"夹注引赵云："师云：'上句言杖钺方面，非耆旧以宣风行化，岂能专达？皆美裴也。'"又卷一六《次晚洲》"摆浪散帙妨，危沙折花当"夹注引师言："摆浪有妨于散帙，危沙相过，则折花相值，皆纪舟行之实。"

其十，师注亦有分析杜诗句法用字者。如卷二〇《月夜忆舍弟》"露从今夜白，月是故乡明"夹注引师云："江淹《别赋》：'隔千里兮共明月。'子美工于用字，析而倒言之，故其语势尤健，如'别来头并白，相见眼终青'之类是也。"

其十一，师尹注时亦发明杜陵心事。如：

卷一《秋雨叹三首》其一"开花无数黄金钱"夹注引师云："此诗伤特立独行之君子不得时也。按《本草》，决明，夏花，秋生子，花赤。与杜所称不同时。今时有金钱花，与菊相类，多生于秋雨中，俗谓之滴漏花，杜岂本此邪？"

卷二四《悲秋》"始欲投三峡，何由见两京"夹注引师云："此公谋下峡也。"

卷一《同诸公登慈恩寺塔》"君看随阳雁，各有稻粱谋"夹注：

《禹贡》："扬州，阳鸟攸居。"注："鸿雁之属。"庾信《报赵王赐酒诗》："未知稻粱雁，何以报君恩？"此诗末章同叹山梁雌雉也。

赵云："公于前段已追思前事矣，又因黄鹄之远去，虽若高举远引之士，然无所投止。而我之俯世徇身，则未免若雁之谋稻粱也，亦以自伤矣。孟浩然诗：'鸟泊随阳雁，鱼藏缩项鳊。'刘孝标《广绝交论》云：'分雁鹜之稻粱。'《左传》云：'先轸有谋。'旧注'同叹山梁雌雉'，非是。师民瞻云：'此以讥明皇荒乐，不若虞舜。瑶池言王母，以比杨妃。昆仑以比骊山，黄鹄以比张九龄之徒，雁以比杨国忠之徒。杜公因登塔观览，而念及此。'其说不同，必有能辨之者。《诗》：'王事靡盬，不能艺稻粱。'"

按赵次公云："公于前段已追思前事矣，又因黄鹄之远去，虽若高举远引之士，然无所投止。而我之俯世徇身，则未免若雁之谋稻粱也，亦以自伤矣。"是赵以"君看随阳雁，各有稻粱谋"为杜甫自况，显然不合杜甫平生作为。杜甫并不为稻粱谋，否则杜曲之桑麻田，东京之田园，足以供其逍遥。相较之下，师尹以为随阳雁乃寓指杨国忠以下仅仅为身谋之大臣，更见深切。

第二节　杜　田　注

　　蜀人杜田为宋代注杜名家,其注在当时就产生了很大的影响,南宋各种杜诗集注本对其注皆有收录。杜田之名见于郭知达《校定集注杜诗》、无名氏《十家注》、托名王十朋《百家注》、《分门集注》、蔡梦弼《草堂诗笺》、黄氏父子《补注杜诗》等。《苕溪渔隐丛话》后集卷八:"《注杜诗补遗正谬集》,则城南杜田也。"①《宋史·艺文志七》:"杜田《注杜诗补遗正谬》十二卷。"②直到清代,杜田注影响仍然存在。但是,在杜田注流传过程中,出现错讹不明、被人假冒等问题,以致淆乱视听,真假莫辨。这使得杜田注在"杜诗学"史上,其实际影响与成就并不相称,杜田之名几被淹没于历史的长河之中。

　　杜田,《宋史》无传,生平不可详考。清嘉庆《四川通志·选举志》:"杜田,安岳人。以文章孝行举历临江府教授,终大邑县丞。"《人物志》又云其字"汝耕",有《注杜诗补遗正谬》行世③。郭知达《校定集注杜诗》序云:"因辑善本,得王文公、宋景文公、豫章先生、王原叔、薛梦符、杜时可、鲍文虎、师民瞻、赵彦材凡九家。"④郭知达注引杜注,据笔者统计约为512条,或称"杜《补遗》""杜《正谬》""杜云""杜田""杜时可"等,或称书名,或称名,或称字。

　　聂巧平《杜田考论》以为,杜田注杜在政和三年(1113)至绍兴四年(1134)⑤。这一时间界定略见宽泛。《校定集注杜诗》卷一一《昔游》"清霜大泽冻,禽兽有余哀"夹注:

　　　　杜《正谬》:"蔡氏《西清诗话》:唐史称:杜甫与李白、高适同登吹台,慨然莫测也。质之少陵《昔游诗》:'昔者与高李,晚登单父台。'则知非吹台。三人词宋,果登吹台,岂尢雄词杰唱耶?予谓蔡氏未曾熟读杜诗尔。《遣怀诗》云:'昔我游宋中,惟梁孝王都。名今陈留亚,剧则贝魏俱。忆与高李辈,论交入酒垆。气酣登吹台,怀古视平芜。'岂非与李白、高适同登吹台耶?"赵云:"公追言其少年日,正冬日晚与高、李登

---

①　胡仔《苕溪渔隐丛话》后集卷八,人民文学出版社1962年,第56页。
②　《宋史》卷二〇八《艺文志》,第5359页。
③　《四川通志》卷一四二、一四九,巴蜀书社1984年,第4340、4511页。
④　《新刊校定集注杜诗》卷首,台北故宫博物院藏瞿宋本。
⑤　聂巧平《杜田考论》,《杜甫研究学刊》1998年第4期。

单父台。句曰‘寒芜’、曰‘飞蓬’、曰‘清霜’，最后曰‘景晏楚山深’，又见作诗之时，亦冬也。《西清诗话》云云，《正谬》是。单父台，名偃月台，见李白诗。碣石，在海边，台上可视望。飞蓬共徘徊，言与桑柘之叶俱落而飞，相与徘徊。豆谓之藿。阮籍《咏怀》：‘秋风吹飞蓬，零落从此始。’师民瞻本作枫藿，非。盖桑柘与豆，皆田中物，枫木与豆藿不可相连也。清霜降而大泽冻，禽兽寒而哀。”①

　　陈振孙《直斋书录解题》云：“《西清诗话》，题无为子撰，或曰蔡絛使其客为之也。宣和间，臣僚言其议论专以苏轼、黄庭坚为本，奉圣旨蔡絛落职勒停。”②哲宗元祐四年，苏辙作《进御集表》：“臣窃见祖宗御集，皆于西清建重屋，号龙图、天章、宝文阁……”③徽宗大观二年又建徽猷阁，阁员中设“徽猷阁待制”职④。蔡絛《铁围山丛谈》有“吾待罪西清时”语，即指自己在政和末年到宣和五年九月期间任职徽猷阁待制时。《宋会要辑稿·职官》宣和五年九月载：“徽猷阁待制、提举万寿观蔡絛勒停，以言者论其撰《西清诗话》，学术邪僻，多用苏轼、黄庭坚之说故也。”⑤说明此时《西清诗话》书已成，时间最迟也是在宣和五年（1123）九月。杜注引蔡氏《西清诗话》，说明杜注成书时间不会早于这个时间。这样，我们就可以把杜田注杜诗的上限由“政和三年”下推十年，即宣和五年（1123）九月。结论是：杜田注杜在宣和五年九月至绍兴四年（1134）或稍后⑥。

　　《宋史·艺文志七》著录“杜田《注杜诗补遗正谬》十二卷”⑦。《校定集注杜诗》卷三五《宿青草湖》“洞庭犹在目，青草续为名”夹注：“杜《补遗》云：见第十四卷《寄薛三郎中》。”《寄薛三郎中》，《校定集注杜诗》恰好亦在卷一四。今本《校定集注杜诗》除卷二五、卷二六系别本配补外，其余各卷皆引有杜田注，末卷亦引杜田注十余条。于此可有两种推测：一种是杜田注可能与后出的郭注编次相近，或亦为三十六卷，但这一推测得不到目录书的支持。另一种是杜田注“补遗正谬”的对象极可能与《校定集注杜诗》所用底

①　《新刊校定集注杜诗》又两引杜《补遗》引《西清诗话》，见卷六《乾元中寓居同谷县作七首》其四“林猿为我啼清昼”和卷三一《阁夜》“三峡星河影动摇”夹注。不备引。
②　陈振孙《直斋书录解题》卷二二，上海古籍出版社 1987 年，第 651 页。
③　李焘《续资治通鉴长编》卷四三四哲宗元祐四年冬十月，第 10462 页。
④　龚延明《宋代官制辞典》，中华书局 1997 年，第 142—143 页。
⑤　徐松《宋会要辑稿》卷三八八八《职官六九》，中华书局 1957 年，第 3936 页。
⑥　赵次公注杜在绍兴四年（1134）至十七年间，见林继中《杜诗赵次公先后解辑较·前言》，上海古籍出版社 1994 年，第 3 页。
⑦　《宋史》卷二〇八，第 5359 页。

本关系较为亲近,这一推测或许合于事实。《校定集注杜诗》的底本问题,详见本书第四章。

杜田注,宋人书及《校定集注杜诗》或引作《补遗》,或引作《正谬》,或引作《正误》,其实是同一本书,《宋史·艺文志》著录为杜田《注杜诗补遗正谬》,良是。考杜田注,凡补旧注之遗,即补充前人有注但未尽者,或前人未注另作补注者,皆谓之"补遗";凡纠正旧注之谬误者,谓之"正谬"(赵注仅一处引作"正误",详下)。补遗和正谬是杜田注同时进行的两项工作,亦即杜田注杜的体例。由郭知达所引270余处杜《补遗》和50余处杜《正谬》,可以清楚地发现杜田注的上述特点。兹略举郭注数条以作说明。

卷二《夜听许十诵诗爱而有作》"紫燕自超诣,翠驳谁剪剔"夹注:

《尔雅》:"驳如马,倨牙,食虎豹。"《管子》曰:"桓公乘马,虎望见而伏。公问,管仲:'意者君乘驳马。'曰:'然。'管仲曰:'驳马食虎豹,故疑焉。'"《庄子》曰:"治马者,烧之、剔之。"

杜《补遗》:"《西京杂记》:汉文帝自代还,有良马九,皆天下之骏。一名浮云,二名赤灵,三名绝群,四名逸骠,五名紫燕骝,六名经螭骢,七名师子,八名麟驹,九名绝尘,号为九逸。"

赵云:"紫鸾者,是鸾凤之鸾。杜田以为紫燕,误矣。盖公此篇虽云古诗,自首两句而下,每每用对,而句眼平侧相连。若作紫燕,非止义错,而失句眼矣。何则?鸾凤之名,虽曰色多丹者曰凤,故每言丹凤;色多青者曰鸾,故每言青鸾。如凤五色而多紫者曰鹭鹭,但前人未尝言紫鹭鹭。而杜公于《北征》诗曰:'天吴及紫凤,颠倒在短褐。'则在凤言紫矣。今曰'紫鸾自超诣',固亦如紫凤之称。杜田《正误》于卷首云见欧阳家善本作燕,遂引汉文帝九马之一曰紫燕骝。而蔡伯世《正异》亦作紫燕,如此则平侧不相连。又两句皆言马,不小拙乎?紫鸾用对翠驳,以两物比之。'紫鸾自超诣',言其才之远到,如鸾鸟之超腾诣至。《楚辞》云:'鸾凤翔于苍云。'则其超诣可知。公《夔府咏怀》诗有云:'紫鸾无近远。'亦超诣之意。"

此条夹注,如上分三层(瞿宋本原刻两层之间空一字,他处同):先引旧注;次出杜《补遗》,补旧注未及者;再引赵次公注对杜田注作辩驳。赵注所称"杜田《正误》"云云,所驳者正是夹注前引之"杜《补遗》"的说法,故杜田《正误》亦即《补遗》,亦即杜田注的另一称名。

卷九《冬到金华山观因得故拾遗陈公学堂》"上有蔚蓝天,垂光抱琼台"
夹注:

> 杜田《补遗》:"《度人经》:三十二天,三十二帝。诸天皆有隐讳隐
> 名,第一太黄皇曾天郁儵玉明。儵音蓝,蔚蓝即郁儵也。黄老书中更无
> 说郁蓝处。"
>
> 赵云:"蔚蓝,则茂蔚之蓝,天之青色如此。杜田亦穿凿,相去之远。
> 盖此乃经中言东方八天,首两句之文,上句言天名,下句言帝名。既以
> 郁儵玉明为天帝隐讳,不应直言其隐名为天而垂光也。况郁差为蔚,儵
> 差为蓝,岂有两字改易之理邪? 又岂恰是东方第一天帝之天垂光邪?
> 今诗人言水日授蓝水,则天之青曰蔚蓝天,于义无害。孙绰《天台山
> 赋》:'琼台中天而县居。'今言金华山观,得用神仙之居为言。"

此条夹注,如上分两层:先引杜田《补遗》,补前人杜注所未及者;次引赵注辩
驳杜田之误。

卷一〇《屏迹》"独酌甘泉歌,歌长击樽破"夹注:

> 杜《补遗》:"《世说》:王大将军敦每酒后,辄咏魏武乐府曰:老骥伏
> 枥,志在千里。烈士暮年,壮心不已。以如意打唾壶,唾壶尽缺。子美
> 长歌而击樽破类此。"
>
> 赵云:"衰年作衰颜,盖下有'年荒酒价乏'也。'年荒酒价乏,日并
> 园蔬课',两句通义,盖以乏酒价之故,则并课园蔬卖之,以充沽直。'独
> 酌甘泉歌',所以承上'酒价乏'之故,且复有真率之意。一作'独酌酣
> 且歌',非是。'击樽破',则杜田《补遗》是。"

此夹注分两层:先引杜田《补遗》补前人未注;次引赵注以证成杜田注。

卷一一《自平》"自平中宫吕太一"夹注:

> 吕太一,代宗时为广南市舶使。《东坡诗话》:"'自平宫中吕太
> 一',世莫晓其义,妄者以唐有自平宫。偶读《玄宗实录》,有中官吕太
> 一叛于广南。诗盖云'自平中官吕太一',故下文有'南海收珠'之句。
> 见书不广,轻改文字,鲜不为笑。"
>
> 杜《正谬》云:"以'自平'为宫名,非。盖中官吕太一为市舶使,逐
> 张休作乱,以兵平之,故云'自平中官吕太一'。'宫中'乃'中官'传印

者误。按《旧史·代宗纪》:广德元年十二月甲辰,宦官市舶使吕太一逐广南节度使张休,纵兵大掠广州。'中官'误为'官中'明矣。"

　　赵云:"杜田因东坡而为之说,而事乃代宗时为异也。今按《资治通鉴》亦载如此,《诗话》岂误以'代'为'玄'乎?中官字,范晔《宦者论》:'于是中官始盛。'"

此条夹注分三层:先引《东坡诗话》论旧注之误;次引杜《正谬》证成东坡之说;再引赵注补说论定。

　　郭注亦有径引赵注于杜田注之辩驳,如卷三〇《秋兴八首》其七"波漂菰米沉云黑,露冷莲房坠粉红"夹注径引赵云:

　　　　上句言菰之多,其望之长远黯黮,如云之黑也。菰米事,在《周礼》,曰:"鱼宜菰。"郑玄云:"菰,雕胡也。"贾公彦云:"今南方见有菰米。"宋玉讽楚王曰:"主人之女为臣炊雕胡之饭,亨露葵之羹。"宋玉楚人也,盖以雕胡为珍。则菰米本南方之物,而移种于是池矣。"沉云黑"字,杜田引《唐本草图经》:"菰又谓之茭白,岁久者中心生白台,如小儿臂,谓之菰手。其台中有黑者谓之茭郁。至后结实,乃雕胡米也。'沉云黑',其茭郁乎?故子美《行官张望补稻畦水归诗》有'秋菰成黑米'之句。"穿凿非是。盖台中有黑,则黑在实之中间,岂望而可见乎?若秋菰成黑米,自是已为米,则可见其黑也。"莲房坠粉红",《正谬》谓:"莲实上花叶坠也。《尔雅》:荷,芙渠,其华菡萏,其实莲,其中的。郭璞注:莲,谓房也。的,房中子也。"

此条夹注当系转引赵次公原注,其中于杜田注有批驳者,亦有肯定者。

　　周采泉曰:"《正谬》已佚,幸《九家注》所引较多,知其所正之谬,主要是正托名王洙者注杜之谬。……《正谬》之外,又有《补遗》,考证详确,以与赵彦材相较,不相上下。《九家注》所引,杜田确为其中之佼佼者。严有翼《艺苑雌黄》引其书释《诸将》诗'玉盌'一联,称樗叟《杜诗拾遗》,而《九家注》引此条则作《补遗》,各书可能为异名同称。"①此说似以《正谬》《补遗》《拾遗》为杜田注之同书异称,但"《正谬》之外,又有《补遗》"云云,又似以杜田《正谬》和《补遗》为二书。聂巧平说:"赵次公、郭知达在引杜田之书时只称《补遗》或《正谬》,又可证其书先各有单行本,盖流行不广,后来逐渐散佚。

---

① 《杜集书录》,第42页。

亡佚之余,后人搜辑整理,将《补遗》和《正谬》合订成一书,名曰《注杜诗补遗正谬》。疑胡仔所藏及《艺文志》著录的就是这一辑本。"①此以杜田《补遗》和《正谬》初为单行之二书,后合订一书,似有误。

　　上引赵次公注以杜田《正误》指称杜田《补遗》,已经能够说明问题。我们还发现一条材料可证杜田《正谬》即《补遗》。元詹光祖本《黄氏补千家注纪年杜工部诗史》卷首集注杜工部诗姓氏,有杜氏,夹注曰:"名田,字时可,著《补遗》。"但该书有一处引杜田却称作《正谬》,卷三〇《草阁》"鱼龙回夜水"夹注:

　　　　洙曰:"见'水落鱼龙夜'注。窃观'水落鱼龙夜',自是陇右,有鱼龙川也,恐此'鱼龙'非矣。"田曰:"《正谬》云:此诗乃夔州所作,旧注于下云'陇',岂可言秦之鱼龙川乎? 按郦道元《水经》曰:'鱼龙以秋日为夜。'龙秋分而降,蛰寝于渊,故以秋日为夜也。"②

上引夹注先引"洙曰",显系旧注,后引"田曰",当为杜田。所引《正谬》援《水经》的分析文字,约略见于《校定集注杜诗》卷三〇《草阁》"鱼龙回夜水,星月动秋山"夹注:

　　　　杜《补遗》:"按郦元《水经》:'鱼龙以秋日为夜。'龙秋分而降,蛰寝于渊,故以秋日为夜也。"且并举"鱼龙寂寞秋江冷"之句云:"此二诗皆秋时,是以子美言'鱼龙回夜水''鱼龙寂寞秋江冷'也。"

两相对照可知,黄氏注所引《正谬》当即郭氏注所引《补遗》。二家所引注的不同之处在于,黄氏引杜田注重在辩驳先引之旧注以《草阁》一诗为秦陇时期所作的错误见解,郭氏则根本未引旧注之误说,而重在阐释"鱼龙回夜水"二句的诗意所在。

　　由上可以判定杜田注本一书,后人援引或曰《补遗》,或曰《正谬》。称名不一,而所指则为同一书。

　　前引周采泉曰:"《正谬》已佚,幸《九家注》所引较多,知其所正之谬,主要是正托名王洙者注杜之谬。"此论甚是。郭知达《校定集注杜诗》中所引最多的为旧注"伪王注",有九千余条。"伪王注"为杜诗第一个注本,对宋代"千家注杜"有开风气之先的作用。继"伪王注"之后,注杜之风隆盛,其中有许多注本皆针对"伪王注"而行,杜田的《注杜诗补遗正谬》就是这样的一部注本。由上举几例可见,杜田注的首要功绩在纠正旧注的失误和未尽之处,而在对旧注进行纠补的同时往往广征博引,注重名物训诂,态度严谨客观,少主观臆断,大多言简意赅,无伪撰之事,穿凿附会之处不多。

第三节　师　古　注

宋代蜀中有两位注杜名家,皆为眉州师氏,一位是上文所论眉州彭山师尹,其注多为郭知达《校定集注杜诗》所收(其中不少系由赵次公注转引);另一位是眉州眉山师古,其注为伪王本《百家注》、《分门集注》和黄氏父子《补注杜诗》等所引。周采泉《杜集书录》"《杜诗详说》二十八卷"条云:"此书与上全集校刊笺注类师尹注杜,卷数同,注者之姓又同,宋人多已混为一谈。"①张忠纲等编《杜集叙录》曰:"师古,字彦立,号义学。宋眉山(今属四川)人。官迪功郎。宋南渡时人,略早于赵次公。曾讲授于福建长溪县赤岸。"②师古生平,梁庚尧和汤鸣统的讨论可资参考③。兹综合相关材料,对师古生平及其杜诗注略作考察。

师古(?—约1156),字维藩,一字彦立,号义门先生。初为布衣,居蜀中。南宋初,福州长溪林师中至蜀寻师,得师古,遂迎至长溪讲学④。魏了翁《孙和卿墓志》曰:"长溪,自唐神龙元年薛令之初举进士,士知乡学。国朝中兴初,眉山师彦立古,时号义门先生。讲授于县之十里,曰赤岸,一方士习为之丕变。"⑤可知,师古由蜀至闽,引发了长溪一带的向学之风,深受当地人爱戴。师古长于《春秋》学,故于时事颇为关注。绍兴五年(1135),伪齐刘豫欲大举进攻南宋。六年,师古从长溪赴行在临安,上《中兴十策》,建

---

① 《杜集书录》内编卷一一其他杂著类伪书之属,第644页。
② 《杜集叙录》,第61页。
③ 梁庚尧《宋代福州士人与举业》,《"宋代墓志史料的文本分析与实证运用"国际学术研讨会论文集》,台湾东吴大学2003年,第18页。汤鸣统《师维藩返真记》,《福建史学》2007年第3期。
④ 叶适《中奉大夫直龙图阁司农卿林公墓志铭》:"公林氏,讳湜,字正甫,福州长溪人。曾祖岩,祖樗,父中,赠中奉大夫。中奉迎师于蜀,得师先生以归。学者常数百人,中奉为高第。公入太学……登绍兴庚辰(三十年,1160)进士第。"(黎谅编《水心集》卷一九,《景印文渊阁四库全书》第1164册,第355页)
⑤ 《鹤山集》卷八,《景印文渊阁四库全书》第1173册,第237页。

议高宗亲征。李心传《建炎以来系年要录》卷一〇四"绍兴六年八月甲辰"：

> 眉州布衣师维藩,治《春秋》学,累举不第。至是赴行在,上《中兴十策》,请车驾视师。上下其议于朝,浚以为可用。会谍报刘豫有南窥之意,赵鼎乃议进幸平江。①

高宗进至平江(今苏州)、镇江。师古此次上书进言虽起到了激励高宗的效果,但他本人却未得进用,于是返回长溪,继续讲学。绍兴十二年,弟子林栗中进士。十三年,因国子司业高闶推荐,师古得官全州文学、权国子录。《建炎以来系年要录》卷一四九"绍兴十三年六月甲辰"：

> 全州文学师维藩,权国子录。维藩既上书不得用,聚徒于福州之长溪,闽浙之徒从之者数百人。福清林栗,其高弟也。至是以累举得官,会太学初建,国子司业高闶等言："维藩博通古今,士人推服。建学之始,宜得老成诱掖后进。"辅臣进呈。上曰："师儒之任,尤当遴选须心术正者为之。"②

《宋史·高闶传》曰："闶又言建学之始,宜得老成以诱掖后进,乃荐全州文学师维藩,诏除国子录。维藩,眉山人,精《春秋》学。林栗其高第也,故首荐之。"③林栗,字黄中,福建福清人,《宋史》卷三九四有传。绍兴十四年,得国子司业宋之才推荐,师古改秩,通判叙州(今四川宜宾)④。

叶适《长溪修学记》云："惟长溪弥亘山海,最巨邑,宦游满天下。廉村薛氏,举进士为闽越首,赤岸尤盛。往年迎蜀人师先生于金台寺,事之如古游、夏之俦,其言论风指,皆世守之。先生殁,即寺建祠,正岁若讳日,必奠谒成礼,冠者、童子皆在。丙子逾一周,敬恭不衰。"⑤据此知师古中兴初居福州长溪县赤岸之金台寺讲学,赤岸人事之甚谨,赤岸亦为师古临终之地。叶适《修学记》末署嘉定九年(丙子,1216)十一月。《记》云"丙子逾一周,敬恭不衰",此"一周"指六十年,则师古当卒于绍兴二十六年(丙子,1156)春夏

---

① 《建炎以来系年要录》(第二册),上海古籍出版社1992年,第430页。
② 《建炎以来系年要录》(第三册),第82页。
③ 《宋史》卷四三三,第12858页。
④ 《建炎以来系年要录》卷一五一"绍兴十四年六月戊子"："右迪功郎权国子录师古特改右承务郎,通判叙州。古,即维藩也。初以幸学恩应改秩,而吏部谓古文学摄官,当俟注正官日收使。国子司业宋之才言,特恩与常格不同,乃有是命。"(第三册,第113页)
⑤ 黎谅编《水心集》卷一一,《景印文渊阁四库全书》第1164册,第222页。

或稍前。

《黄氏补千家注纪年杜工部诗史》(元詹光祖本)卷首《集注杜工部诗姓氏》有西蜀师氏二,一注"名古,著《详说》二十八卷",一注"尹,民瞻"。《补注杜诗》卷首《年谱辨疑》"宝应元年壬寅"曰:"师古谓《贫交行》为严武作,今疑为适作也。"《年谱辨疑》末嘉定丙子(九年,1216)黄鹤识语又云:"蜀人师氏以《贫交行》为武作,今疑为适而作也。"前云师古,后云蜀人师氏,可知黄氏《补注杜诗》所云师氏或专指师古。故其书于师尹民瞻者,不过具名而已,书中所引师氏注,当均出于师古①。师尹注杜主要见引郭知达《校定集注杜诗》,而师古注杜则主要见引黄鹤《补注杜诗》②,将二书相同篇目所引"师曰""师云"稍作对照便知,二师氏注杜风格区别很明显,兹不具论。郭知达《校定集注杜诗》和黄鹤《补注杜诗》引用蜀中二师氏杜注各有偏重,其中缘由约略有二:首先,师尹平生主要活动于西北西南,师古后半生则主要活动于东南。二人之杜注亦分别流行于西南和东南,交集无多。其次,郭知达《校定集注杜诗》编于成都,淳熙八年(1181)刻于成都,师尹杜注赖此书得以存世。此时黄希杜诗补注的工作已经开展,后黄鹤以父书之椠本正定,主要工作大概是逐篇补考年月③。嘉定九年(1216)黄鹤《补注杜诗》定稿之后九年,宝庆元年(1225),曾噩于广东漕司重刻郭注为《新刊校定集注杜诗》,此后郭注始在东南流行,故黄鹤可能未见此书。师古杜注,蔡梦弼《杜工部草堂诗话》(影印《四库全书》本)引作《师古诗话》,何汶《竹庄诗话》引作《师氏诗说》,"三者盖为一书而异名"④。以下讨论师古注杜,以黄氏《补注杜诗》所引为主,间及《百家注》和《分门集注》并他书所引。

由黄氏《补注杜诗》所引诸家注的次序,约略可推知师古注成书的时间。如卷一《奉赠韦左丞丈廿二韵》"丈人试静听,贱子请具陈"夹注:

---

① 《四库全书总目》卷一四九《补注杜诗》提要云:"积三十余年之力,至嘉定丙子始克成编。书首原题《补千家集注杜工部诗史》,所列注家姓氏实止一百五十一人。汴中征引则王洙、赵次公、师尹、鲍彪、杜修可、鲁訔诸家之说为多,其他亦寥寥罕见。"(中华书局1965年,第1281页)《总目》认为《补注杜诗》中所引的师注为蜀人师尹的杜注,大误。郭知达《校定集注杜诗》和黄鹤《补注杜诗》二书中直出师古者,为转引《汉书》之颜师古注,今不论。

② 《补注杜诗》由赵次公注转引一次师民瞻本,见卷二九《怀郑南玭》。伪王十朋《集百家注编年杜工部诗史》引用师古注次数多且文字更见繁富,颇疑黄氏《补注杜诗》所引师古注或出于《百家注》。记此待考。

③ 黄氏《补注杜诗》卷首《年谱辨疑》末识语云:"鹤先君未第时,酷嗜杜诗,颇恨旧注多遗舛,尝补缉,未竟而逝。又欲考所作岁月于逐篇下,终不果运力,未必不赍恨泉下也。鹤不肖,常恐无以酬先志,乃取椠本《集注》,以遗稿为之正定。凡经据引者不复重出,又辄益以所闻,于是稍盈卷帙。每读再加考订,或因人以核其时,或搜地以校其迹,或摘句以辨其事,或即物以求其意。所谓千四百余篇者,虽不敢谓尽知其详,亦庶几十得七八矣。"

④ 张忠纲等《杜集叙录》,第62页。

　　　　洙曰:"《易·师》:贞,丈人吉。注:丈人,严庄之称也。应璩《百一
　　　　诗》:避席跪自陈,贱子实空虚。鲍照《东武吟》:主人且勿喧,贱子歌一
　　　　言。"赵曰:"伍子胥谓渔父曰:性命属天,今属丈人。"师曰:"丈人,指韦
　　　　左丞。又贱子,甫自谓也。"

　　按此夹注,依次列洙曰、赵曰、师曰,黄氏当以师古注略晚于赵次公注。然卷
一《九日寄岑参》"安得诛云师,畴能补天漏"夹注:

　　　　洙曰:"云师名屏翳。《广雅》云:云师为之丰隆。"苏曰:"久雨不
　　　　止。郭泰机曰:凭谁三尺,刃诛云师,扫除阴气。"师曰:"《列子·汤
　　　　问》:女娲氏链五色石以补其阙。"赵曰:"蜀有地名漏天。古诗:地近漏
　　　　天终岁雨。"

　　此夹注,依次列洙曰、苏曰、师曰、赵曰,黄氏又似以师古注在赵次公注之先。
据检视,黄氏《补注杜诗》中,同一题注或夹注中同时出现"赵曰"和"师曰"
者,总共有182处,其中"师曰"在前者仅此一处,其余181处都是"赵曰"在
前,"师曰"在后。故可大致推定,师古注杜成书时间略晚于赵次公注。《补
注杜诗》卷九《阆水歌》"阆州城南天下稀"夹注引师曰:"城南屏山错丽如锦
屏,号为天下第一,故曰'天下稀'。本朝前辈尝咏福唐诗云:'晓角吹残十
二枝,春风楼阁酒旗飞。杜陵未识三山好,却道阆城天下稀。'盖闽蜀同风故
也。"三山为福州别称,福唐即福州福清县。师古注所引当为宋人佚诗。按
此可见师古对故乡蜀中和闽地怀有深情,似可说明师古注杜或始于在福州
长溪讲学期间,成于晚年退居长溪之后。

　　古今学者对师古注的批评不多,但却较为严厉。钱谦益《注杜诗略例》
中批评道:"一曰伪造故事。本无是事,反用杜诗见句,增减为文,而传以前
人之事。……蜀人师古注尤为可恨。王翰卜邻,则造杜华母命华与翰卜邻
之事;焦遂五斗,则造焦遂口吃,醉后雄谭之事。流俗互相引据,疑误弘
多。"①钱氏识鉴卓绝,但他对师古注的否定太过。洪业《杜诗引得·序》曰:
"师古之《杜诗详说》,多以浅文总解全篇,惜亦捏造故事,欺惑流俗,其为患
几与伪苏、旧注等。"②大概受钱氏和洪氏影响,周采泉《杜集书录》径将师古

----

① 《牧斋初学集》卷一一○,《四部丛刊》影印崇祯刻本。又《钱笺》卷首,康熙六年季振宜静
　　思堂刻本。
② 《杜诗引得·序》,第9页。

《杜诗详说》编入内编卷一一其他杂著类伪书之属①。较早对师古注提出批评的是南宋严羽,其《沧浪诗话·考证》曰:"杜集注中'坡曰'者,皆是托名假伪。……杜注中'师曰'者,亦'坡曰'之类,但其间半伪半真,尤为淆乱惑人,此深可叹。然具眼者,自默识之耳。"②师古注虽有淆乱惑人之处,但亦自有他人未到之处。以下尝试检讨师古注之误及其所以致误之缘由,并及于其注之意义。

师古注对前人注杜有所批评。辨析批评前人字句勘定之误者,如卷一《奉赠韦左丞丈廿二韵》"万里谁能驯"夹注引师曰:

> 王荆公常以"波"字为"没"字,其谬甚也。鸥善浮没,何必独言"没"耶?如前辈诸公,因举杜诗"身轻一鸟过"之句,坐间皆忘"过"字,因共补之。或言"下",或言"疾",竟不似"过"字之为浑成也。则知"没浩荡",亦不如"波浩荡"之自然。

纠正引用故实之误,如卷一八《陪李金吾花下饮》"醉归应犯夜,可怕李金吾"夹注引师曰:"薛梦符《补遗》引李广从人田间饮归,霸陵县尉止之,今将军尚不得夜行事。误矣。"批评前人附会者,如卷二一《江村》诗末夹注引师曰:"妻比臣,夫比君。棋局,直道也。针本全直,而敲曲之,言老臣以直道成帝业,而幼君坏其法。稚子,比幼君也。此《天厨禁脔》之说也。或说老妻以比杨妃,稚子以比禄山,盖禄山为妃养子。棋局,天下之喻也,妃欲以天下私禄山,故禄山得以邪曲包藏祸心。此说为得之,虽然,甫之意亦不如此。老妻、稚子,乃甫之妻、子,其肯以己妻、子而托意于淫妇、逆臣哉?理必不然。皆村居与妻子适情以自乐耳。"

上引师古之说都很有道理,尤其他以《江村》一首为杜甫村居适情自乐之作,甚为难得。师古所批评前人错误,在其杜注中类似错误却很常见。师古本人于杜诗字句偶以己意定夺。如卷一《望岳》"岱宗夫如何?齐鲁青未了"夹注:

> 师曰:"岱宗天,犹云'楚天'之类。"徐曰:"按王原叔、吕居仁、王彦辅、鲁訔并作'夫',独师本作'天'字说。"

---

① 《杜集书录》,第644页。
② 《历代诗话》,第704页。

不过,由师古对前人注杜的针砭,我们相信他在注杜时主观上必然会避免出现类似的错误。故钱谦益称师古"伪造故事"的批评或不能成立。钱氏所揭师古注"伪造事实"者,当皆出于师古所利用的文献材料,并非师古本人有意杜撰。

师古注之主要弊端不在于伪造故事,而在于他竭力将杜诗一一与安史之乱相联系。此种注杜理念,大约与师古精通《春秋》学,又身值南宋屡遭北方政权侵陵之时,故其详说每有时代之烙印,并及当世现实的寄托,自有真气贯注。如:

> 禄山焚劫暴虐,都人怨之而思唐德,遂有"望官军"之句。肃宗一举而复两京,岂非因民讴吟思唐之心乎?(卷二《悲陈陶》"日夜更望官军至"夹注引师曰)

> 时玄宗幸蜀,肃宗抚慰之,道有所未尽。是何父子之恩反不若邻里之深情乎?四坐泪下而仰叹,深为朝廷叹惜此尔。(卷三《羌村三首》其三"请为父老歌,艰难愧深情。歌罢仰天叹,四坐泪纵横"夹注引师曰)

> 痛念国家急难,征戍烽火何乡不有?吾岂能独安不虑哉?不敢盘桓,义也。塌然伤别,仁也。诗之意,不忘仁与义,此甫几乎风雅之作矣。(卷三《垂老别》"何乡为乐土,安敢尚盘桓。弃绝蓬室居,塌然摧肺肝"夹注引师曰)

> 兵革以来,雨旸失序,甫苦于旱热,因睹羽虫夏夜飞扬而适其性,乃念彼荷戈之士执热而不得一濯。君天下者不能推好逸恶劳之心,与众共之,岂所谓为民父母也哉?(卷三《夏夜叹》"念彼荷戈士,穷年守边疆。何由一洗濯,执热互相望"夹注引师曰)

以上数条,都可以与两宋之际国家动荡、高宗一味畏弱自保等政治现实联系起来。师古《中兴十策》已佚,推测以上各条所及之民心向背、朝廷作为、施行仁义、关心战士等或为师古上书的重要内容。师古注杜随处可见类似对家国之痛切和忧虑,师古注杜的显见失误,或许正是受制于对当下现实的痛切和焦虑。

师古注与一般伪注之伪造故实不同,其注失考附会之处甚多,但都能从其所处时代和个人出处中获得解释。如注《奉赠韦左丞丈廿二韵》曰:"甫为华州司功,作此诗辞韦左丞。"①又曰:"肃宗至德二载,脱身归凤翔府。上

---

① 《补注杜诗》卷一《奉赠韦左丞丈廿二韵》题注引师云。

谒肃宗,肃宗授以左拾遗。当是时,房琯以宰相总兵与贼战。琯,儒者,用春秋车战之法,为贼所败,由是得罪。甫上疏,论琯不宜废,肃宗怒,贬甫为华州司功。甫既不得志,闻李白在山东,将为山东之游,遂作此诗辞韦左丞,明已无罪而去。观甫尝有忆李白诗之句'何时一樽酒,重与细论文',盖谓此行为寻李白故也。"①又曰:"甫既不见大用,辞河西尉,又不能隐居林下,其贫贱如朱买臣负薪行歌于路,必为隐沦之徒所非议矣。"②同为一首诗,师古一则曰杜甫为华州司功时所作,一则曰杜甫辞河西尉时所作,如此自相矛盾,的确深可叹恨;又言杜甫别韦东游是为了寻李白,几近梦呓。与此误相关联,师古注《赠李白》曰:

> 李白将为梁、宋之游,甫作此诗赠之。东都,洛阳也。唐初都长安,后都洛。东都自安史再陷之后,民物贫窭,故机巧趋利,风俗浮薄。甫二年客居于此,睹兹机巧之俗,甚厌恶之,伤昔日之不然也。"膻腥",谓兵后东都居民肝脑涂地,风扬膻腥之气。"野人",甫自称也。"蔬食不饱",谓物踊贵。"青精",神仙之所服食。有黄精,有青精,色黄者为黄精,色青者为青精,亦若天黄、地黄、人黄也。本是一种根,浮于上者为天黄,沉于下者为地黄,生于中者为人黄。青精食之既久,能益人颜色,长年却老。药有大有小,仙亦有小大也。有天仙,有地仙。药有丹砂、黄金为药之上者,故云大药。甫既客居东都,无大药之资,将隐于山林,求青精食之,亦可以驻颜色,奈何山林人迹如扫,谓兵火之后,绝无人烟故也。盖叹东都之不可居。(卷一《赠李白》"山林迹如扫"夹注引师曰)

此注一则曰"东都自安史再陷之后",再则曰"兵后东都居民肝脑涂地,风扬膻腥之气",三则曰"兵火之后,绝无人烟"。这些错误有点不可想象,大概源于师古以《奉赠韦左丞丈廿二韵》为安史乱后所作,之后杜甫东至洛阳寻李白,作《赠李白》,故连带致误。其注《望岳》曰:

> 登临山之绝顶,俯视众山,其培塿欤?众山知尊乎大岳,众流知宗乎沧海,当安史之乱,僭称尊号,天子蒙尘,其朝宗之义为如何?甫《望岳》之作,末章云"一览众山小",固知安史之徒乃培塿之细者,又何足

---

① 《补注杜诗》卷一《奉赠韦左丞丈廿二韵》"纨袴不饿死,儒冠多误身"夹注引师曰。
② 《补注杜诗》卷一《奉赠韦左丞丈廿二韵》"行歌非隐沦"夹注引师曰。

以上抗岩岩之大也哉！（卷一《望岳》"会当凌绝顶，一览众山小"夹注引师曰）

此注以《望岳》"一览众山小"为批驳安史之徒，显系附会，令人震惊。师古注杜底本不可确考，推测他可能使用二王本。二王本卷一第一首为《奉赠韦左丞丈二十二韵》，第三首为《赠李白》，第五首为《望岳》。师古大约视二王本为严格的编年本，在他看来，既然第一首作于安史之乱后，后面紧邻各首自当作于安史乱后。师古对上述杜诗的附会阐释中却隐约有一现实时势和个人遭际的依据，如注《奉赠韦左丞丈廿二韵》有曰：

当禄山之乱，武夫悍卒皆以军功取封侯，其子弟自襁褓至于老死，谁有不食禄者？独文儒之士不能擐甲出战，皆寂寥不见用，以此误身者多矣。盖叹武夫得志，伤吾道之不用也。（"纨袴不饿死，儒冠多误身"夹注引师曰）

京华者，言京师乃繁华之地，当春月，贵游相追逐，繁弦脆管，无处不有。甫独旅食于此，其寂寞可知。故"朝扣富儿门"，投刺求见，暮则随其后尘，为当朝士大夫所薄如此。残杯，谓瓮之余者，香已埋歇。柔肉曰炙，冷炙谓宿炙也。甫既贫贱，糊口京师，贵游薄之，惟待我以残杯与冷炙，深使人暗地抱辛酸也。（"到处潜悲辛"夹注引师曰）

终南山与渭水皆秦地山水。甫将东入海，尚眷眷于终南清渭者，不忍弃君而去也。自古忠臣身在畎亩，心不忘君一饭之恩，犹拟报之，矧尝食人之禄，其忍遽忘乎君？诗家独推重杜甫，盖取其不忘君之意也。大臣，谓左丞也。左丞与甫厚善，其判别之情，得无怀思乎？虽然如是，甫之无官守言责，其进退绰绰然有余裕，真若鸥在浩荡之波，去来自得，谁能驯狎哉？（"万里谁能驯"夹注引师曰）

由上引"叹武夫得志，伤吾道之不用也""深使人暗地抱辛酸也""甫之无官守言责，其进退绰绰然有余裕，真若鸥在浩荡之波，去来自得，谁能驯狎哉"等语句中，似能读出师古乱世之下"累举不第""上书不得用"的失志辛酸。

师古注杜有一贯穿始终的思想。师古注杜的重要思想方法就是以意逆志，即以己之意逆杜陵之志，不以辞害志。卷一《九日寄岑参》诗末夹注引师曰："诗人主文而谲谏，观甫此诗，多托意于苦雨，不直斥当时事，以意逆志，斯得之矣。"卷二《饮中八仙歌》"知章骑马似乘船，眼花落井水底眠"夹注引师曰："说诗者不以文害辞,不以辞害志,盖谓是也。"卷五《佳人》题注引师曰："此诗亦以佳人喻贤者,若用新进少年,至于疏弃旧臣,甫寓意有此作,非独为佳人之什,读者可以意会。"

师古虽错谬多有,其具体观点亦不尽为黄氏所信任,但师古注可能对黄氏父子影响至巨,黄氏援引之处既多,所引亦极详尽,不厌其烦。除了师注多现实寄托外,黄氏之重师注,还有两个重要原因。一是师古注多阐说"诗史"①,一是师古对诗歌意旨的阐释时见精诣。相较旧注,师古的分析往往更见深切独到,时或恰中杜甫心事,于杜诗中比兴之作发掘尤为透辟。如《除草》师注:

> 草喻小人,"弥道周"喻居王之左右。君子疾之,如芒刺在眼,求其去之之术。②

> 春以喻赏,秋以喻罚。"焉能待高秋",急于去小人也。兰蕙香草,以比君子。今与苹草同杀,喻政刑无辨,善恶莫分。③

> 小人立党,其党滋盛。"敢使依旧丘",谓小人不可近也。④

> 松竹有操,君子自守之象。小人既去,则君子道长,而松竹得遂其生养之性也。此篇大有含蓄,详玩之,颇有味矣。⑤

---

① 《补注杜诗》卷六《寒峡》"况当仲冬交"夹注引师曰:"甫自秦至此已十一月,故云'仲冬交'。甫于诗皆以年月纪,欲后世有所考其行止也,不然,何以谓之诗史乎?"卷一○《戏赠二友》"元年建巳月"夹注引师曰:"肃宗止称元年,复以月建之辰称月,盖法上古之制也。年号自汉武帝方有之,甫特于此年以'元年建巳月'为称,记肃宗之立上古制。不然,何以谓之诗史乎?"

② 《补注杜诗》卷一一"芒刺在我眼"夹注引师曰。《王状元集百家注编年杜陵诗史》卷二○、《分门集注杜工部诗》卷二四引同。

③ 《补注杜诗》卷一一"霜雪一沾凝,蕙叶亦难留"夹注引师曰。《王状元集百家注编年杜陵诗史》卷二○、《分门集注杜工部诗》卷二四引同。宋本《杜工部草堂诗笺》卷一七夹注:"兰蕙,香草也,以比君子。今蕙草同为霜雪所杀,喻政刑无辨,善恶莫分也。"《杜工部草堂诗笺》卷二七"焉能待高秋"夹注:"草喻小人,'弥道周'喻居王之左右。君子疾之,如芒刺在眼,求其去之之术。春以喻赏,秋以喻罚。焉能待高秋,急于去小人者也。"字句分合小异,皆当出师注。

④ 《补注杜诗》卷一一"顽根易滋蔓,敢使依旧丘"夹注引师曰。《王状元集百家注编年杜陵诗史》卷二○、《分门集注杜工部诗》卷二四引同。宋本《杜工部草堂诗笺》卷二七夹注:"小人立党,其党滋盛,固不可近也。"字句小异,当出师注。

⑤ 《补注杜诗》卷一一"自兹藩篱旷,更觉松竹幽。芟夷不可阙,疾恶信如雠"夹注引师曰。《王状元集百家注编年杜陵诗史》卷二○、《分门集注杜工部诗》卷二四引同。宋本《杜工部草堂诗笺》卷二七夹注:"甫此篇大有含蓄,详玩之,颇有味矣。"宋本《杜工部草堂诗笺》卷二七"自兹藩篱旷,更觉松竹幽"夹注:"松竹有高操,君子自守之象。小人既去,则君子道长,而松竹得遂其生养之性也。"皆当出师注。

总体来看，严羽对师古注杜所作“然具眼者，自默识之耳”的评价是中肯的，沧浪可谓师古的知音。

第四节 伪 苏 注

周采泉《杜集书录》内编卷一一其他杂著类伪书之属著录《东坡杜诗故事》，题名苏轼，曰：“卷不详，此系《直斋书录》题名。或称《东坡杜诗事实》，简称《老杜事实》，亦作《东坡事实》。《分门》本集注姓氏仅云苏轼著《释事》。《苕溪渔隐丛话》引仅称《诗史》。刘埙《隐居通议》引称《东坡老杜诗史实略举》（疑为此书节本）。此外又有所谓《杜陵句解》者，见《校定集注杜诗》卷一八引。世称‘伪苏’。”①苏轼一生未尝注过杜诗，但时有论杜之语，约 50 条之多，散见《东坡题跋》《东坡集》《东坡后集》《东坡续集》《东坡志林》《仇池笔记》以及各种诗话、笔记中。1936 年 8 月，程千帆撰《杜诗伪书考》，援引《苕溪渔隐丛话》前集卷一一、郭知达《校定集注杜诗》序、《晦庵题跋》卷三、《墨庄漫录》卷二、《容斋随笔》卷一、《宾退录》卷一卷六、《韵语阳秋》卷一六、《沧浪诗话 · 考证》、《西塘集耆旧续闻》卷九、陈振孙《直斋书录解题》卷一九、朱翌《猗觉寮斋杂记》卷上、杨慎《升庵诗话》卷八等评论，得出了五点认识：其一，伪苏注系李歜、郑昂或王铚托名苏轼编成；其二，伪苏注出现之原因，“盖受当时所谓杜诗无一字无来处说之影响，而妄造物语以证明之”；其三，伪苏注之出现时间，与伪王洙注同，在南渡之初②；其四，最早以伪苏注入杜集，为蜀本某种杜注；其五，伪苏注宋时世不多见，赖入杜集注本而流传③。如程千帆所考，“宋元以来，伪注早已不齿于世”④。然刘埙《隐居通议》云：“家藏小册一本，字画甚古，题曰《东坡老杜诗史》。……如此者凡十卷。乃知杜句皆有根本，非自作语言也。山谷云：杜诗、韩文无一字无来处，今人读书少，故谓韩、杜自作此语。予初未以此说为然，今观此集，则此言信矣。”⑤钱曾《钱遵王述古堂藏书目录》卷七著录：“《老杜诗史》

---

① 《杜集书录》，第 641 页。

② 其后，周采泉认为伪苏注成书在北宋末南宋初（《杜集书录》，第 641 页），莫砺锋认为在绍兴十五年前后（《杜诗“伪苏注”研究》，《文学遗产》1999 年第 1 期），张忠纲等认为在北宋末年（《杜集叙录》，第 39 页），杨经华认为在建炎至绍兴初（《杜诗“伪苏注”产生时间、地域新考》，《图书馆理论与实践》2010 年第 4 期）。

③ 程千帆《古诗考索》，上海古籍出版社 1984 年，第 352—353 页。

④ 程千帆《古诗考索》，第 357 页。

⑤ 刘埙《隐居通议》卷七“杜句皆有出处”，商务印书馆 1937 年，第 69—70 页。

十卷十本(宋板)。"上引刘埙言,见引梁章钜《退庵随笔》①。可知,自元至清一直有学者信从伪苏注。据《中国古籍善本书目》,湖南省图书馆藏有元刻本《重雕老杜诗史押韵》八卷残本②,不知与刘埙、钱曾、梁章钜所见是否同书。

由宋人评论可知,伪苏注系二曲(蓥屋)李歜③、闽中郑昂或汝阴王铚托名苏轼作伪而成④,是此书之初出当不尽出于蜀中。洪迈称蜀中某注家取以入杜集,伪苏注遂广泛流传⑤。其后蜀人赵次公、郭知达起而共删之。《校定集注杜诗》卷首郭知达序曰:"杜少陵诗世号诗史,自笺注杂出,是非异同,多所抵捂,至有好事者掇其章句,穿凿附会,设为事实,托名东坡,刊镂以行,欺世售伪,有识之士所为深叹。因辑善本,得王文公、宋景文公、豫章先生、王源叔、薛梦符、杜时可、鲍文虎、师民瞻、赵彦材凡九家,属二三士友各随是非而去取之。如假托名氏,撰造事实,皆删削不载。"可知郭注有意识排斥流行已久的伪苏注。曾噩序曰:"观杜诗者诚不可无注,然注杜诗者数十家,乃有牵合附会颇失诗意,甚至窃借苏坡名字以行,勇于欺诞,夸博求异,挟伪乱真,此杜诗之罪人也。惟蜀士赵次公为少陵忠臣。今蜀本引赵注最详,好事者愿得之,亦未易致。既得之,所恨纸恶字缺,临卷太息,不满人意。兹摹蜀本,刊于南海漕台,会士友以正其脱误,见者必当刮目增明矣。"曾氏于赵注表彰甚多。由郭、曾二序可知,蜀人赵次公和郭知达先后对伪苏注进行删削,故考察伪苏注,赵、郭二位注无疑是有意义的突破口⑥。

据郭知达《校定集注杜诗》所引,赵次公于伪苏注深为不满。如赵次公曰:

　　世有托名《东坡事实》,辄云:"毛遂有言:贱子一一具陈之。"以为浑语,却不引出何书。其全帙引类皆如此,非特浼吾杜公,又浼苏公,而罔无识,真大雅之厄,学者之不幸也。⑦

①　《退庵随笔》,江苏广陵古籍刻印社1997年影印本,第537—538页。
②　《中国古籍善本书目》(集部上册),上海古籍出版社1996年,第68页。
③　《校定集注杜诗》卷一八《巳上人茅斋》"江莲摇白羽,天棘蔓青丝"夹注引赵云:"所谓《杜陵句解》者,南中李歜所为也,且云闻于东坡。"是赵次公以李歜为南中人。
④　参见洪业《杜诗引得·序》,第6页。
⑤　洪迈《容斋随笔》卷一《浅妄书》:"士大夫或信之,至以《老杜事实》为东坡所作者。今蜀本刻杜集,遂以入注,殊误后生。"(上海古籍出版社1978年,第6页)
⑥　今存郭知达《校定集注杜诗》有残缺,"卷二十五、二十六两卷中之注,皆赝品"(洪业《杜诗引得·序》,第79页),不论。
⑦　《校定集注杜诗》卷一《奉赠韦左丞丈二十二韵》"丈人试静听,贱子请具陈"夹注引赵曰。

蔡伯世又以近传《东坡事实》所引王逸少诗为证,其说不一。然《东坡事实》乃轻薄子所撰,岂有王羲之诗既不见本集,而不载别书乎?且既使真是王诗,亦何所据而谓之柳乎?此因王元之诗句而添撰也。又有所谓《杜陵句解》者,南中李歜所为也,且云闻于东坡,云是"天棘弄青丝"。此求"梦"字之说不得,遂取"梦"字同韵之字补之。然"弄"字,于"青丝"为无交涉矣。①

世有《杜鹃辨》,仙井李新元应之作,黩书者编入《东坡外集·诗话》,非矣。其说曰:……②

可见赵次公于伪苏注有高度警惕。由"其全秩引类皆如此"等语可知,赵次公当亲见《老杜事实》《东坡外集·诗话》一类伪苏注本,故《校定集注杜诗》中凡赵次公引录或予以肯定的苏轼语,自当视作出于苏轼,可置不论③。据汪应辰《书少陵诗集正异》④,伪苏注初刻于闽中,而由赵次公"蔡伯世又以近传《东坡事实》所引王逸少诗为证"云云可知,洪迈所云蜀中某注家取伪苏注以入杜集,或即蔡兴宗《重编少陵先生集》。

程千帆《杜诗伪书考》论托名王洙《杜工部集注》曰:"其书虽伪,然列在丑夷,犹为佼佼,流布甚广,非但假王洙名以行。故淹博如胡仔,且信其书。郭知达《校定集注杜诗》,本为廓清伪注,而所集九家,此书反见收录,则考订之难也。"⑤伪苏注亦类此。莫砺锋《杜诗"伪苏注"研究》一文所举确实出于苏轼的数条之外,《校定集注杜诗》尚有如下七条出于伪苏注:

---

① 《校定集注杜诗》卷一八《巳上人茅斋》"江莲摇白羽,天棘蔓青丝"夹注引赵云。
② 《校定集注杜诗》卷一一《杜鹃》"西川有杜鹃,东川无杜鹃。涪万无杜鹃,云安有杜鹃"夹注引赵云。
③ 此类约有12条:卷一《奉赠韦左丞丈二十二韵》"白鸥没浩荡,万里谁能驯"夹注;卷二《悲陈陶》"天清无战声,四万义军同日死"夹注引赵云;卷三《北征》"桓桓陈将军,仗钺奋忠烈。微尔人尽非,于今国犹活"夹注引赵云;卷五《遣兴五首》其三"赫赫萧京兆,今为时所怜"夹注引赵云;卷八《忆昔二首》其一"至今令上犹拨乱,劳心焦思补四方"夹注引赵云;卷九《谒文公上方》"无生有汲引,兹理傥吹嘘"引赵云;卷一一《自平》"自平中宫吕太一"夹注引赵云;卷一六《解闷》题注引赵注;卷一四《李潮八分小篆歌》"陈仓石鼓又已讹,大小二篆生八分"夹注引赵云;卷二三《江畔独步寻花七绝句》其六"黄四娘家花满蹊,千朵万朵压枝低"夹注引赵云;卷二七《漫成》"江月去人只数尺,风灯照夜欲三更"夹注引赵云;卷三二《朝二首》其一诗末夹注引赵云。不备引。
④ 《文定集》卷一〇,中华书局1985年,第112—113页。
⑤ 程千帆《古诗考索》,第347页。

　　杨大年云:"狨之形似鼠而大,尾长,作金色,生川峡深山中。人以药矢射杀之,取其尾为卧褥、鞍被、坐毡之用。狨甚爱惜其尾,既中毒,即啮断其尾以掷之,恶其为身害也。"盖轻捷,善缘木,猿狨之类。①

　　六歌一篇,为明皇作也。明皇以至德二年至自蜀居兴庆宫,谓之南内。明年改元乾元。时持盈公主往来宫中,李辅国常阴候其隙间之。故上元二年,帝迁西内。②

　　王子敬过戴安道草堂饮,安道求子敬文,子敬攘臂大言曰:"我词翰虽不如古人,与君一扫素壁。"今山阴草堂碑是,辞翰俱美。③

　　张茂先:"北风凛冽,天色正寒。游子不归,吾心如割。虽有尺书,吾不能达。"④

　　何逊《入西塞示南府同僚诗》云:"薄云岩际出,初月波中上。"子美此诗虽因旧而益妍,正类獭髓补痕也。⑤

　　《三巴录》:"滟滪如象,舟船莫上。滟滪如马,舟船莫下。长年三老常以此候之。"张华诗云:"象马诚可验,波神亦露机。"永叔以为绝唱,有包蓄之法。⑥

---

① 《校定集注杜诗》卷六《石龛》"我后鬼长啸,我前狨又啼"夹注引东坡云。此条亦见引《王状元集百家注编年杜陵诗史》卷一一、《分门集注杜工部诗》卷一一、《补注杜诗》卷六,皆冠以"苏曰"二字。

② 《校定集注杜诗》卷六《乾元中寓居同谷县作七首》其六诗末夹注引东坡云。《钱笺》卷三引自吴若本《杜工部集》注,大同。《王状元集百家注编年杜陵诗史》卷一一、《分门集注杜工部诗》卷二五、《补注杜诗》卷六题注引同,云出"苏曰"。如前所论,吴若本具有辑校集注的性质,故此条当出伪苏注,若果如此,则伪苏注之成书必在吴若本刊刻的绍兴三年之前。

③ 《校定集注杜诗》卷一五《醉歌行》"诗家笔势君不嫌,词翰升堂为君扫"夹注引坡云。此条亦见引《王状元集百家注编年杜陵诗史》卷三〇、《分门集注杜工部诗》卷二五、《补注杜诗》卷一五,皆冠以"苏曰"二字。

④ 《校定集注杜诗》卷二五《山馆》"南国昼多雾,北风天正寒"夹注引苏曰。此条亦见引《王状元集百家注编年杜陵诗史》卷三〇、《分门集注杜工部诗》卷一二、《补注杜诗》卷一五(无"虽有尺书吾不能达"八字),皆冠以"苏曰"二字。

⑤ 《校定集注杜诗》卷三一《宿江边阁》"薄云岩际宿,孤月浪中翻"夹注引苏云。按《西清诗话》云:"诗之声律成于唐,然亦多原六朝旨意。何逊《入西塞》诗云:薄云岩际出,初月波中上。至少陵《江边小阁》诗则云:薄云岩际宿,孤月浪中翻。虽因旧而益妍,此类獭髓补痕也。"(胡仔《苕溪渔隐丛话》前集卷七引,第43页)《王状元集百家注编年杜陵诗史》卷二三、《分门集注杜工部诗》卷五、《补注杜诗》卷三一夹注皆作:"韩曰:何逊《入西塞示南府同僚诗》:薄云天际出,初月波中上。"此条苏云或系伪苏注自《西清诗话》中抄得。

⑥ 《校定集注杜诗》卷三一《滟滪堆》"如马戒舟航"夹注引坡云。《王状元集百家注编年杜陵诗史》卷二三、《分门集注杜工部诗》卷四、《补注杜诗》卷三一(无"张华诗"以下二十五字)夹注略同,云出"苏曰"。

班超幼年每索饭,稍迟即叫怒。父曰:"此子异日当为万户侯。"①

洪业《杜诗引得·序》云:"郭知达知苏注之当去,而所假手之二三士友,殆仅就十家注本而改编尔。故'坡云'之辞尚有刊落未尽者。"②洪业认为郭知达《校定集注杜诗》于伪苏注"刊落未尽",甚是。洪业又曰:"王安石、苏轼之流,逞其聪明敏悟,不必皆有的据;世人慕其文采风流,摭拾为笔记、诗话;后来注杜者更从引用,初未尝专为《杜集》著书也。"③《百家注》《分门集注》《补注杜诗》等亦仍援引保留大量伪苏注,浅妄可笑、假托虚妄之书却能持续引人关注,令人慨叹。伪苏注亦有积极意义,那就是它在一定程度上推动了宋人注杜的热潮④。

第五节　蔡兴宗注

蔡兴宗《重编少陵先生集》二十卷,附《正异》一卷、《年谱》一卷。《集》亡,《年谱》存,见《分门集注杜工部诗》卷首。其书得失参半,于南宋一代颇有影响,在杜诗学史上有一定位置。

蔡兴宗字伯世,东莱人。兴宗为吕本中(1084—1145)姑表弟,亦为本中妹夫。可能北宋末,兴宗即居官夔州。与韩驹(1080—1135)、冯时行(1101—1163)有交游唱和。吕本中《寄蔡伯世李良宇》曰:"两君羁旅宦西蜀,我亦江南住僧屋。想像平生肺腑亲,晴天何处飞黄鹄。庾郎故是丰年玉,道儿更是见不足。藜羹脱粟有余味,富贵薰天果非福。死生契阔今谁在,往事悠悠陵谷改。他年乘兴下瞿唐,见我衰颓莫惊怪。别寻好语和君诗,偿尽平生难韵债。扫除壁土更焚香,下酒如今有鲑菜。"⑤王兆鹏据《东

① 《校定集注杜诗》卷七《百忧集行》"痴儿未知父子礼,叫怒索饭啼门东"夹注引《集注》。《补注杜诗》卷七、《百家注》卷一三、《分门集注》卷二五皆引出"苏曰",《百家注》末多"后果然"三字,《分门集注》卷二五末多"后果其言"四字。

② 《杜诗引得·序》,第14页。

③ 《杜诗引得·序》,第5页。

④ 洪业《杜诗引得·序》曰:"夫杜注之浅陋者如彼,诞妄者如此,无怪学者病之。于是《续注》《补遗》《刊误》《证误》《辨证》《改正》《正异》《正谬》一时蜂起,王宁祖、蔡兴宗、洪兴祖、薛苍舒、杜田、赵次公之流,前后驳辨,文字滋多。"(第7页)按洪业所举诸家注未必皆因批驳伪苏注而起,如蔡兴宗注即采取伪苏注之说,而杜田注更多纠正旧题王洙注之误,赵次公注则重在对杜诗的准确解读和编年。

⑤ 《东莱先生诗集》卷一九,南宋乾道初沈公雅编刻本。

莱先生诗集》卷一九编次,系此诗于绍兴十三年(1143)①,似略晚,此诗可能作于绍兴初。由《寄蔡伯世李良宇》知,吕、蔡二人感情甚好,此时蔡伯世正"羁旅宦西蜀"。

晁公遡《少陵东屯祠堂记》曰:

> 少陵先生故栖东屯,在宁江东二十里。其墟有李氏之庐,李氏乃治旁奥为立祠。东莱蔡兴宗伯世尝考正先生之诗,既卒篇,因持祠具至庐旁奥所立祠告之。顾其像黯昧,且不类,始更之,加崇绘。因叹曰:斯可谓穷之至欤?某曰:世殆有甚焉尔。先生特盛时不克大奋踔,取显位。然呼鹰逐兽齐赵间,登丛台而歌,放荡者几十年,亦已乐矣。最后西游秦,奏始入,天子至为废食召,而汝阳、汉中王竞客之。既老见放,犹所至诸侯遣骑问所须,其豪长者皆争进田居,有百顷之稻,四十亩之圃,下至田父泥饮,园官送菜,亦不可谓不达于时矣。今夫龆龀而学,齿发俱敝,而耽玩弥笃。如公者,乃一去吏,则过无所抵,上下莫省问焉。顾欲退而耕,又不能得田可尽力以自养,尚敢望先生壮游之乐哉,其穷不更甚矣乎?某于是益伤风俗之薄也。虽然,先生之诗得公而益明,而公之志不可以无所托而传也。故并记之。年月日,晁某记。②

公遡(1117—?),字子西,巨野(今属山东)人,晁公武之弟,号箕山先生、嵩山居士。靖康之难,晁氏兄弟逃难江南,绍兴初,客蜀,依姑丈孙涪州。与李泰同为绍兴八年进士,有《嵩山集》五十四卷传世③。晁公遡《记》乱世之感慨颇深。据《记》,《重编少陵先生集》甫一完编,蔡兴宗即往东屯祠告先生之灵,公遡陪同。由公遡"如公者,乃一去吏,则过无所抵,上下莫省问焉"云云可知,此时兴宗已卸任。吕本中《寄蔡伯世李良宇》必作于兴宗居官之时,亦必在兴宗编成《重编少陵先生集》之前。而蔡氏书,赵次公已有引述,赵注成书在绍兴四年至十七年,故蔡氏书当成于绍兴初叶。周紫芝《竹坡诗话》于蔡氏书有评论(详下引),郭绍虞曰:"考紫芝《太仓稊米集》中有《闷题》一首,注云'壬戌岁始得官,时年六十一'。疑是书之成,或在得官以前。"④壬戌岁为绍兴十二年(1142),故《重编少陵先生集》之成书当不得晚于本年。

---

① 王兆鹏《两宋词人年谱》,文津出版社 1994 年,第 456 页。

② 《新刊国朝二百家名贤文粹》卷一二二,影印宋庆元三年书隐斋刻本,《续修四库全书》集部第 1653 册,第 425 页。

③ 曾枣庄《唐宋文学研究》,巴蜀书社 1999 年,第 211—213 页。

④ 《宋诗话考》,中华书局 1979 年,第 71 页。

韩驹《赠蔡伯世》曰:"君家夫人林下风,长斋绣佛鸣金钟。侍儿百指亦清净,凌晨梵呗声摩空。潭潭大第依乔木,日午卷帘按丝竹。古调犹歌于芳于,丽词不唱新翻曲。有美一子天麒麟,孟嘉外孙见渊明。……和诗论道有余闲,为语故家遗俗事。"①诗中所谓"潭潭大第",当为兴宗居官之情状。"林下风",乃以东晋谢道韫比兴宗夫人吕氏。"孟嘉外孙见渊明"之"孟嘉"、"为语故家遗俗事"之"故家"皆当指吕本中和吕氏之父吕好问。吕好问卒于绍兴元年,韩驹卒于绍兴五年,故韩驹此诗宜作于蔡兴宗官夔州之时,在绍兴元年至五年间。冯时行《和蔡伯世韵二首》其二曰:"中郎风调世间无,敢谓明时德不孤。扫地焚香诗得计,曲肱饮水道如愚。寄书只说游山好,临老都缘学佛癯。白帝一来真漫浪,时人无用便题舆。"②冯时行诗所写蔡兴宗之学佛,与韩驹诗所言长斋绣佛可相互参证,当为同时之事,由冯诗"白帝一来真漫浪"语,益可知其时兴宗居官夔州。

《重编少陵先生集》问世之后,可能很快便流传开来。汪应辰《书少陵诗集正异》曰:

> 始余得洪州州学所刻《少陵诗集正异》者观之,中间多云"其说已见卷首",或云他卷,或云年谱,殊不可晓。既而过进贤,偶县大夫言有蜀人蔡伯世《重编杜诗》,亟借之,乃得其全书。然后知《正异》者,特其书之一节尔,不可以孤行也。此书诠次先后,考索同异,亦已勤矣。世传杜诗,往往不同,前辈多兼存之,今皆定从某字,其自任盖不轻矣。诗以气格高妙、意义精远为主,属对之间,小有不谐,不足以累正气。今悉迁就偶对,至于古诗亦然。若止为偶对而已,似未能尽古人之意也。"千金买马鞭,百金装刀头",言其服用之盛尔;"故乡归不得,地入亚夫营",言故乡方用兵尔。今悉以他本改作"马鞍""故园",固未知其孰是。其说则云:"若千金买鞭,以物直校之,非也。若故乡为营,则营亦大矣。"此等去取,非所谓不以辞害意也。律诗全篇属对,固有此格,非尽然也。如"宓子弹琴邑宰日,终军弃䌽英妙时""黄草峡西船不归,赤甲山下行人稀",皆律诗第一联也,今改作"年妙""人行",以就偶对。若他本不同,定从其一,犹不为无据。此直以己意所见,径行窜定,甚矣其自任不轻也!《正异》云:"考其属对事实,当作'年妙'。"且"英妙"者,犹少俊云尔,不惟无害于事实,亦未尝不对也。

---

① 《陵阳集》卷一,《景印文渊阁四库全书》第 1133 册,第 770 页。
② 《缙云文集》卷三,《景印文渊阁四库全书》第 1138 册,第 869 页。

闽中所刻东坡《杜诗事实》者,不知何人假托,皆凿空撰造,无一语有来处。如引王逸少诗云:"湖上春风舞天棘。"此其伪谬之一也。今乃用此,改"天棘梦青丝"为"舞青丝"。政使实有此证,犹未可轻改,况其不然者乎?

余谓不若于杜集之后,附益以重编年谱、各卷叙说、目录、正异等,以存一家之说,使览者有考焉可也。未可以为定本。①

由上引,汪应辰对蔡书大体持否定态度。汪氏的批评有二:其一,蔡氏勇于改字。蔡氏之改字,或依违属对,于律诗"悉迁就偶对,至于古诗亦然",改定字句,其谬在"自任";或信从伪谬之伪苏注以改字。其二,蔡氏打乱旧本次序,依年编诗。汪氏以为不如在旧本之后,附录"重编年谱、各卷叙说、目录、正异等"。

周紫芝(1082—1155)《竹坡诗话》:

东莱蔡伯世作《杜少陵正异》,甚有功,亦时有可疑者。如"峡云笼树小,湖日落船明",以"落"为"荡",且云非久在江湖者,不知此字之为工也。以余观之,不若"落"字为佳耳。又"春色浮山外,天河宿殿阴",以"宿"为"没"字。"没"字不若"宿"字之意味深远甚明。大抵五字诗,其邪正在一字间,而好恶不同乃如此,良可怪也。②

周氏在肯定蔡注"甚有功"之后,着重批评了蔡氏无根据之臆改字句。晁公武《郡斋读书志》卷一七二王本条著录蔡兴宗编《杜诗》二十卷,曰:"近时有蔡兴宗者,再用年月编次之。而赵次公者,又以古律诗杂次第之,且为之注。两人颇以意改定其误字云。"③晁氏对蔡、赵之"改定误字"似持折衷态度。

据上引可知,蔡氏《重编少陵先生集》首要在依年月编次杜诗,其次多"改定误字"。明钞本赵次公《新定杜工部古诗近体诗先后并解》丁夔卷一《八哀诗》题注曰:"八诗旧本在夔州诗中,几乎成丙午大历元年诗,而蔡伯世指为大制作,特取冠夔州之古诗。"④据赵次公所言,似可推测,蔡兴宗注本在分体之后于古诗和近体诗之中分别进行编年,一时一地之诗,又往往取大制作即篇幅较大的重要作品冠诸卷首。其书早已亡佚,无法窥其全貌。

---

① 《文定集》卷一〇,中华书局 1985 年,第 112—113 页。
② 《历代诗话》,第 340 页。
③ 孙猛《郡斋读书志校证》,第 857 页。
④ 林继中《杜诗赵次公先后解辑校》(修订本),第 688 页。

然郭知达《校定集注杜诗》引及由赵注转引蔡说、阮阅《诗话总龟》引蔡说各30余处,《分门集注杜诗》和《补注杜诗》亦引及蔡说,这些援引可以帮助我们了解蔡注"甚有功"之处。

《补注杜诗》卷一《兵车行》"行人弓箭各在腰"夹注引蔡伯世曰:"行人,行役之人也。"《补注杜诗》卷二五《陪王使君晦日泛江就黄家亭子二首》其一"晦日更添愁"夹注引蔡伯世曰:"古以正月尽为令节,曰晦日。"可以看出,蔡注非常简略,毫无多余之词和繁复之语。《补注杜诗》卷一五《白马》"白马东北来,空鞍双贯箭。可怜马上郎,意气今谁见。近时主将戮,中夜商于战"夹注引蔡伯世曰:"乃潭州诗,主将谓崔瓘也。东溪先生误以主将之戮,为禄山之乱,而又以白非战马。昔侯景之乱,举军皆白马青袍,而谓非战马,可乎?"《补注杜诗》卷一一《青丝》"殿前兵马破汝时,十月即为齑粉期"夹注引蔡伯世曰:"按《通鉴》,广德二年,吐蕃入长安,诸军亡卒,及乡曲无赖相聚为盗。丁巳,以太子宾客薛景先讨之,所以有'殿前兵马破汝时'之句。"以上两处,蔡注却是极为详尽,有观点,有批驳,有材料,有论述。可见,比之蜀人师民瞻注之简略、师古注之长篇大论,蔡注更能剪裁布局,详略得当,没有晦涩或多余之词。总的来说,蔡注在"千家注杜"的宋代,还是比较简要精当的。

蔡兴宗《重编少陵先生集》附有《杜工部年谱》。《分门集注杜工部诗》卷首年谱,先出"汲郡吕大防撰",紧接的是"东莱蔡兴宗重编",可知蔡谱是对吕谱的重编。早于蔡谱的还有赵子栎年谱,赵谱因功力和学识不够,舛误错漏较吕谱更甚。蔡谱则在前人的基础上有所推进,开始援诗为证,引史编年,并略带考证。后来鲁訔《编次杜工部诗年谱》(又名《杜工部草堂诗年谱》)亦对蔡谱多有吸收。黄氏父子《补注杜诗》以对杜诗考史编年用力最深最勤,对蔡氏《杜工部年谱》多有辩驳和论述。清人钱谦益、仇兆鳌在编撰少陵年谱时,对蔡谱也多有论及。在杜诗年谱编纂史上,其承前启后之功是不可忽略的。

第四章　宋代巴蜀杜诗集注本

　　流传下来的杜诗注本,主要为集注本。洪业曰:"夫《杜诗》只是一书,乃有注释散在多家,检阅不便,而求集注,乃自然之势也。"①如前两章所研究,吴若本最早具有辑校集注的性质,但相对简略,亦不明确交代出处;杜田注有意补旧注之遗、正前人之谬,却不以集录前人之注为职志。故一般认为,宋代最早集注杜诗的当为蜀人赵次公。周采泉曰:"赵氏为北宋注家,注中亦时引同时人注,虽无集注之名,已启集注之渐。"②南宋杜诗集注本,完帙或部分保存至今的主要有八种:赵次公《新定杜工部古诗近体诗先后并解》,署王洙、赵次公的《门类增广十注杜工部诗》,署赵次公等的《门类增广集注杜工部诗》,郭知达《校定集注杜诗》,署鲁訔、王十朋的《王状元集百家注编年杜陵诗史》,署王洙、赵次公的《分门集注杜工部诗》,蔡梦弼《杜工部草堂诗笺》,黄希、黄鹤《黄氏补千家注纪年杜工部诗史》。前六种皆为巴蜀集注本。集注一般有两种情况:一是集并作注。不仅收录各家注释,而且阐发自己的观点。这种集注一般是求精而不求全。蜀人赵次公《先后并解》可为代表。二是只集不注。主要收集罗列各家观点,不出己意,而以保存旧注为目的。蜀人郭知达《校定集注杜诗》可为代表。

第一节　赵次公《新定杜工部古诗近体诗先后并解》

　　赵次公(?—约1164),生平不得详考。据《分门集注》卷首"集注杜工部诗姓氏"、《集注分类东坡先生诗》(《四部丛刊》本)卷首"增刊校正王状元集注分类东坡先生诗姓氏"等文献材料和今人相关研究③,可知次公为西蜀

---

① 《杜诗引得·序》,第9页。
② 《杜集书录》,第30页。
③ 周采泉《杜集书录》,第29—30页。雷履平《赵次公的杜诗注》,《四川师院学报》1982年第1期。王学泰《杜诗的赵次公注与宋代的杜诗研究》,《首都师范大学学报》1994年第1期。林继中《杜诗赵次公先后解辑校·前言》,上海古籍出版社1994年。郭如贞《从杨万里诗考赵次公卒年及交游》,《杜甫研究学刊》2012年第1期。

人,字彦材,或名彦材,字次公。可能短暂做过隆州司法、知封川。与晁公武、邵溥和杨万里有交游。其《新定杜工部古诗近体诗先后并解》(简称《先后并解》)五十九卷大约成书于绍兴四年至十七年(1134—1147)的十余年间。

赵注成书之后,即刻于蜀中,当时影响很大。最早晁公武《郡斋读书志》卷一七在二王本《杜工部集》条中一并著录了赵次公《注杜诗》五十九卷,提要曰:"近时有蔡兴宗者,再用年月编次之。而赵次公者,又以古律诗杂次第之,且为之注。两人颇以意改定其误字云。"①晁公武对赵之编年注释作了客观记述,似对赵"颇以意改定其误字"略见嘉许。所谓"古律诗杂次第之",大约指赵次公《先后并解》一以诗歌作年先后编次,又于各题之下注明"古诗"或"近体诗"。

淳熙八年(1181),郭知达在蜀中编刻《校定集注杜诗》,大量引用赵注。宝庆元年(1225),曾噩于广东重刻郭知达《校定集注杜诗》,序曰:"观杜诗者诚不可无注,然注杜诗者数十家,乃有牵合附会颇失诗意,甚至窃借苏坡名字以行,勇于欺诞,夸博求异,挟伪乱真,此杜诗之罪人也。惟蜀士赵次公为少陵忠臣。今蜀本引赵注最详,好事者愿得之,亦未易致。既得之,所恨纸恶字缺,临卷太息,不满人意。兹摹蜀本,刊于南海漕台,会士友以正其脱误,见者必当刮目增明矣。"观序可知,曾氏以为注杜者数十家中赵次公最为突出,"为少陵忠臣",其摹刊郭氏《校定集注杜诗》是因为此本"引赵注最详,好事者愿得之,亦未易致",因知曾氏摹刊郭书的目的主要是为了保存推广赵次公注。由曾氏之推举亦可知,1225年前后,赵次公注本已经很难见到了。

《沧浪诗话·考证》:"近宝庆间,南海漕台雕杜集,亦以为蜀本,虽删去假坡之注,亦有王原叔以下九家,而赵注比他本最详。"②严羽(1192?—1245?)此段所论即郭知达《校定集注杜诗》集录诸家注的情况,故严羽或未曾亲见赵注。

大约与严羽同时,陈禹锡以赵注为依据编成《杜诗补注》,于赵注未善之处有所更定。刘克庄(1187—1269)为陈注作跋,以为赵注与"杜氏《左传》、李氏《文选》、颜氏《班史》"具有同等价值,于杜诗"几于无可恨矣"③。

林希逸曰:"赵次公注杜诗,用工极深。……惜此板在蜀,兵火之后,今

① 孙猛《郡斋读书志校证》,第857页。
② 《历代诗话》,第703页。
③ 刘克庄《跋陈教授杜诗补注》,《后村先生大全集》卷一〇〇,《四部丛刊》景印旧抄本。

亡矣。予尝及见于杜丞相子大理正家,京中书肆已无有。"①林氏所言"兵
火",当指"丁亥(1227)之变"后,1236 年十月、1239 年八月,蒙古军队两次
侵占成都。杜丞相,即杜范,淳祐四年(1244)拜右丞相②。杜范子浚,景定
二年(1261)迁大理正③。也就是说在理宗末年,赵次公注本已难得一见,此
时距赵注编成约一百二十年。大约此后,赵注渐渐散佚。

　　《钱遵王述古堂藏书目录》卷七:"赵次公注《杜甫诗集》三十六卷三十
本(宋板)。"④钱曾所见当为赵注五十九卷宋刻之残本。此本今亦不复见。
朱鹤龄《辑注》凡例曰:"宋人注杜诗多不传,惟赵次公、黄鹤、蔡梦弼三家得
阅其全注,中有当者悉录之。"⑤朱氏此语大约是臆说。钱谦益《注杜诗略
例》曰:"杜诗昔号千家注,虽不可尽见,亦略具于诸本中。大抵芜秽舛陋,如
出一辙。其彼善于此者三家:赵次公以笺释文句为事,边幅单窘,少所发明,
其失也短;蔡梦弼以捃摭子传为博,泛滥踦驳,昧于持择,其失也杂;黄鹤以
考订史鉴为功,支离割剥,罔识指要,其失也愚。余于三家,截长补短,略存
什一而已。"⑥钱氏曰宋人注"不可尽见,亦略具于诸本中",其中当包括赵
注。钱曾著录之赵注三十六卷本或得之牧斋,然亦非全帙⑦。林继中曾将
所辑赵次公注与《辑注》做过对勘,发现数处《辑注》所引赵注或出于《钱
笺》,或不知所出。如林校有曰:"(赵云:贾曰笔,以能文;严曰诗,以能诗。
《南史》有三笔六诗,故也。)此句下《辑注杜工部诗集》又引赵曰陆放翁云
云,实乃全用《钱注杜诗》原注,而冠曰赵曰者,兹不录。"⑧故可确信,朱鹤龄
未见赵次公注全帙。

　　赵次公《新定杜工部古诗近体诗先后并解》现存抄本残卷有二,一是明
钞本,今藏国家图书馆;二是清康熙年间重钞明钞本,今藏成都杜甫草堂博
物馆,为安徽文史馆所赠。二本略同。参照傅增湘著录,《先后并解》原为甲

①　《竹溪鬳斋十一稿续集》卷三〇"学记",《景印文渊阁四库全书》第 1185 册,第 867—868 页。
②　《宋史》卷四〇七《杜范传》,第 12286 页。
③　《后村先生大全集》(四部丛刊本)卷六五"外制"有《杜浚大理正》。系年参李之亮《宋代京
　　朝官通考》(5),巴蜀书社 2003 年,第 266 页。
④　钱曾《钱遵王述古堂藏书目录》卷七,《四库全书存目丛书》史部第 277 册,第 711 页。
⑤　朱鹤龄辑注、钱谦益鉴定《杜工部全集》卷首,金陵三夕斋刻本。
⑥　《牧斋初学集》卷一一〇,《四部丛刊》影印崇祯刻本。又《钱笺》卷首,康熙六年季振宜静
　　思堂刻本。
⑦　明写本赵注沈曾植跋曰:"赵次公杜诗注五十九卷,独著录于晁氏《郡斋读书志》中,《直斋
　　书录》无之,宋史亦无之,虽其说散见于蔡梦弼、黄鹤、郭知达书中,而本书则明以来罕有见
　　者。钱受之评宋代诸家注云……语若曾见次公书者,然检《绛云楼书目》无之,而逸诗附录
　　且沿旧本之误,书赵次公为赵次翁,则受之固未见也。"(傅增湘《藏园群书经眼录》卷一二,
　　第 1025 页)
⑧　《杜诗赵次公先后解辑校》(修订本),第 295 页。下简称"《辑校》(修订本)"。

至己六帙,抄本存后三帙:丁帙七卷,录戎州至夔州诗;戊帙十一卷,录夔州诗;己帙八卷,录出峡至江陵湖湘诗。林继中以两种抄本为基础,据郭知达《校定集注杜诗》所引,汇参各种本子,编成《杜诗赵次公先后解辑校》(简称《辑校》),上海古籍出版 1994 年出版,2012 年修订再版。此本较为完备,大体恢复了赵注本原貌。《辑校》所辑前三帙为:甲帙五卷,录开元天宝居东都及长安所作;乙帙十卷,录天宝十五载至乾元二年秦州诗;丙帙十一卷,录成都及梓州、阆州诗。然《辑校》共五十二卷,与晁公武著录的赵次公《注杜诗》五十九卷不尽相符。

如前所引,宋人曾噩、刘克庄等对赵注评价颇高,钱谦益却持大体否定的态度。沈曾植评赵注曰:"次公此注于岁月先后、字义援据,研究积年,用思精密。其说繁而不杀,诸家节取数语,往往失其本旨,后人据以纠驳,次公受枉多矣。要就全书论之,自当位蔡黄之上。"①兹以林继中《杜诗赵次公先后解辑校》为主要依据,简要讨论一下赵注的特点。

赵注本题名,目录书各有不同,但当以《新定杜工部古诗近体诗先后并解》为正名,盖其书以"解"为第一要义。可能远鉴于李善注《文选》释事忘义之讥,近鉴于各家注本纠结本事、史实之弊端,赵注虽于作品之编年、典故之源流和字句之讹谬皆极重视,但其书却首重"解",即首先着力于杜诗具体各篇内容的准确理解。如《赠崔十三评事公辅》(古近体诗)题注:"此篇旧本系之近体诗。上四句既是扇对,次四句并无对属,其间仿佛似对,疑是选体古诗,不类近体。若其义,则在公诗集之中,又为难解者,非以意逆之不可也。以其有对之多,从旧为近体。"②此言不得已,始用以意逆志之法解其义。赵次公于长篇一般分段作解,于近体短篇则多逐联或分两截作解。如《甘林》"舍舟越西冈,入林解我衣"夹注:

> 次公曰:自首句而下,凡十六句一段。③

《夔府书怀》题注:

> 次公曰:此篇谓之书怀,公铺叙其初赐官逢乱,至在夔州时仍以备乱之故。首尾所言,惟伤时忧国者耳。自昔罢河西尉,至战瓦落丹墀十

---

① 明写本赵注跋,傅增湘《藏园群书经眼录》卷一二,第 1025 页。
② 《先后并解》丁帙卷四,《辑校》(修订本),第 761 页。
③ 《先后并解》戊帙卷五,《辑校》(修订本),第 1021 页。

四韵,先言肃宗时至代宗时皆有兵乱,是一段。自先帝严虚寝至答效莫支持十韵,专追言肃宗上升,付授今上代宗事,又是一段。自使者分王命至蜀使下何之八韵,言今日遣使,当在寡诛求、除盗贼之事,又是一段。自钓濑疏坟籍至凡百慎交绥八韵,言身在夔之事,又是一段。①

《赠李十五丈别》题注曰:

> 此篇两段,自峡人鸟兽居至南入黔阳天,公言其在夔流落间得会李十五丈而送别之也;自沔公制方隅至欢罢念归旋,言李丈往谒沔公,而不得俱往耳,且约其归也。②

《凭孟仓曹将书觅土娄旧庄》题注曰:

> 前四句托孟仓曹往问庄居之荒芜何如,后四句则公言其在夔时候与处所也。③

此举实启黄生、仇兆鳌分章段疏释杜诗之先鞭④。直到今天,赵次公对杜诗部分篇章的理解仍然显得很独到,很有启发。如赵注《登兖州城楼》曰:

> 公在夔峡赋《热诗》有云:"何似儿童岁?风凉出舞雩。"则小年在兖州矣。意者,公之父为官于兖,而公随侍,乃若鲤趋而过庭耳。今此当壮年为布衣时再游兖。"纵目初",则追言儿童时耳。下四句皆"纵

---

① 《先后并解》戊帙卷七,《辑校》(修订本),第1069页。
② 《先后并解》戊帙卷三,《辑校》(修订本),第962页。《校定集注杜诗》卷一二题注引赵云则删去"此篇两段"四字。
③ 《先后并解》戊帙卷八,《辑校》(修订本),第1127页。《校定集注杜诗》卷三二。
④ 仇兆鳌《杜诗凡例·杜诗分段》曰:"《诗经》古注,分章分句。朱子《集传》亦踵其例。杜诗古律长篇,每段分界处,自有天然起伏,其前后句数,必多寡匀称,详略相应。分类千家本,则逐句细断,文气不贯。编年千家本,则全篇浑列,眉目不清。兹集于长篇既分段落,而结尾则总括各段句数,以见制格之整严。仿《诗传》某章章几句例也。"(《杜诗详注》卷首,第22页)杨伦曰:"古律长篇固有段落,然亦何必拘拘数如今帖括之为。仇本分段处,最多割裂难通。"(《杜诗镜铨·凡例》,上海古籍出版社1980年新1版,第13页)据仇、杨所言,似分段释杜诗为仇氏新创,实有数典忘祖之嫌。四库馆臣撰黄生《杜诗说》提要曰:"大旨谓前人注杜求之太深,皆出于私意,故著此以辟其谬。其说未尝不是,然分章别段,一如评点时文之式,又不免失之太浅。"(《四库全书总目》卷一七四,第1533页)因知仇氏稍前,黄生解杜即用此法,而其源皆在赵次公。

目"事,末句又言"临眺",则今再临眺也。①

赵注《赠李白》"秋来相顾尚飘蓬":

> 公意谓如吾辈痛饮狂歌,亦空度日而已,如强很之辈跋扈飞扬,亦何所为而自雄? 皆不若勾漏令之能养生为有益于身也。②

赵注《春望》:

> 考此诗作于天宝十五载之正月,盖禄山反于十四载之十一月,至是则烽火连三月。惟其烽火连三月,所以家书抵万金,此诗人之语为有法也。今学者每见家书,遂以此句为辞,非也。③

　　第二,赵注多讨论杜诗的对偶等体格特点。如注《与李十二白同寻范十隐居》"余亦东蒙客,怜君如弟兄"曰:"此两句却不对,不知此格何以谓之近体也。"④注《赠比部萧郎中十兄》"有美生人杰,由来积德门。汉朝丞相系,梁日帝王孙"曰:"此篇是正格,破题便对。"⑤注《题张氏隐居二首》"杜酒偏劳劝,张梨不外求"曰:"杜酒、张梨,以人着物言之,此亦使字之一格,须是当体稳贴,又时复用之耳。"⑥注《奉赠韦左丞丈二十二韵》"纨袴不饿死,儒冠多误身":"此篇虽古诗二十二韵,而第二字平侧相次,又多对偶。"⑦注《苦雨奉寄陇西公兼呈王征士》"今秋乃淫雨,仲月来寒风"曰:"此虽古诗而多对,字眼相次若近体。"⑧注《宴戎州杨使君东楼》"胜绝惊身老,情忘发兴奇"曰:"此篇破头已对。盖言胜虽绝矣,而惊见在之身则老也;情虽忘矣,而发

---

① 《校定集注杜诗》卷一七。《先后并解》甲帙卷一,《辑校》(修订本),第 4 页。
② 《校定集注杜诗》卷一七。《先后并解》甲帙卷四,《辑校》(修订本),第 101 页。
③ 《校定集注杜诗》卷一九。《先后并解》乙帙卷一,《辑校》(修订本),第 159 页。又注《奉送郭中丞兼太仆卿充陇右节度使三十韵》:"三月,三易月也。公诗又云:烽火连三月。亦是此。闰八月初,以广平王为天下兵马元帅,今诗所谓元帅调新律是已。逆数闰八月以前,通为三易月,则当是郭子仪五月及安守忠战于清渠败绩之后,别训练士卒,至此师逾整肃,可以擒贼矣。以上十六句叙安氏父子为寇,而广平王往收复京师者如此。"(《校定集注杜诗》卷一九"三月师逾整,群胡势就烹"夹注引,《先后并解》乙帙卷三,《辑校》修订本,第 199 页)
④ 《校定集注杜诗》卷一八。《先后并解》甲帙卷一,《辑校》(修订本),第 10 页。
⑤ 《校定集注杜诗》卷一八。《先后并解》甲帙卷一,《辑校》(修订本),第 18 页。
⑥ 《校定集注杜诗》卷一七。《先后并解》甲帙卷二,《辑校》(修订本),第 32 页。
⑦ 《校定集注杜诗》卷一。《先后并解》甲帙卷三,《辑校》(修订本),第 55 页。
⑧ 《校定集注杜诗》卷一。《先后并解》甲帙卷三,《辑校》(修订本),第 79 页。

所对之兴则奇也。"①注《闷》"无钱从滞客,有镜巧催颜"夹注曰:"次公曰:无钱字,则庾信《连珠》云:胸中无学,犹手中无钱。故对有镜。……或曰:此是落句,亦公临时之语,不必有对。殊不知公律诗自首至尾皆对者多矣。其于无钱字,除单使而不对,如蜀酒禁愁得、无钱何处赊、南市津头有船卖,无钱即买系篱傍、每恨陶彭泽,无钱对菊花是已。而于《寄高适岑参》诗云:无钱居帝里,尽室在边疆。用对尽室,则《左传》云尽室以行也。岂非其法门专如此乎?"②

第三,赵注常引苏轼等人作品以明杜诗的影响,偶亦以苏证杜。如注《夜宴左氏庄》"风林纤月落,衣露净琴张"曰:"东坡诗云:新琴空高张,丝声不附木。亦有琴张字。"注"检书烧烛短,看剑引杯长":"东坡有云:引杯看剑话偏长。正使此句。"③《陪郑广文游何将军山林十首》其九"凉月白纷纷":"东坡亦尝摘此为句云:九衢人散月纷纷。"④注《夜听许十一诵诗爱而有作》"余亦师粲可,身犹缚禅寂"曰:"此两句仿佛似对,大手段多如此,故苏东坡亦有之。粲、可,二人之名。禅、寂是两字也。"⑤注《悲陈陶》曰:"群胡归来血洗箭,句法好处正在血洗箭三字,盖言箭上之血也。如东坡《韩幹马诗》云:最后一匹马中龙,不嘶不动尾摇风。又《薄酒篇》云:五更待漏靴满霜。皆此格也。"⑥注《曲江二首》其一"一片花飞减却春,风飘万点正愁人"曰:"秦少游号称善辞曲,尝云:落红万点愁如海。以为佳句,乃使风飘万点正愁人者也。"⑦注《曲江对酒》"苑外江头坐不归,水精春殿转霏微"曰:"黄鲁直诗云:野水渐添田水满,晴鸠却唤雨鸠归。用此格也。"⑧注《少年行二首》其一"莫笑田家老瓦盆,自从盛酒长儿孙"曰:"老瓦盆,盖川人以多年之物曰老。东坡云:老栉随我久。亦倚杜公老瓦盆之例矣。"⑨注《拨闷》"闻道云安淘米春,才倾一盏即醺人"曰:"东坡诗有云:淘米春香并舍闻。"⑩注《月》"四更山吐月,残夜水明楼"曰:"此篇首两句古今绝唱。东坡先生深晓吐字之义,故取下句为五韵,以赋五诗。自一更至五更,皆曰山吐月。又有

① 《先后并解》丁帙卷一,《辑校》(修订本),第671页。
② 《先后并解》戊帙卷一〇,《辑校》(修订本),第1179页。
③ 《校定集注杜诗》卷一八。《先后并解》甲帙卷一,《辑校》(修订本),第21页。
④ 《校定集注杜诗》卷一八。《先后并解》甲帙卷二,《辑校》(修订本),第48页。
⑤ 《校定集注杜诗》卷一。《先后并解》甲帙卷五,《辑校》(修订本),第132页。
⑥ 《校定集注杜诗》卷二。《先后并解》乙帙卷一,《辑校》(修订本),第169页。
⑦ 《校定集注杜诗》卷一九。《先后并解》乙帙卷五,《辑校》(修订本),第242页。
⑧ 《校定集注杜诗》卷一九。《先后并解》乙帙卷五,《辑校》(修订本),第244页。
⑨ 《校定集注杜诗》卷二二。《先后并解》丙帙卷四,《辑校》(修订本),第478页。
⑩ 《先后并解》丁帙卷一,《辑校》(修订本),第675页。

句云明月翳复吐也。"①注《壮游》"往者十四五,出游翰墨场"曰:"上句岁数虽见实道,而阮籍云:昔年十四五,志尚好《诗》《书》。此为恰好处不放过也。与东坡五十二岁,诗遂用孔融之语云五十之年初过二同格也。"②

　　第四,赵注多辨前人之失误和穿凿,时或阙疑。如注《冬日洛城北谒玄元皇帝庙》"露井冻银床":"银床字,旧注引古虽是而非。银床两字所出,盖如庾肩吾《侍宴九日诗》:银床落井桐。庾丹《秋闺》云:空汲银床井。"③注《杜位宅守岁》"椒盘已颂花"曰:"晋刘臻妻《元日献椒花颂》,旧注非事祖矣。"④注《奉赠韦左丞丈二十二韵》"行歌非隐沦"曰:"《列子》载:林类年且百岁,拾穗行歌。张湛注云:古之隐者也。旧注却引朱买臣行歌道中负薪,此乃穷困悲歌耳,与非隐沦之义不相接。桓谭《新论》曰:天下神人五,一曰神仙,二曰隐沦。郭璞《江赋》有:纳隐沦之列真。旧注引颜延年、谢朓、鲍照、谢灵运诗,皆在《新论》《江赋》之后。此不知本始,是谓无祖者也。"⑤注《奉赠鲜于京兆二十韵》"计疏疑翰墨,时过忆松筠"曰:"上句乃愤叹之语,与文章憎命达、儒术诚难起同义。下句言时已过矣,则思隐于山林。旧注谓岁寒,非是。"⑥注《初月》"微升古塞外,已隐暮云端"曰:"世传魏道辅云:意主肃宗也。如韩诗:煌煌东方星。洪兴祖谓其顺宗时作乎? 东方,谓宪宗在储也。杜田因而立论,则好为穿凿者矣。盖以月言人君,已不为善取譬,况自至德之元逮乾元之元,肃宗即位已三年矣,岂得以月之微升比即位乎?"⑦注《剑门》曰:"此篇叹地险而恶负固者也,不主在德不在险之义言之。何则? 保有山河,辟为一国,曰古诸侯,则有在德不在险之义。若四海一家,统

---

①　《先后并解》丁帙卷六,《辑校》(修订本),第 842 页。

②　《先后并解》戊帙卷一〇,《辑校》(修订本),第 1201 页。

③　《校定集注杜诗》卷一七。《先后并解》甲帙卷二,《辑校》(修订本),第 24 页。今按郭注句下夹注首曰:"古诗:后园凿井银作床,金瓶素绠汲寒浆。"

④　《校定集注杜诗》卷一八。《先后并解》甲帙卷二,《辑校》(修订本),第 52 页。今按郭注句下夹注首曰:"周庾信《正旦诗》:椒花逐颂来。"

⑤　《校定集注杜诗》卷一。《先后并解》甲帙卷三,《辑校》(修订本),第 56 页。今按郭注句下夹注首曰:"前汉朱买臣家贫,好读书,不治产业,艾薪樵卖给食,担束薪行且诵书。其妻亦负戴相随,数止买臣毋歌讴道中。买臣益疾歌,妻羞之,求去,恚怒曰:如公等,饿死沟中耳,何能富贵? 买臣不能留,即听去。其后买臣独行歌道中,负薪墓间。宋颜延年《咏秸中散诗》:立俗迂流议,寻山结隐沦。谢朓《敬亭诗》:隐沦既已托。鲍照诗:孤贱长隐沦。谢灵运:既枉隐沦客。"

⑥　《校定集注杜诗》卷一七。《先后并解》甲帙卷三,《辑校》(修订本),第 75 页。今按郭注句下夹注首曰:"谓有岁寒。"

⑦　《校定集注杜诗》卷二〇。《先后并解》乙帙卷七,《辑校》(修订本),第 303 页。今按郭注句下夹注引杜《补遗》曰:"是诗肃宗乾元初子美在秦州避乱时作。微升古塞外,喻肃宗即位于灵武也。已隐暮云端,喻肃宗为张后与李辅国所蔽也。"

制乎天子，则为剑门者，特方面之有险处耳，正所恶乎负固也。……世有东溪先生者，解杜诗十六篇，每篇为小序而后注解，自以为启杜公之关键而传于世。于此篇小序云：《剑门》，劝务德不恃险也。此正惑于吴起之言以为说矣，大为非是。盖使守蜀者虽专务乎德，遂能保剑门之险，可自为一国乎？特以此篇叹地险而恶负固耳。"①注《三绝句》其二曰："洪觉范云：上两句言贪利小人畏君子之讥其短也，后两句言君子以蒙养正，瑜瑾匿瑕，山薮藏疾，不发其恶，而小人来革面诡谀，不能愧耻也。余谓此篇正有狎鸥之意，彼以鸬鹚为小人，亦何所取义乎？一日来一百回，亦岂有诡谀之意乎？"②注《客从》曰："此篇仿客从远方来、遗我一端绮之格，而别生新意也。珠中有隐字，欲辨不成书，则珠所以来不易得，其中若自言之也。盖泉客珠事，任昉《述异记》：南海鲛人，室水居如鱼，不废机织。其眼泣则出珠。鲛人，即泉仙也，又名泉客。必言南溟来，非特取譬，乃蔡伯世所谓长沙当南海孔道，盖公诗虽兴寄亦每感于物而兴之，非泛为比也。必用泉客珠，言其珠从眼泣所出也。至于化为血矣，犹虑公家之征敛焉，而无以供应之，故哀其征敛无以问之也。世有《东溪先生集》者，其中有释杜工部诗十六篇，引云：拟《毛诗》之序，以撮其大要而判释，少启杜诗之关键。以此《客从》为第三篇，序云：《客从》，悲远方贡赋不入中原也。于上四句注云：时四方以玉帛贡天子，多为盗贼所掠，不至王庭。珠小物，可匿以献也。中有隐字，字又不成书，不敢显书贡天子也。于下四句注云：周衰，方物不至，诸侯之国犹通，王使之求金。安史之际，法废道梗，虽欲征敛，亦无所矣。次公同蔡伯世之见，定此诗为潭州作，而次公又以为到潭州之初，则今岁大历四年作，而东溪又误以为安史之际，是不知安史之灭，至此已七年矣。又就误中引解哀今征敛无，以无字为虽天子亦无所用其征敛，此是何义！"③赵注每于有疑义处，提出讨论之后每曰"以俟博雅君子订之"，"当俟博闻"，"以俟博闻"，"更俟博雅者辨之"，"以俟博雅者明之"，"当俟博闻者辨之"，"以俟博闻者订之"，"当俟博物者辨之"，"更俟博闻"，兹不备引。

　　第五，赵注用意于溯典故之源流，此其辨前人误说的重要方面。如注《送蔡希鲁都尉还陇右寄高三十五书记》"身轻一鸟过，枪急万人呼"曰："庐陵尝云：陈公从易初得杜集，至身轻一鸟其下脱一字，因与数客各补之，或云疾，或云落，或云起，或云下，莫能定。及得善本，乃过字。陈公叹服，虽一字

---

①　《校定集注杜诗》卷六。《先后并解》乙帙卷一〇，《辑校》（修订本），第382页。
②　《校定集注杜诗》卷二一。《先后并解》丙帙卷三，《辑校》（修订本），第445页。
③　《先后并解》己帙卷四，《辑校》（修订本），第1412页。

不能到也。虽然,过字盖使《家语》见飞鸟过及《庄子》犹鸟雀蚊虻之过乎前。又张景阳《杂诗》:人生瀛海内,忽如鸟过目。而公亦屡使鸟过字,如愁窥高鸟过,诸君独不至,是亦未之思耳。然两句好处,尤在枪急字,非身轻而枪急,何以致万人之呼?"①赵注《自序》言"有用事之祖,有用事之孙"②,如上第五条所引,赵注于多篇都有详论。赵次公的部分溯源之见,似有推求过深之嫌,然细思却又似极有理致。如《昔游》题注曰:"魏文帝《与吴季重书》有云念昔南皮之游,又一书云恐永不得为昔日游也,故今摘昔游两字为题。"③

第六,赵注多讨论杜诗句法义例。按句法者,赵次公以为源出佛教。赵注《寄高三十五书记》"佳句法如何"曰:"句法,本是佛书有法句、经偈,而诗句之有法亦然,故公于诗句问其法如何。"④此类,如赵注《春日忆李白》"渭北春天树,江东日暮云"曰:"此以引末句之意。公于凡寄远及送行,或居此念彼,则于两句内分言地之所在。渭北,指言咸阳。咸阳在终南山之南、渭水之北,故得名。时白在会稽,越州也,斯江东矣。"⑤注《陪郑广文游何将军山林十首》其五"绿垂风折笋,红绽雨肥梅"曰:"上句义言风折笋垂绿,下言雨肥梅绽红,句法以倒言为老健。"⑥注《后出塞五首》其二"借问大将谁,恐是霍嫖姚"曰:"句法使曹子建《七哀诗》:借问叹者谁,言是客子妻。又郭景纯《游仙诗》:借问此何谁,云是鬼谷子也。"⑦

杜诗之句法义例,当是赵次公极为关注的问题。注中数次提及:

> 次公曰:门鹊,则门之鹊也,如城鹊之类。义在起字,可以见其为门前之鹊。古本《庄子》曰:鹊上高城之绝,而巢于高树之颠。城坏巢折,凌风而起。故君子之在世也,得时则蚁行,失时则鹊起。以晨光而起,

---

① 《校定集注杜诗》卷一八。《先后并解》甲帙卷三,《辑校》(修订本),第71—72页。此见解赵次公或甚为自得,《先后并解》戊帙卷四"贻华阳柳少府""余生如过鸟,故里但空村"夹注:"次公曰:过鸟字,《家语》曰:见飞鸟过。《庄子》曰:犹雀蚊虻之过乎前。又张景阳曰:忽如鸟过目。公诗又曰:愁窥高鸟过。又:难随鸟翼一相过。虽平声而义同。窃怪公诗又有:身轻一鸟过。本偶阙一过字,而欧阳永叔见记诸大儒不能填补,岂亦不思《家语》《庄子》与张景阳之诗,及公诸诗句乎?"(《辑校》修订本,第1012页)

② 林希逸《竹溪鬳斋十一稿续集》卷三〇"学记",《景印文渊阁四库全书》第1185册,第867页。《辑校》(修订本),第1页。

③ 《先后并解》戊帙卷一一,《辑校》(修订本),第1234页。

④ 《校定集注杜诗》卷一八。《先后并解》甲帙卷三,《辑校》(修订本),第76页。

⑤ 《校定集注杜诗》卷一八。《先后并解》甲帙卷二,《辑校》(修订本),第29页。

⑥ 《校定集注杜诗》卷一八。《先后并解》甲帙卷二,《辑校》(修订本),第45页。

⑦ 《校定集注杜诗》卷五。《先后并解》甲帙卷四,《辑校》(修订本),第111页。

故其义在起字。杜田引谢玄晖诗:金波丽鹓鹊。以鹓鹊,门名也,故曰门鹊,大为非是。盖鹓鹊本殿名,其所从入之门因亦得名鹓鹊门也。谢玄晖之诗,其言月色之所丽,岂专指门邪?信使杜公用鹓鹊专为门,乃是天子宫殿事,今夜宿夔州之西阁,岂可用天子宫殿事乎?又鹓鹊为殿名,特屋上作鹓鹊之形,所以得名,而门名又因之而已,何至截鹓鹊字便为门鹊之真者乎?樯而系之以乌,公屡使矣。此乌非真是屋上乌之乌也,特樯竿上刻为乌形,以占风耳。晋令车驾出入,相风在前。正是刻乌于竿上,名之曰相风。晋傅玄《相风赋》云栖神乌于竿首,俟祥风之来征是已。船之樯竿,其上刻乌,乃相风之义。陈阴铿《广陵殿送北使诗》云:亭嘶背枥马,樯转向风乌。于义尤明。故公有云:樯乌相背发、危樯逐夜乌。而今云樯乌宿处飞,杜时可不省,乃云樯挂帆木,而乌泊其上。假是真乌泊樯上,何至背发与夜相逐,而于宿处飞乎?况公诗又有曰:燕子逐樯乌,则真燕逐樯上之刻乌而飞也。次公以杜时可之误,费辞如此,详见《句法义例》。①

　　次公曰:二病、二枯之诗,宜出乎一时所为。盖公流落于夔,因眼中有此物而并赋之也。次公必以为夔州诗,何以知之?此《病柏》云:有柏生崇冈。《枯棕》云:嗟尔江汉人,生成复何有。崇冈则夔州自是有山,而公于夔州诗每言江汉。《句法义例》中详矣。故知此夔州诗。②

据上引可知,赵次公《先后并解》当附有《句法义例》,专门归纳杜诗用词遣字的独特之处。

　　第七,赵注多论杜甫之人格和才能。如《丽人行》诗末注:"观《新书·国忠传》,言国忠盛气骄愎,百僚莫敢相可否,而公诗直铺叙二国衣服饮食之盛,声乐宾从之多,中间著宠予之意,又讥其糅杂昵狎之事,而终之以直指丞相之熏灼,则公之不畏强御可见矣!"③《秦州杂诗二十首》其五诗末注:"末句盖言所余之骕骦,以遗而不用于战,故哀鸣思战斗也。岂非公自况邪?使当时用公如张镐,则庙谟神算必能破贼矣。"④《提封》"提封汉天下,万国尚同心"夹注:"此篇公崇德息兵之作,其义甚明。使公居庙堂得行其志,天下

---

① 《夜宿西阁晓呈元二十一曹长》"门鹊晨光起,樯乌宿处飞"夹注,《先后并解》丁帙卷七,《辑校》(修订本),第849—850页。
② 《病柏》题注,《先后并解》戊帙卷一,《辑校》(修订本),第890页。
③ 《校定集注杜诗》卷二。《先后并解》甲帙卷三,《辑校》(修订本),第69页。
④ 《校定集注杜诗》卷二〇。《先后并解》乙帙卷七,《辑校》(修订本),第313页。

不亦受其赐乎?"①

　　赵注之主要特点大致如上七条所说。此外,尚有三事需要稍作讨论:一曰所谓赵注的"底本"问题,二曰赵次公编年的得失问题,三曰赵注之辑佚问题。

　　严格文献学意义上的底本,是指从事校勘整理工作所依托信赖,在编次和字句上一般要求严格遵守的原始版本。赵次公《先后并解》没有交代底本,事实上此书是一个杂合众本,以己意重勘的全新的本子。故而我们说的赵注的"底本",指的是赵次公据以编注《先后并解》所用的主要参照本。林继中说:"那么,赵注的底本是什么呢? 应是与吴若本相近的一个注本。"②这一判断是由仇兆鳌《杜诗详注》于《九日五首》题注"吴若本云缺一首,赵次公以《登高》一首足之"而引发得出的,实则仇说未知其始。《先后并解》丁帙卷六《九日五首》题注曰:"旧本题下注云:阙一首。非也,其一在成都诗中,今迁补之。"又后"右五"夹注云:"旧本题名《登高》,在成都《哭严仆射归榇》相近,合迁入于此,补所谓阙一首者。"③二王本卷一五《九日五首》题注即曰"阙一首",二王本《登高》为卷一三倒数第四首,《哭严仆射归榇》为卷一四第一首。可知,《九日五首》"阙一首"之源在二王本,吴若本只是流。由晁公武的合并著录来看,"古律诗杂次第之"的赵次公《注杜诗》亦必然以二王本为主要参照本,重新进行编年注释而成。赵注之利用二王本,证据颇多。如赵注《述怀》曰:"王琪云:子美之诗,词有近质者,如麻鞋见天子、垢腻脚不袜之句,所谓转石于千仞之山势也。学者尤效之而过甚,远大者难窥乎? 琪之说如此。麻鞋见天子,亦纪实事,且见其奔走流离,迫于穷困而然耳。"④注《北征》曰"公之救琯无罪在此年(按至德二载)之五月,而王原叔作《集记》乃云:至德二载,窜归凤翔肃宗。明年,论房琯不宜罢相,出为华州功曹。所谓明年,乃乾元元年也,其比《甫本传》差谬如此,故因是诗辨之。"⑤由上可定,赵次公见过王洙《集记》和王琪《后记》。王洙原编作《后记》,王琪改作《集记》以冠于卷首,赵引正作《集记》,证明他所见为王琪校刻本,即二王本。

　　《出郭》赵次公题注曰:"孟浩然诗:平田出郭少,盘坂入云长。则公之前有此出郭两字,故公诗又曰:已知出郭少尘事。又曰:出郭眄细岑。此篇

　　① 《先后并解》戊帙卷四,《辑校》(修订本),第 998 页。

　　② 《辑校·前言》(修订本),第 5 页。

　　③ 《辑校》(修订本),第 831、835 页。

　　④ 《校定集注杜诗》卷三。《先后并解》乙帙卷三,《辑校》(修订本),第 191 页。

　　⑤ 《校定集注杜诗》卷三。《先后并解》乙帙卷四,《辑校》(修订本),第 216 页。

与《野望因过常少仙诗》相连,学者遂指为出青城之郭。以诗考之,颔联有不合者,况下篇是《过南邻朱山人水亭》,乃是成都浣花溪居之南邻,岂不可专为成都诗乎? 成都诸城门,唯二东门曰大东郭、小东郭,则此诗公既来城中,却自城中出东郭门,绕城归浣花溪上矣。颔联可以推见所望之处,断章可以见归宿于所居也。"①《山郭》,林继中《辑校》在丙帙卷四,上引注所云"相连"之《野望因过常少仙诗》亦在《辑校》丙帙卷四,在《出郭》之前,中间隔《丈人山》和《寄杜位》;上引注所云"下篇"之《过南邻朱山人水亭》,林继中《辑校》在丙帙卷二②。揣赵次公所云"相连""下篇",必指《出郭》紧邻之前一篇和后一篇而言,故知赵次公"相连""下篇"非指其所编之《先后并解》,当指其所依据之旧本编次而言。此三篇在宋本《杜工部集》卷一一恰前后相接。据张元济宋本跋,知宋本卷一一源自宋刻吴若本,又据本书第二章研究,吴若本除字句辑校集注之外,其编次可视宋刻二王本。因此,此条赵注可以说明赵次公撰《先后并解》,二王本《杜工部集》是其所依据的重要版本。

《先后并解》戊帙卷三《奉送王信州崟北归》题注:"次公曰:信州,今之夔州也。此诗旧在潭州诗中,题是《送王信州》,分明是夔州诗矣,合迁入于此。"③按此诗见二王本《杜工部集》卷一八,此卷收近体诗五十七首,为"自公安发,次岳州,及湖南作"。

《先后并解》戊帙卷四《奉汉中王手札》题注:"次公曰:此七月所作。何以知其然也? 句云书报避暑而继之以己觉良宵永,则七月矣。旧在忠州诗下《十二月一日》与《又雪》诗之次,合迁于此。"④按《奉汉中王手札》在二王本卷一四,《十二月一日》《又雪》下即此诗。

《先后并解》戊帙卷四《洞房》题注:"次公曰:此而下曰《宿昔》,曰《能画》,曰《斗鸡》,曰《历历》,曰《洛阳》,曰《骊山》,曰《提封》,通八篇,盖一时之作也。次公必定为秋七月者,以今篇云玉殿起秋风,则公在夔感秋风之起而追念往昔所作,乃七月也。中间有《鹦鹉》诗,语止是寻常鹦鹉,无在宫禁之意;又有《江上》诗,言荆楚秋;《江汉》诗,言江汉客,皆失次相附,各迁出矣。"⑤按二王本卷一五收赵注提到各诗,依次为《洞房》《宿昔》《能画》《斗鸡》《鹦鹉》《历历》《江上》《中夜》《江汉》《洛阳》《骊山》《提封》,其中仅《中

---

① 　《校定集注杜诗》卷二一。《先后并解》丙帙卷四,《辑校》(修订本),第475—476页。
② 　《辑校》(修订本),第422页。
③ 　《辑校》(修订本),第969页。
④ 　《辑校》(修订本),第986页。
⑤ 　《辑校》(修订本),第991页。

夜》一首,赵次公没有提及。

《先后并解》己帙卷四《客从》题注曰:"次公曰:蔡伯世以此诗为长沙诗,云:长沙当南海孔道,故有此作。极是。旧在古诗尾卷之上,合迁入于此。"①按《客从》首句曰"客从南溟来",诗在二王本卷八,为古诗最末一卷。

《先后并解》己帙卷四《江阁卧病走笔寄呈崔卢两侍御》题注:"次公曰:此篇旧本与《送王信州》诗相连。"②按二王本卷一八,《奉送王信州崟北归》《江阁卧病走笔寄呈崔卢两侍御》为相连之二首。

《先后并解》己帙卷六《奉寄河南韦尹丈人》题注:"次公曰:此篇旧在《龙门》诗下。"③按二诗相连,在二王本卷九。

《先后并解》己帙卷八《旅夜书怀》题注:"次公曰:此诗旧在戎州诗下。"④按此诗在宋本《杜工部集》卷一四,本卷源出吴若本,视同二王本。

以上七条,赵次公所云"旧"本和所述"尾卷"皆当指二王本。

也许我们会问:既然吴若本跟二王本略同,为什么赵注没有使用吴若本而单单使用了二王本呢?试举一例便知。《钱笺》卷一三《寄董卿嘉荣十韵》君牙注:"吴若本注云:此邢君牙也。本传云:田神功为兖郓节度使,使君牙将屯兵好畤防秋。神功镇兖郓,在代宗初,故曰京师今晏朝。是时君牙尚微,在神功麾下,乃名斥之。"《钱笺》引此文后,即批评其为曲说附会。按照赵注的体例,若见此说,必然会提出严厉批评。然《先后并解》丁帙卷五⑤、郭知达《校定集注杜诗》卷二六引赵云均未提此说,故吴若本不可能是赵注的参照本。

赵次公于编年用功极深,只是《先后并解》在宋末元初可能就已散佚,未能完整传世,故其影响不为人所知。如林继中所论,《百家注》和《草堂诗笺》所标举之鲁訔编次本,实则主要参照的是赵次公《先后并解》,宋元流行的杜诗编年本实际有一个潜在的"赵次公编年系统"⑥。《先后并解》之书名表明,赵次公是在准确理解的基础之上对杜诗作先后编年的⑦。钱谦益《注杜诗略例》:"后之为年谱者,纪年系事,互相排缵。梁权道、黄鹤、鲁訔之徒,

① 《辑校》(修订本),第 1411 页。
② 《辑校》(修订本),第 1421 页。
③ 《辑校》(修订本),第 1452 页。
④ 《辑校》(修订本),第 1513 页。
⑤ 《辑校》(修订本),第 808 页。
⑥ 《辑校·前言》(修订本),第 11—12 页。
⑦ 绍兴癸酉(二十三年,1153)五月晦日鲁訔撰《编次杜工部诗序》曰:"余因旧集,略加编次,古诗、近体,一其后先。摘诸家之善,有考于当时事实及地理岁月,与古语之的然者,聊注其下。"(《古逸丛书》本《杜工部草堂诗笺》卷首)鲁序"古诗、近体,一其后先"之语,可作为赵次公书名"先后"之最佳注脚。

用以编次后先,年经月纬,若亲与子美游从,而藉记其笔札者。其无可援据,则穿凿其诗之片言只字,而曲为之说,其亦近于愚矣。"①钱氏所云三人,梁权道为南宋中叶人②,鲁訔可能略早,黄鹤最晚,赵次公实为三人之前辈,故《先后并解》实为宋元杜集编年本的一大转折,从积极的角度看,可以说杜诗编年由此逐渐走向精致深微。

杜甫夔州诗编年向来最为模糊。如前所考,二王本诗十八卷,各卷之首在诗体篇数下皆有夹注文字交待"居行之次",其中涉及夔州者如下:

卷六古诗四十八首,夹注:"居云安及至夔州作。"

卷七古诗五十七首,夹注:"居夔州作。"

卷一四近体诗一百首,夹注:"行过戎、渝州,居云安、夔州作。"

卷一五近体诗一百三十三首,夹注:"居夔州作。"

卷一六近体诗一百三十二首,夹注:"居夔州作。"

《先后并解》于夔州诗用功最多,且看两种抄本目录:

丁峡卷四:"大历元年三月移居夔州所作。"

丁峡卷五:"大历元年秋在夔舟居继迁西阁所作。"

丁峡卷六:"大历元年秋在西阁所作。"

丁峡卷七:"大历元年冬在夔州西阁所作。"

戊峡卷一:"大历二年正月在夔州西阁,寻迁赤甲所作。"

戊峡卷二:"大历二年三月自赤甲迁瀼西所作。"

戊峡卷三:"大历二年夏在瀼西所作。"

戊峡卷四:"大历二年秋在瀼西所作。"

戊峡卷八:"大历二年秋九月在夔州瀼西、东屯往来所作。"

戊峡卷一〇:"大历二年冬在夔州瀼西、东屯所作。"

己峡卷一:"大历三年春在夔,迤逦出峡到荆南所作。"

相应卷中正文各卷之首亦标明年月作时,曰:

丁峡卷四:"丙午大历元年,公时年五十五岁。三月过望,自云安县移于夔州所作。其说具己峡卷一,大历三年《月》诗所谓二十四回明月圆句中有解。终春经全夏舟居所存之诗。"

丁峡卷五:"丙午大历元年,公时年五十五岁。秋在夔州舟居,继迁西阁所存之诗。"

---

①　《牧斋初学集》卷一一〇,《四部丛刊》影印崇祯刻本。又《钱笺》卷首,康熙六年季振宜静思堂刻本。

②　《杜集书录》,第810页。

丁帙卷六:"丙午大历元年,时年五十五岁。秋八月、九月,在夔州西阁所存之诗。""秋八月",下录《上卿翁修武侯庙》《孤雁》《草草》《白盐山》《覆舟二首》《怀灞上游》《存殁口号二首》《日暮》《晚晴》《哭王彭州抡》。"秋九月",下录《秋日寄题郑监湖上亭三首》《秋清》《九日诸人集于林》《九日五首》《诸将五首》《月》《上白帝城》《别崔潩因寄薛据孟云卿》《宿江边阁》《殿中杨监见示张旭草书图》《杨监又出画鹰十二扇》《送殿中杨监赴蜀见相公》。

丁帙卷七:"丙午大历元年,时公五十五岁。冬在夔州西阁所存之诗。"

戊帙卷一:"丁未大历二年,时公五十六岁。正月在夔州西阁,寻迁赤甲,至二月所存之诗。"

戊帙卷二:"丁未大历二年,时公五十六岁。三月在夔州,新自赤甲迁瀼西所存之诗。"

戊帙卷三:"丁未大历二年,时公五十六岁。夏在夔州瀼西所存之诗。"

戊帙卷四:"丁未大历二年,时公五十六岁。秋七月,在夔州瀼西(今分上半月为一卷)所存之诗。"

戊帙卷五:"丁未大历二年,时公五十六岁。秋七月,在夔州瀼西(今分下半月为一卷)所存之诗。"

戊帙卷六:"丁未大历二年,时公五十六岁。秋八月,在夔州瀼西(今分下半月为一卷)所存之诗。以文字之多,今以《咏怀寄郑监李宾客》者乃百韵诗,故独专一卷,为八月诗上。"

戊帙卷七:"丁未大历二年,时公五十六岁。秋八月,在夔州瀼西所存之诗。以文字之多,除《百韵诗》专为一卷外,以众篇为八月诗下。"

戊帙卷八:"丁未大历二年,时公五十六岁。秋九月,在夔州瀼西、东屯往来所存之诗。以文字之多,分为九月诗上。"

戊帙卷八:"丁未大历二年,时公五十六岁。秋九月,在夔州瀼西、东屯往来所存之诗。以文字之多,分为九月诗之下。"

戊帙卷一〇:"丁未大历二年,时公五十六岁。冬三个月,在夔州瀼西、东屯所存之诗。以文字之多,分为冬诗之上。"

戊帙卷一一:"丁未大历二年,时公五十六岁。冬三个月,在夔州瀼西、东屯所存之诗。以文字之多,分为冬诗之下。"

己帙卷一:"戊申大历三年春正月至三月望前,犹在夔州,迤逦出峡到荆南,尽三月所存之诗。正月上旬犹在夔州。"

观上所引,诚如钱谦益所言,将杜诗刻意一一编入年月日,难免穿凿曲说而近于愚。但赵次公展现出了探索的耐心和勇气,不由人不赞叹。

如上论赵注本与二王本关系所见,赵次公于二王本编次的部分调整可能是合理的。如《江涨》:

> 江发蛮夷涨,山添雨雪流。大声吹地转,高浪蹴天浮。鱼鳖为人得,蛟龙不自谋。轻帆好去便,吾道付沧洲。

此诗二王本在卷一一成都诗中。《先后并解》乙帙卷二题注曰:"次公曰:公于成都尝有《江涨》诗江涨柴门外,儿童报急流是也。而旧本又列此诗于《戏为六绝句》后,亦作成都诗,非是。今迁于此,盖末句云轻帆好去便,浣花溪上岂使帆邪?况全篇皆是极大之江涨,其义甚明。"[1]对照另一首旧编作于成都的《江涨》:"江涨柴门外,儿童报急流。下床高数尺,倚杖没中洲。细动迎风燕,轻摇逐浪鸥。渔人萦小楫,客易拔船头。"二诗所写情状的确大为不同,赵解或为有见。

然赵氏编年亦有大谬不然者,如《山馆》:

> 南国昼多雾,北风天正寒。路危行木杪,身远宿云端。山鬼吹灯灭,厨人语夜阑。鸡鸣问前馆,世乱敢求安。

此诗二王本在卷一三"居阆州及再至成都作"。《先后并解》乙帙卷三改题作《移居公安山馆》,题下注曰:"此篇旧在阆州诗中,迁入于此,盖往公安途中之馆也。"[2]此系年当从旧。二王本卷一一此诗之前为《自阆州领妻子却赴蜀山行三首》,有曰:"不成向南国,复作游西川。""仆夫穿竹语,稚子入云端。转石惊魑魅,抨弓落狖鼯。"与《山馆》诗中之"南国"、"宿云端"等语相合。

林继中《辑校》对恢复赵注原貌功绩至巨,这一点毫无疑问。林继中利用《百家注》编次恢复今已散佚之《先后并解》甲乙丙三帙之诗篇编次,亦属卓识。但辑佚迥非易事,我们认为,在赵注具体内容的辑佚上,《辑校》还有需进一步完善之处。如上第四项所引林辑赵注各条中"银床字,旧注引古虽是而非""旧注非事祖矣""杜田因而立论"等,单看林辑赵注便颇有点摸不着头脑,我们第一时间会问"旧注引古"和"杜田立论"是什么?可以推想,赵注原本一定会引用旧注和杜田注,或概括说明旧注的内容是什么,杜田是如何立论的。这便涉及郭知达《校定集注杜诗》的体例问题了,以下就明清

---

[1] 《辑校》(修订本),第1305页。
[2] 《辑校》(修订本),第1343页。

抄本《先后并解》及郭氏注所引略举几例以作说明。

《晚晴》:"凫雁终高去,熊罴觉自肥。"郭知达《校定集注杜诗》卷二九上句夹注:"喻避世之士能高举远引也。"下句夹注:"喻贪暴者贼民以自丰也。赵云:既晴矣,故凫雁仍高飞而去,熊罴亦以晴而便于求食也。"明抄本《先后并解》丁帙卷六夹注:"次公曰:既晴矣,故鸿雁仍高飞而去。熊罴之觉肥,亦以晴而便于求食也。山郡所赋宜使熊罴字,别无兴托。旧注以凫雁为喻避世之士能高举远引,熊罴喻贪暴者赋民以自丰,穿凿非是。盖题赋晚晴,亦何用兴托邪?"①

将上引赵次公注原本和郭氏注所引赵注对照便知,郭氏注并不完全忠实于赵注,先单列旧注,然后略取赵注,删去其中叙述旧注的文句;赵注原本则不引旧注,只是在注文中转述旧注的说法进行辨析。

相近的例子又如:

《谒真谛寺禅师》:"未能割妻子,卜宅近前峰。"郭知达《校定集注杜诗》卷二九夹注:"费长房弃妻子以从壶公。赵云:宋周颙长于佛理,于钟山西立隐舍,终日长蔬。虽有妻子,独处之。此于卜宅近寺为可证。旧引费公事,非。"明抄本《先后并解》丁帙卷七夹注:"次公曰:末句割妻子,如宋周颙长于佛理,于钟山西立隐舍,终日长蔬。虽有妻子,独处之。此于卜宅近寺为可证。旧注专引费长房弃妻子以从壶公,又非是。"②

又如:

《病橘》,郭知达《校定集注杜诗》卷八题注:"此诗伤物失所而至于困悴。赵云:此篇直叙事纪实而感叹之诗,旧注妄矣。"明抄本《先后并解》戊帙卷一题注:"次公曰:此篇直叙事纪实而感叹之诗。旧注妄云:此诗伤物失所而至于困悴。臆度穿凿,去诗大远,有误学者矣。"

我们认为,甲乙丙三帙中举凡赵注表述自己的观点而未曾引用或转述旧注和前人说法究竟是什么,比如仅云"旧注非妄"之类,辑佚之时,宜适当考虑附上郭氏注本或其他注本所引旧注或旧说。

第二节　郭知达《校定集注杜诗》

郭知达《校定集注杜诗》,淳熙八年(1181)初刻于成都,宝庆元年

---

① 《辑校》(修订本),第 822 页。按此注"赋民以自丰",赋当作贼,系抄手笔误,宜据《校定集注杜诗》所引校改。
② 《辑校》(修订本),第 879 页。

（1225）曾噩在广东重刻，今传即曾刻本。曾噩《新刊校定集注杜诗序》曰：
"兹摹蜀本，刊于南海漕台。"又陈振孙曰："福清曾噩子肃刻板五羊漕司。"
严羽《沧浪诗话·考证》云："近宝庆间，南海漕台雕《杜集》。"①《天禄琳琅
书目》曰："曾噩为广南东路转运判官，重为校刊。"②知曾噩摹刊《校定集注
杜诗》，非用蜀板，而是另行重雕印行，于原书名之上冠以"新刊"二字。陈
振孙《直斋书录解题》最早予以著录，题曰《杜工部诗集注》三十六卷，提要
云："蜀人郭知达所集九家注。世有称东坡《杜诗故事》者，随事造文，一一
牵合，而皆不言其所自出。且其辞气首末若出一口，盖妄人依托以欺乱流俗
者，书坊辄剿入集注中，殊败人意，此本独削去之。福清曾噩子肃刻板五羊
漕司，最为善本。"③钱曾《读书敏求记》卷四著录《新刊校正集注杜诗》三十
六卷目录一卷④，清编《四库全书》则称《九家集注杜诗》。

　　郭知达，《宋史》无传，生平不可详考。今仅知其为蜀人，淳熙中知成都
府，编刻《校定集注杜诗》。此本系目前成书时间较早且保存较为完备的有
主名宋刻杜诗注本，其中引录其乡人杜田、师尹和赵次公注甚多，以赵注为
最多最详，其存录之功不可没。林继中据郭知达《校定集注杜诗》，辑得赵次
公杜诗注四千余条。此本最大功劳为删削当时流行的"伪苏注"，这在郭知
达的序中即可看出，这也是郭氏编撰此本主要目的所在。

　　今本《校定集注杜诗》七处引及胡仔说，皆见今本《苕溪渔隐丛话》前
集⑤。郭注体例，凡引用前人注说，一般依年代先后为次，而引胡仔说则有
两处与此义不合。一处是卷三《羌村三首》其一"夜阑更秉烛，相对如梦寐"
夹注，先引《渔隐丛话》，续引赵云；另一处是卷一八《巳上人茅斋》"江莲摇
白羽，天棘蔓青丝"夹注，先引杜《正谬》，续引胡仔曰，续引赵云。考胡仔前
集成于绍兴十八年（1148），其书刊刻则要迟至绍熙五年（1194）⑥。而郭知
达序《校定集注杜诗》在1181年，又郭注编于成都，而胡书编于吴兴，是郭或
不得见胡书之未刊本。因此，见引《校定集注杜诗》的胡仔说，极可能均是曾
噩重刻该书所补⑦。上述两条注文次序的混乱，与下文所论今存郭知达《校
定集注杜诗》中存在的个别难以解释的问题，可能都与曾噩重刻时所作的补
充或调整有关。今存《校定集注杜诗》卷二五、卷二六的内容，是后人照原书

　①　何文焕辑《历代诗话》，第703页。
　②　于敏中《天禄琳琅书目》卷三《九家集注杜诗》，上海古籍出版社2007年，第60—61页。
　③　陈振孙《直斋书录解题》卷一九，上海古籍出版社1987年，第559页。
　④　钱曾《读书敏求记》，《四库全书存目丛书》史部第277册，第618页。
　⑤　郝润华等《杜诗学与杜诗文献》，巴蜀书社2010年，第119—122页。
　⑥　郭绍虞《宋诗话考》，第81页。
　⑦　四川大学中国俗文化研究所赵国庆博士持此说。

目录配补的(至迟在明代就已完成),主要补自《草堂诗笺》和高崇兰本《千家注》,另有两首并见于《百家注》和《分门集注》①。《校定集注杜诗》,今传主要有台北故宫博物院藏瞿宋本、中华书局影印瞿宋本、《四库全书》本等。瞿宋本原缺卷首二序、卷一九、卷二五、卷二六、卷三五、卷三六,瞿氏据他本"钞补全"②。以下讨论皆引据瞿宋本,而忽略后人抄补的卷二五和卷二六。

洪业《杜诗引得·序》云:"郭知达编《九家集注》本者,以王洙、王琪编订之本既不可得,则南宋人编订之本而尚存者,当以郭本为最早;且王洙编《杜诗》为十八卷,郭本加注为三十六卷,适得十八卷之一倍,疑其于诗篇之编次,当与二王本相差不远也。"③洪业此论怀疑《校定集注杜诗》的底本为二王本,这一推测不能成立。将《校定集注杜诗》卷首目录与二王本各卷目录略作对照,可以发现,除了文字小异之外,《校定集注杜诗》的编次与二王本颇有不同。考虑到古代抄手于抄写目录时可能存在合并省略的情形④,我们选择今见二王本源于宋刻的卷一〇目录与《校定集注杜诗》卷首相应目录进行对照,得异文如下:

二王本卷一〇目录《奉送郭中丞兼太仆卿充陇右节度使》,《校定集注杜诗》目录卷一九题末有三十韵三字。

二王本卷一〇目录《春宿左省》,《校定集注杜诗》目录卷一九春作奉。

二王本卷一〇目录《送郑十八虔贬台州司户伤其临老陷贼之故阙为面别情见乎诗》,《校定集注杜诗》目录卷一九乎作于。

二王本卷一〇目录《题郑十八著作主人》,《校定集注杜诗》目录卷一九主人作丈。

二王本卷一〇目录《送许八拾遗归江宁觐省》,《校定集注杜诗》目录卷一九题末有甫昔时尝客游此县于许生处乞瓦棺寺维摩图样志诸篇末二十四字。

《校定集注杜诗》虽亦先为古诗(卷一至卷一六),后为近体(卷一七至卷三六),但即便不论少量"新添"之诗,其编次亦与二王本存在较大差异。如二王本卷七《观公孙大娘弟子舞剑器行并序》下为《八哀诗》,后接《虎牙行》至《敬寄族弟唐十八使君》《李潮八分小篆歌》《释闷》,《校定集注杜诗》

① 龙伟业《〈九家集注杜诗〉版本疑点考辨——兼论"聚珍本"说的产生背景》,《文献》2021年第2期,第47—49页。
② 《铁琴铜剑楼藏书目录》卷一九,上海古籍出版社2000年,第493页。
③ 《杜诗引得·序》,第79页。
④ 如宋本《杜工部集》卷七第二叶下便将《夜归》至《水阁朝霁奉简严云安》等五题以双行小字抄于《复阴》题下。

卷一三《观公孙大娘弟子舞剑器行并序》下则为《虎牙行》至《敬寄族弟唐十八使君》《释闷》，后接卷一四《八哀诗》，《李潮八分小篆歌》则在《醉为马坠诸公携酒相看》下。就以上字句和编次差异来看，《校定集注杜诗》的底本不是二王本。

《校定集注杜诗》于诗题和诗句下，引注不交代所出者，皆为王洙注①。除了"公自注"之外，这些条目均居引注之首。如卷一《陪李北海宴历下亭》题注："公自注云：时邑人蹇处士等在坐。北海，汉中寿县也。齐置北海，唐属青州。李北海，李邕也。"此条，"时邑人蹇处士等在坐"为二王本原注，"北海汉中寿县也"以下皆王洙注。只有一首诗注例外。卷一五《送重表侄王砅评事使南海》"秦王时在座，真气惊户牖"夹注："古注：马援曰：乃知帝王自有真也。"又"左牵紫游缰，飞走使我高"夹注："公自注云：昔邺下童谣曰：青青御路杨，白马紫游缰。古注：公言避乱日，辍白马载我，使走免难于危险之中。""昔邺下童谣曰：青青御路杨，白马紫游缰"，为二王本卷八诗末夹注，郭知达视作"公自注"。"古注"云云为王洙注②。《百家注》《分门集注》《补注杜诗》等书凡引此注皆冠以"洙曰"。既不出王洙之名，而引王洙之注，似可说明郭知达《校定集注杜诗》所用底本可能是《宋史》著录的假托王洙的《注杜诗》三十六卷③，或者是与伪王洙注本关系较近的一个注本。

关于《校定集注杜诗》之编撰，该书卷首郭知达序曰："因辑善本，得王文公、宋景文公、豫章先生、王源叔、薛梦符、杜时可、鲍文虎、师民瞻、赵彦材凡九家，属二三士友各随是非而去取之。如假托名氏，撰造事实，皆删削不载。"是郭氏所据之某集注本多"假托名氏，撰造事实"者，郭氏"删削"了这些内容，又参考王安石、宋祁等人撰著之善本，汇集而成《校定集注杜诗》。鲁訔《杜工部年谱》天宝十四载条下曰："十一月，安禄山反，陷河北诸郡。公有《自京赴奉先作》，注云此年十一月作。"夹注曰："集注云：公在率府，欲辞职，遂作《去矣行》。而家属先住奉先。《诗史》云：蓟北反，书未闻，公已逸身畿甸。"④洪业曰："訔所《编次杜工部诗》序于绍兴癸酉（1153），似其时

---

① 洪业曰："凡诗句下小注，不冠某云者，大略皆他本所谓王洙注者也。其曰旧注者亦然。"（《杜诗引得·序》，第13页）洪氏此论甚是，《校定集注杜诗》凡冠以洙曰或王洙曰者，皆见卷二五、卷二六，此两卷非曾刻原本。

② 黄氏《补注杜诗》卷一五句下夹注皆冠以"洙曰"。

③ 《宋史》卷二〇八《艺文志七》，第5383页。《注杜诗》三十六卷或系邓忠臣所撰，参见程千帆《杜诗伪书考》，《古诗考索》，第347页；梅新林《杜诗伪王注新考》，《杜甫研究学刊》1995年第2期；邓小军《邓忠臣注杜诗考》，《杜甫研究学刊》2002年第1期。

④ 《分门集注杜工部诗》卷首，《四部丛刊》影印潘氏宋本。

已有集注矣。"①鲁訔所引或为今知最早以"集注"为名的杜诗注本。

郭知达《校定集注杜诗》引"集注"七处,如下:

　　1.《十州记》云:凤麟洲在西海之中,四面有弱水绕之,鸿毛不浮,不可越也。②

《补注杜诗》卷四、《百家注》卷六、《分门集注》卷二〇引出孝祥曰,《补注杜诗》无"鸿毛不浮,不可越也"八字。故"集注"此条宜有所据,可能出孝祥曰。

　　2. 皇甫谧《高士传》:秦世道灭德消,坑黜儒术,四皓于是退而作歌曰:莫莫高山,深谷逶迤。晔晔紫芝,可以疗饥。唐虞世远,吾将何归。驷马高盖,其忧甚大。富贵之畏人兮,不如贫贱之肆志。乃共入商洛,隐地肺山。③

《补注杜诗》卷四、《百家注》卷六、《分门集注》卷一四皆引出安石曰,《百家注》《分门集注》末又有"秦灭,汉高帝征之不至,深入终南山,不能屈也"十八字。故"集注"此条亦当有所本,或出安石曰。

　　3. 杜光庭《石笋记》云:成都子城西曰兴义门,金容坊有通衢,几百五十步。有石二株,挺然耸峭,高丈余,围八九尺。《耆旧传》云:其名有六,曰石笋,曰蜀妃阙,曰沉犀石,曰鱼凫仙坛,曰西海之眼,曰五丁石门。皆非。《图经》云:石笋街乃前秦寺之遗址,殿宇楼台,咸以金宝饰之,为一代之胜概。后遭兵火而废。或遇夏秋霖雨,里人犹拾珠玉异物。前蜀丞相诸葛亮命掘之,俯观方验,测隐其象,有篆字曰:蚕丛氏启国誓蜀之碑。以二石柱横理连接,铁贯其中,历代故不可毁。复镌五字:浊歇烛触蠋。时人莫能晓察,惟孔明默悟斯旨,令左右瘗之。后蜀主李雄召丞相范贤诘其所自,再掘而详之。贤议曰:然厥字五,其理各有所主。亥子岁,浊字可记,主其水灾。寅卯岁,歇字可记,主其饥馑。己午岁,烛字可记,主其火灾。申酉岁,触字可记,主其兵革。辰戌丑未

①　《杜诗引得·序》,第9页。
②　《校定集注杜诗》卷四《送韦十六评事充同谷郡防御判官》"西抎弱水道"夹注引"集注"。
③　《校定集注杜诗》卷四《洗兵马》"隐士休歌紫芝曲"夹注引"集注"。

岁，蠲字可记，主稼穑充益，民物富赡。悉以年事推之，应验符响。又云：蜀之城垒，方隅不正，以景测之，石笋于南北为定，无所偏邪。今按石笋在西门外仅百五十步，二株双蹲，一南一北。北笋长一丈六尺，围极于九尺五寸。南笋长一丈三尺，围极于一丈二尺。南笋盖公孙述时折，故长不逮北笋。①

《补注杜诗》卷七、《百家注》卷一二、《分门集注》卷一三皆引出田曰，《补注杜诗》字句略简。故"集注"此条的原始出处或为田曰。

　　4. 班超幼年每索饭，稍迟即叫怒。父曰：此子异日当为万户侯。②

《补注杜诗》卷七、《百家注》卷一三、《分门集注》卷二五皆引出苏曰，《百家注》末有"后果然"三字，《分门集注》卷二五末有"后果其言"四字。故"集注"此条实出苏曰。

　　5.《汉和帝纪》云：旧南海献龙眼、荔枝，十里一置，五里一候，奔腾险阻，死者继路。时临武长唐羌，县接南海，乃上书陈状。帝下诏曰：远国珍羞，本以荐奉宗庙，苟有伤害，岂爱民之本。其敕太官勿复受献。谢承《汉书》云：唐羌，字伯游。辟公府，补临武长。县接交州，旧贡荔枝、龙眼，驿马昼夜传送，至有遭虎狼毒害，顿仆死亡不绝。道经临武，羌乃上书谏和帝曰：臣闻上不以滋味为德，下不以贡膳为功，故天子食太牢为尊，不以果实为珍。伏见交趾七郡献生龙眼等，鸟惊风发。南州地土，恶虫猛兽，不绝于路，至于触犯死亡之害。死者不可复生，来者犹可救也。此二物升殿，未必延年益寿。帝从之。羌即弃官还家，不应征。③

《补注杜诗》卷八、《百家注》卷二四、《分门集注》卷二诗末注皆引出田曰，《补注杜诗》所较简略。赵次公《先后并解》戊帙卷一《病橘》"汝病是天意，吾愁罪有司"夹注云："杜田《正谬》引《汉和帝纪》云……又引谢承《汉书》云……此杜时可所引，是。"④故"集注"此条，亦出杜田注。

---

① 《校定集注杜诗》卷七《石笋行》题注引"集注"。
② 《校定集注杜诗》卷七《百忧集行》"痴儿未知父子礼，叫怒索饭啼门东"夹注引"集注"。
③ 《校定集注杜诗》卷八《病橘》"百马死山谷，到今耆旧悲"夹注引"集注"。
④ 《辑校》（修订本），第893—894页。

6. 李善《文选注》错刀云:《续汉书》曰:佩刀,诸侯王黄金错环。谢承《后汉书》曰:诏赐应奉金错把刀。《续汉书》:班固与弟超书曰:窦侍中遗仲叔金错半垂刀一枚。《前汉·食货志》曰:钱,新室更造契刀、错刀。契刀,其环如大钱,身形如刀,长二寸,文曰:契刀刀直五百。错刀,以黄金错其文,一刀直五千。荧荧金错刀,乃佩刀之属也。第三十六卷《对雪诗》云:金错囊徒罄。乃是钱刀,而以金错之也。第一十三卷《虎牙行》:金错旌竿满云直。盖以黄金而错镂旌竿也。大抵古人之于器物,以黄金错之皆谓之金错,如秦嘉妻以金错盌奉其夫盛水之类。是以当随其器物而名之,不可以名同不究其实焉。①

《补注杜诗》卷八补注、《分门集注》卷一六引尹曰,字句大同,唯删去第三十六卷、第一十三卷数字。《百家注》卷一七引全同《校定集注杜诗》,云出尹曰。故知"集注"此条亦有所本,或出尹曰。值得注意的是,此条"集注"所云《对雪》和《虎牙行》二诗,恰在《校定集注杜诗》卷三六和卷一三。

7. 崔寔《四民月令》曰:元日进椒柏酒。椒是玉衡星精,服之令人身轻能走。柏是仙药。进酒次第以年少者为先。②

《补注杜诗》卷三三、《百家注》卷二九、《分门集注》卷三皆引出尹曰。赵次公《先后并解》已帙卷一《元日示宗武》"飘零还柏酒,衰病只藜床"夹注:"柏酒事,《四民月令》云:元日进椒柏酒。椒是玉衡星精,服之令人身轻能老,柏是仙药故也。"③赵注无"进酒次第以年少者为先"数字,故知"集注"此条所据或为尹曰。《百家注》《分门集注》引录尹曰之末皆有如下十八字:

故十八卷《守岁诗》云:守岁阿戎家,椒盘已颂花。

《守岁诗》即《杜位宅守岁》,《百家注》在卷一,《分门集注》在卷三。同样值得注意的是,《杜位宅守岁》一诗,《校定集注杜诗》恰收在卷一八。

以上第5条,《校定集注杜诗》在引用"集注"之后接着引用了杜云:"公

---

① 《校定集注杜诗》卷八《樱拂子》"荧荧金错刀"夹注引"集注"。
② 《校定集注杜诗》卷三三《元日示宗武》"飘零还柏酒"夹注引"集注"。
③ 《辑校》(修订本),第1246页。

借其事以讥杨妃。旧注引《唐书》,其说非。唐所贡乃涪州荔枝,由子午道而往,非南海也。"由是知第 5 条虽实出杜田注,但郭知达并非从杜田注本直接引录,而是转引自"集注"。因此,上举"集注"七条虽可能分别出于孝祥曰、安石曰、田曰、苏曰、田曰、尹曰、尹曰,即使其中孝祥曰跟苏曰一样极可能出于"假托名氏,撰造事实"之伪注,但可以相信,《校定集注杜诗》所引据的为"集注"。由是我们知道,此"集注"既引有杜田注、师尹注,又引有"穿凿附会,设为事实"的伪苏注,那么,它会不会是郭知达《校定集注杜诗》据以删削的底本?

这一可能性是存在的。上引第 6 条"第三十六卷《对雪诗》"、"第一十三卷《虎牙行》"云云,以及由第 7 条牵涉而及的《百家注》和《分门集注》"故十八卷《守岁诗》"云云等最有意味。这些话属于按语。考郭知达序及各诗注可知,《校定集注杜诗》本身并无按语,郭知达的目的就是将可信的各家注释汇集到一书,"便于观览,绝去疑误"。故这些按语当出于"集注",所云第三十六、第一十三、十八等均指"集注"一书的卷次。"集注"卷次与《校定集注杜诗》卷次的一致,表明郭知达以"集注"为底本,参考其他各家善本,对"集注"中的伪注进行清理,同时补充各家善本注,此即郭序所云"属二三士友各随是非而去取之",于是编成《校定集注杜诗》三十六卷。郭知达所据之底本"集注"①,其底本则可能是假托王洙的《注杜诗》三十六卷。根据上述似可推测,郭知达书的本名应该是《校定集注杜诗》,曾噩重新刊刻时于书名增"新刊"二字。后人习称此书为"九家注"是不对的,因为这是一个容易引起更多误解的称名。

我们又发现《分门集注》中有关"集注"的蛛丝马迹。《分门集注》卷三严武《巴岭答杜二见忆》诗末夹注:"薛曰:此诗洪觉范谓之骨含苏李体。见

---

① 这个"集注"本可能跟吴若本有关。《校定集注杜诗》卷一《登历下古城员外新亭》题注:"北海太守李邕作。本传云:李邕天宝初为汲郡、北海二太守。时李之芳自尚书郎出齐州司马,作此亭。历下,齐州,春秋、战国并属齐,秦属齐郡,汉韩信伐齐至历下,即其地。文帝分置济南,景帝改为济南郡,宋、后周同,隋初郡废。炀帝初置齐州,大唐复为齐州。或为临淄郡,复改为济南郡。"此条夹注,"北海太守李邕作"为交代作者,可不论,其余则大致可分作三个文本层次:第一层次是"时李之芳自尚书郎出齐州司马,作此亭",此出二王本题注,"作此亭"作"制此亭"。第二层次是"本传云:李邕天宝初为汲郡、北海二太守",考《钱笺》卷一员外注:"吴若本题下注云:本传云:天宝初,为汲郡北海郡太守。时李之芳自尚书郎出为齐州司马,作此亭。""本传云"云云十四字,系出吴若本新增注。吴若本保存的二王本题注中的"制此亭"变成了"作此亭"。第三个层次是"历下齐州"以下,亦见《百家注》卷一、《分门集注》卷五和《补注杜诗》卷一,与第一第二两个层次文本相合,或冠以彦辅曰,或冠以洙曰。郭知达不存在借鉴《百家注》等书的可能,《校定集注杜诗》此条题注当来源于其底本"集注"。

十九卷《题省中院壁》注。"①严武此诗,《百家注》未收。《校定集注杜诗》卷二四诗末夹注:"薛云:此诗洪觉范谓之骨含苏李体。"无"见十九卷"云云。《补注杜诗》卷二四诗末夹注:"薛曰:此诗洪觉范谓之滑吞苏李体,见前卷《题省中院壁》注。"那么,《分门集注》"见十九卷《题省中院壁》注"云云,究竟来自何处?首先我们会想到,可能跟上句一样源出薛苍舒。由此条注可知,薛苍舒的年代略晚于释惠洪,当为两宋之际人,年代略早于赵次公。薛苍舒见引赵次公注,胡仔云其有《补注杜工部集》,不详卷数;《宋史·艺文志》云有《杜诗补遗》五卷、《续注补遗》八卷、《刊误》一卷②。周采泉谓后三者为前者的一个部分,或有误。参照杜田《注杜诗补遗正谬》称名之例,《杜诗补遗》五卷、《续注补遗》八卷和《刊误》一卷三者相合,当即薛氏《补注杜工部集》,共十四卷,与杜田注十二卷大致相当。故"见十九卷《题省中院壁》注"之"十九卷"不当指薛苍舒注本,此语亦不当出自薛苍舒,而当出自援引薛苍舒注的注本。《题省中院壁》,《分门集注》在卷六,《百家注》在卷七,《补注杜诗》在卷一九,故改云见前卷。然《补注杜诗》卷一九此诗却题作《题省中壁》,且《题省中壁》诗注文亦无一语及洪觉范或苏李体者,可见其百密一疏。参照上面七条《分门集注》等皆冠以某曰之例,此注本极可能就是《校定集注杜诗》所引的"集注"。

第三节　蜀中伪集注本

从现存的宋人杜注观之,集注本几乎占据宋人注杜的大半江山,同时也代表了宋人注杜的最高成就。杜诗伪注也如影随形,应运而生。杜诗伪注的产生与风行,除了宋人崇杜和尊杜的原因外,宋代作为我国雕版印刷发展的黄金时代,官办与民间坊刻同时并举,使得各种书册的刻印与流通达到空前的繁荣与兴盛,其中也包括杜诗的各类注本。宋代杜诗伪注本几乎都出自坊刻,集注杜诗作为宋代杜诗注本的主体,自然难逃被商贾作坊作伪的厄运。据周采泉《杜集书录》内编卷一一"其他杂著类"中"伪书之属"可知,宋代伪集注本就有七种之多,从十家注到十五家注、二十家注、六十家注,再到

---

① 薛云所引"骨含苏李体"语,确出释惠洪。《石门洪觉范天厨禁脔》:"前二诗杜子美作(按即杜甫《题省中院壁》《卜居》),后一诗严武作(按即《巴岭答杜二见忆》),皆于引韵更失粘。既失粘,则若不拘声律。然其对偶精到,谓之骨含苏李体。"(惠洪《石门洪觉范天厨禁脔》卷上,中华书局 1958 年据明正德刊本影印本)

② 周采泉《杜集书录》,第 28—29 页。

百家注、千家注等，其注家数目可谓一路见涨。实际上其注家数多为虚张声势，乃商贾伴利之手段，目的就是起到一个广告宣传的作用，并非实指。董居谊为黄氏《补注杜诗》作序称："近世锓板，注以集名者，毋虑二百家。"①这是目前见诸文献宋代杜诗注本最多的记载，实际上黄氏父子的《补注杜诗》所收录注家只有151家。宋代蜀中伪集注本传世者主要有以下四种：《王状元集百家注编年杜少陵诗史》（简称《百家注》）、《分门集注杜工部诗》（简称《分门集注》）、《门类增广十注杜工部诗》（简称《增广十注》）、《门类增广集注杜工部诗》（简称《增广集注》）。

一、《王状元集百家注编年杜陵诗史》

《王状元集百家注编年杜陵诗史》三十二卷，宋刻本。题唐杜甫撰，鲁訔编年并注，王十朋集注。十四册，内缺十五叶，抄补。半叶十三行，二十至二十一字，小字双行二十七字，左右双边，白口或细黑口，双鱼尾。版心有刻工姓名。今藏苏州图书馆。清季振宜著录《王龟龄杜诗集注》（十本）②。宣统元年，刘世珩玉海堂据宋本影刻，列为《景宋丛书》之十，题曰《景宋王状元集百家注编年杜陵诗史》。

刘世珩得此书后，曾请缪荃孙审定。缪撰《杜陵诗史跋》曰：

> 《王状元集百家注编年杜陵诗史》三十二卷，唐杜甫著，宋鲁訔编年并注，王十朋集注。宋刻本。每半叶十三行，行二十四字。高六寸二分，广四寸一分。白口，单边。口上有字数，鱼尾下作"杜诗"，亦作"寺一杜诗"，又作"六十家杜诗一"，种种不同。首行作"王状元集百家注编年杜陵诗史一卷"，次行"前剑南节度参谋宣义郎检校尚书工部员外郎赐绯鱼袋杜甫子美撰"，三行"嘉兴鲁訔编年并注"，四行"永嘉王十朋龟龄集注"。与《天禄琳琅》所载《黄氏补千家注杜工部诗史》截然两书。彼则黄希、黄鹤补注，此则鲁訔、王十朋注。彼则三十六卷，此则三十二卷也。其于诗之有关时事者，皆于题上注明，故谓之诗史。所引前人注，皆各标名，而作白文以别之。千家注，百家注，口上又云六十家注，皆坊本故态。书有"真赏"朱文胡卢印，"华夏"白文方印，"纬萧草堂藏书记"朱文长印，"商邱宋荦考藏善本"朱文长方印。按《季氏书目》，王龟龄注《杜诗》三十二卷即此书。无锡华氏、华亭朱氏、商邱宋氏、昆山徐氏递藏也。③

---

① 元詹光祖本《黄氏补千家注纪年杜工部诗史》卷首。

② 《季沧苇藏书目》，商务印书馆 1935 年，第 10 页。

③ 缪荃孙《艺风堂文漫存》癸甲稿卷四，《缪荃孙全集》（诗文 1），凤凰出版社 2014 年，第 595 页。

缪跋述《百家注》之版本特征和递藏关系甚详。

洪业《杜诗引得·序》说:"原书不知何人所编。试就翻本检阅,逐叶皆有伪苏之注,通儒如龟龄,何至为所欺。盖犹所谓《王状元集注东坡诗集》者,同为妄人所假托也。书中所载'十朋曰'者,并不多,所言恐亦窃自他人,妄归王氏耳。然既托王状元之名,则书之编辑当在绍兴二十七年(1157)十朋以第一人进士及第后也。书中宋讳避及'慎'字,而'敦''廓'不避,则其书原刻当在隆兴(1163—1164)、乾道(1165—1173)、淳熙(1174—1189)之间。唯诗注中或冠'希曰'二字,皆是黄希之言。希书成于嘉定(1208—1224),其子鹤补注成书,序于宝庆二年(1226)。故疑刘氏旧藏之本乃宝庆后伪王之本又经翻刻,偶有阙叶,遂盗取黄鹤补注本,删减其注,以为补足者也。"洪业又云:"窃疑伪王集注编纂之法,乃取《六十家注》及《门类十注》等书,依鲁訔编年之目,而改编焉。"①洪业对《百家注》刻版于孝宗淳熙前后的判断可取。刘氏藏本后流落民间,1975 年苏州市图书馆从古旧书店购得此书,撰文称:"从书的字体、刀法、行款来看,此书当是南宋建阳麻沙坊刻本。特别是和宋黄善夫刻本《王状元集百家注分类苏东坡先生诗》比较,字体和行款如出一手,此书虽不像'苏诗'那样有'建安黄善夫刊于家塾之敬室'的牌记,但如果认为两书刊刻的时间相去不远,当无大误。从书中的避讳缺笔最晚至'慎'字来考查,此书当刻于孝宗以后。"②周采泉说,"其书应成于乾道、淳熙(1165—1189)间","此本为早期集注本,似可确定"③。故《百家注》与郭知达《校定集注杜诗》初刻年代相近。

《百家注》系编年本,不太可能直接依照某种分体本或分类本而成书,洪业"依鲁訔编年之目而改编焉"之说正是注意到了这一点。《百家注》卷一首题有"嘉兴鲁訔编年并注"字样,洪业强调"依鲁訔编年之目"当与此相关。林继中以今存明抄本赵次公《先后并解》与诸本进行校读,认为《百家注》和《草堂诗笺》(《古逸丛书》本)编次的真正渊源均为赵次公《先后并解》④。这一见解由仔细比对各家注本得出,故而具有一定的可信度⑤。

周采泉曰:"注家中或称名,或称字,体例混淆。唯于师古称师先生,此书或与师古有关,恐成于师古门人之手,亦未可知。"⑥师古中年以后长期在

---

① 《杜诗引得·序》,第 15—17 页。
② 苏州市图书馆《苏州市新发现的宋刻杜陵诗史》,《文物》1975 年第 8 期。
③ 《杜集书录》,第 652 页。
④ 《辑校·前言》(修订本),第 11—12 页。
⑤ 王欣悦对此提出质疑,见《南宋杜注传本研究》,复旦大学 2013 年博士论文,第 95—96 页。
⑥ 《杜集书录》,第 652 页。

福州一带讲学,授生徒数百,影响很大。故周采泉此说亦不无道理。但《百家注》托名嘉兴鲁訔和永嘉王十朋,又尊崇师古注,故其编者当为浙江福建沿海一带人氏。

以上就《百家注》的年代、可能的底本和编者等问题作了简单介绍,现在有必要对这部书本身的意义稍作讨论。如上所引,缪荃孙称《百家注》之版式行款"皆坊本故态",洪业亦因其"逐叶皆有伪苏之注"而指为"妄人所假托",周采泉《杜集书录》遂将此书著入内编卷——其他杂著类伪书之属。刘世珩虽将此书列为《景宋丛书》之十,然亦不得不于其《杜集札记》中作自我辩解云:"宋人之议杜注,如苏曰、师曰之类,严氏羽、陈氏振孙皆直揭其伪,此注具录无遗,显为南宋坊刻。龟龄所见,不至此也。刊成,以此两伪注虽不足取,其余诸注有可与蔡梦弼本、黄鹤父子本、九家本参互考订者。……若以伪造书名,致累全本,岂不可惜。"按刘氏径以师古注为伪注,其误甚矣,亦足见其撰《札记》虽多达八十六叶,惜于杜诗、于《百家注》仍未能准确认知。林继中整理赵次公《先后并解》,为尽可能重现久已失传的甲乙丙三峡编次的大致面貌,充分参考了《百家注》的编次,甲乙丙三峡注文的辑录,则以《校定集注杜诗》引文为主,同时适当部分吸收了《百家注》的引文;对有明清抄本传世的丁戊己三峡,亦使用《校定集注杜诗》和《百家注》等作了校勘。这证明《百家注》虽被视为虚妄伪劣,但仍有极高的学术价值。以下以《百家注》对赵注的引用为切入点,就该书的价值再稍作分析。

总体看,《百家注》引用赵注次数逊于《校定集注杜诗》,引用注文亦大多没有《校定集注杜诗》翔实,但《百家注》自有其优长。

观《百家注》所引各家,并非一般想象的那样泛泛随手抄录,大多都是有选择的。其选择标准,首先是符合编者对杜诗字句的判断。如《百家注》卷一《游龙门奉先寺》"天阙象纬逼,云卧衣裳冷"下句夹注引赵次公曰:"《后汉·郅恽传》:明天文历数,仰占玄象,其说逯并曰:非窥天者,不可与图远。鲍照《升天行》有云卧恣行天,孟浩然有云卧昼不起也。"《校定集注杜诗》卷一则于两句夹引赵云:"惟蔡伯世云:古作天窥。极是,惜乎知引《庄子》以管窥天而已,所以又起或者之疑。《庄子》曰:至人者,上窥青天,下潜黄渊。《后汉·郅恽传》曰:非窥天者不可与图远。若引此不亦明乎?孟浩然:云卧昼不起。"[①]试比较二家注文可以发现,《百家注》为了避免诗字句与注文的自相矛盾,有意不引赵注论证"天阙象纬逼"应以"天阛象纬逼"为是的文字。《百家注》于诗上句引用了苏曰、十朋曰、薛梦符曰,皆欲证成"阙"字为

---

① 参见《辑校》(修订本),第1页。

是。因此,与其说《百家注》不如《校定集注杜诗》通达,不如说《百家注》更有选择。由此亦可推定,赵次公注本必作"阛"字,故从字句层面看,《百家注》无疑不以《先后并解》为底本。类似者又有《百家注》卷一《杜位宅守岁》"守岁阿戎家"①。

《百家注》选择引用赵注的第二个标准是有利于诗意的理解。如卷一《赠李白》"方期拾瑶草"夹注引赵曰:"瑶草事虽出于《山海经》:姑瑶之山,帝女死焉,化为瑶草,服之者媚于人。而瑶草字,江淹《登庐山诗》:瑶草正翕赩。《别赋》云:惜瑶草之徒芳。盖以仙境之物,美言之耳。今子美正承江淹而用之也。"这条引注中,"盖以仙境之物,美言之耳。今子美正承江淹而用之也",可以帮助我们更好地把握诗意。但《校定集注杜诗》却未予引用。《校定集注杜诗》在上句"亦有梁宋游"下援引了赵云:"梁谓汴州,今之东京。宋谓宋州,今之南京。"此注其实无关紧要,完全可以不引。《辑校》将《校定集注杜诗》和《百家注》的引文一并放在"亦有梁宋游,方期拾瑶草"二句之下②,这样仅仅读《辑校》就不容易发现二家引注的差别。相近的又有《百家注》卷一《望岳》"荡胸生曾云,决眦入归鸟"上下两句的夹注③、《送孔巢父谢病归游江东兼呈李白》"巢父掉头不肯住,东将入海随烟雾"夹注④。就类似例子而言,《百家注》的援引远优于《校定集注杜诗》。

《校定集注杜诗》少数地方引用赵注却未交代出处,《辑校》有些提出了疑问,另外一些则未曾置论。如《百家注》卷一九《将赴成都草堂途中有作先寄严郑公五首》其一"但使闾阎还揖让,敢论松竹久荒芜"夹注引赵曰:"两句通义,公之心在爱人,不私一己矣。"⑤此注于理解诗意极有帮助。《校定集注杜诗》卷二五上句夹注云:"此甫喜复归,得与邻里相接也。"下句夹注云:"此甫不敢以私己之园林久废不治为念也。"皆未言出处。赵注多见"通义"一词,一般多逐句诠释句意,《百家注》所引"公之心在爱人,不私一己矣",却直接言诗外之旨,与其"通义"之义例不合。若将《校定集注杜诗》与《百家注》所引合观,则完全合于此义例。故推测赵注原文可能是:"两句通义,言甫喜复归,得与邻里相接,然不敢以私己之园林久废不治为念也,则知公之心在爱人,不私一己矣。"类此者可能有助于更好地恢复赵注原貌。

---

① 此诗《校定集注杜诗》在卷一八。参见《辑校》(修订本),第52页。
② 《辑校》(修订本),第3页。
③ 此诗《校定集注杜诗》在卷一。参见《辑校》(修订本),第3—4页。
④ 此诗《校定集注杜诗》在卷二。参见《辑校》(修订本),第35页。
⑤ 参见《辑校》(修订本),第625页。

二、《分门集注杜工部诗》

《分门集注杜工部诗》二十五卷，宋刻本，今藏国家图书馆。国家图书馆《善本书目》著录此本为："《分门集注杜工部诗》二十五卷（唐杜甫撰　宋王洙、赵次公等注）年谱一卷（宋吕大防、蔡兴宗、鲁訔撰　宋刻本　二十八册　十一行二十字小字双行二十五至二十七字不等细黑口左右双边）。"①潘宗周《宝礼堂宋本书录》著录《分门集注杜工部诗》二十五卷（二十八册），云：

> 此与前书（按指黄氏《补注杜诗》）不同，前以作诗之时代次，此以诗题之门类分。凡七十二门：曰月，曰星河，曰雨雪，曰云雷，曰四时，曰节序，曰千秋节，曰昼夜，曰梦，曰山岳，曰江河，曰陂池，曰溪潭，曰都邑，曰楼阁，曰登眺，曰亭榭，曰宫殿，曰宫祠，曰省宇，曰陵庙，曰居室，曰邻里，曰寄题，曰田圃，曰仙道，曰隐逸，曰释老，曰寺观，曰皇族，曰世胄，曰宗族，曰外族，曰婚姻，曰园林，曰果实，曰池沼，曰舟楫，曰梁桥，曰燕饮，曰纪行，曰述怀，曰疾病，曰怀古，曰古迹，曰时事，曰边塞，曰将帅，曰军旅，曰文章，曰书画，曰音乐，曰器用，曰食物，曰投赠，曰简寄，曰怀旧，曰寻访，曰酬答，曰惠贶，曰送别，曰庆贺，曰伤悼，曰鸟，曰兽，曰虫，曰鱼，曰花，曰草，曰竹，曰木，曰杂赋。诗人吟咏，本以抒写怀抱，其命题与主意未必甚相联合，而必摘一二字以别其门类，俾各有所隶属，且有复沓及甚琐细者，此真坊肆无聊之作，视前书之强定年月者更下矣。注诗姓氏总一百四十有九人，视前书减其二。所采之注，以王洙、赵次公、苏轼、郑印、杜修可、薛梦符数人为多。卷首列诸家序跋、题词、墓志、铭传，次年谱，撰者吕大防、蔡兴宗、鲁訔三家。目录次行结衔与前书全同。版印绝精，亦南宋建阳佳刻也。版式，半叶十一行，行二十字，小注双行，行二十五六七字不等。左右双阑，版心白口，双鱼尾。书名题杜诗几、杜寺几、杜几、寺几，上间记字数。宋讳玄、弦、眩、朗、殷、匡、筐、恒、贞、祯、桢、徵、惩、让、桓、完、构、慎、敦、燉、廓等字阙笔。②

上引涉及此本的编撰、版本、版式等问题。潘氏对《分门集注杜工部诗》

---

① 《北京图书馆古籍善本书目》集部唐五代别集类，第2026页。
② 《宝礼堂宋本书录》，上海古籍出版社2007年，第281—282页。

的"分门"编撰法很不以为然，认为诗人吟咏，命题与主意未必全部联合，若强行别其门类，则有复沓琐细之嫌。潘氏判断此本为南宋建阳坊刻本，并认为其版印绝佳，为建阳精品。据潘氏所记避讳，可以判断此本成书于宁宗时期(1195—1224)，与《百家注》大致同时而稍晚。

关于此本的源流问题，洪业在《杜诗引得·序》辨析云："顾《集注姓氏》既云'永嘉王氏名十朋字龟龄《集注编年诗史》三十二卷'。而诸诗之注又辄与伪王本相同，且并其'十朋曰'者亦有之，则《分门集注》殆以伪王集注为蓝本矣。唯以今二本相较，所载杜诗之出入，尚有可注意者。"①洪业认为《百家注》为《分门集注》的蓝本。此论或有未安，实则据《分门集注》卷首《集注杜工部诗姓氏》有永嘉王氏云云，我们只能判定《分门集注》年代必略晚于《百家注》。据洪业所考，与《百家注》相较，《分门集注》多载诗八首：《塞芦子》、《遣兴五首》(其四)"蓬生非无根"、《遣兴五首》(其一)"天用莫如龙"、《遣兴五首》(其二)"地用莫如马"、《又上后院山脚》、《江涨》"江涨柴门外"、《楼上》、《长吟》。二本均有诗重出者，《百家注》为《江涨》，分别见于卷一二和卷三〇。《分门集注》为《奉送崔都水翁下峡》和《复愁十二首》(其十一)，《奉送》诗分别见于卷九(外族门，有注)和卷二一(送别门，无注)，《复愁》诗则分别见于卷三(节序门，无注)和卷二五(杂赋门，有注)。洪业据此认为："《分门集注》本虽为伪王集注之支流，究非直接出于今所及见之伪王本也。……《分门集注》编者取伪王初刻本及《六十家注》之属参酌《门类杜诗》而改编焉。"

《分门集注》之粗疏处所在多有，与下述《增广十注》和《百家注》有相似之处。恰如王国维《观堂别集》卷三《宋刊分类集注杜工部诗跋》所云："此书所集诸家注，其名重者，率伪作也。东坡注之伪，宋洪容斋已言之。余如王原叔，仁宗时人。征引新史，犹可说也，乃引沈存中《梦溪笔谈》，岂不可笑。盖书肆中人一手所为也。杜诗须读编年本，分类本最可恨，偶阅数篇注，支离可哂。少陵名重身后，乃遭此酷，真不幸也。"②

傅增湘《藏园群书经眼录》卷一二亦著录有《分门集注杜工部诗》二十五卷(宋王洙、赵次公等注，存卷十四至十六，凡三卷)，提要曰："宋刊本，半叶十行，每行二十字，注双行二十五字，细黑口，左右双阑。存时事上、时事下(边塞、将相、军旅附)、文章、书画、音乐、器用、食物各门。写刻雅丽，为建本之至精者。宋讳徵、匡、贞、完缺笔，敦、郭不缺。当为光宗以前刊本。收

① 《杜诗引得·序》，第16—17页。

② 《王国维遗书》(第三册)，上海古籍书店1983年，第16—17页。

藏钤有辅叟图书、徐氏家藏图书朱文大印,又旧山楼秘笈、赵宗建读书记、非昔珍秘朱文各印。(余藏。)"①依傅氏之言,此本为与潘氏宋本版式行款避讳皆有不同,应为另一版本,且比潘氏藏本早②。傅藏本三卷三册今藏美国国会图书馆,据该图书馆提供的照片,该本卷一四类目时事上、卷一六文章下方钤有双鉴楼阳文长方印、增湘阴文方印、藏园阳文方印,卷一四、卷一六末半叶阙。以之与《四部丛刊》影印潘氏宋本相对照,版式行款字体全同,此本当与潘氏宋本同出一本。然傅氏"当为光宗以前刊本"之判断或不误。

周采泉说:"是书以《门类本》为底本,参酌《百家注》改编而成。所引注家至鲁訔、王十朋、徐宅止,成书之时间似在郭知达、蔡梦弼、黄鹤各家之前。"③然如本节上文综合洪业、周采泉等意见所论,《百家注》与郭知达《校定集注杜诗》成书时间大致相近,则《分门集注》亦与这两部书出于大致同时。《百家注》和《分门集注》均刻于建阳,故二书可能会相互借鉴,但成书时间相隔不会太远。目前看,最大的可能是,《校定集注杜诗》《百家注》《分门集注》都成书于淳熙年间,这三部书分别是当时分体、编年和分类编纂集注杜诗的代表,它们在编次上各有底本,而在注释上则有共同或相通的文献资源,鲁訔和郭知达所用"集注"、赵次公注和鲁訔注可能是这些文献资源的主体。《增广十注》和《增广集注》可能都出于《分门集注》,出现时间略晚,之后才是《草堂诗笺》《补注杜诗》和《集千家注分类杜工部诗》等。

周采泉论《分门集注》云:"此集以学术价值而言,在宋代《集注》本中最为下乘,但作为参考资料而言,则亦有一定价值。如后人所驳斥之'伪苏'注,在其他《集千家》本中,已删削殆尽,此集几乎所引独多。正可藉此以分析批判'伪苏'之纰缪,为吾人提供不少反面材料。"④就资料言,《分门集注》自有其不可或缺的价值。如元丰五年温陵宋宜为陈浩然《析类杜诗》所作序,于考查王洙本早期流传和王安石编杜诗尤有意义⑤,此序首载《分门集注》卷首。又吕大防《杜诗年谱》被誉为中国古代年谱之第一种,其学术价值不言而喻,吕谱亦载《分门集注》卷首。而今可考知的第二部杜谱,赵子栎《杜工部年谱》,《分门集注》未载,但该书收录了第三部杜谱——蔡兴宗《重编杜工部诗年谱》。如下章所论,南宋和明清时期凡编杜甫年谱者大

---

① 《藏园群书经眼录》,第853页。
② 参见张忠纲等《杜集叙录》,第87页。
③ 《杜集书录》,第653页。
④ 《杜集书录》,第654页。
⑤ 参见本书第二章第二节。

多同时编注杜集,而后成之年谱大多亦附于其所编注的杜集刊行。上述三位,吕大防和蔡兴宗都曾校勘或编注杜集,而赵子栎仅仅编有年谱,而没有任何资料显示他曾做过杜集的校理①。《分门集注》未载赵谱大概正是这个原因。由此来看,《分门集注》的编者可能参考过吕大防和蔡兴宗所编杜集。若此推测合乎事实,则《分门集注》自身的价值和地位就需要重作评估。

三、《门类增广十注杜工部诗》和《门类增广集注杜工部诗》

《门类增广十注杜工部诗》六卷,系宋刊残本。今藏国家图书馆。瞿镛《铁琴铜剑楼藏书目录》曰:

> 不著何人所编辑。卷首题"前剑南节度参谋宣义郎检校尚书工部员外郎赐绯鱼袋杜"一行。其书分类,每类分古、律体,后来徐居仁编《千家注杜诗》亦依之分类。原二十五卷,今存卷一、卷二纪行、述怀门,卷七居室、邻里、题人居室、田圃门,卷八皇族、世胄、宗族、外族、婚姻门,卷九仙道、隐逸、释老、寺观门,卷十四时门。凡六卷。自一、二两卷外,板心及每卷首行,皆为作伪者剜改,今为是正之如此。诸家之注,俱出宋人。坡云者,东坡有《老杜事实》,朱子,谓闽人郑昂伪为之者也。赵云者,西蜀赵次公,字彦材,著有《杜诗正误》者是也。薛云者,河东薛

---

① 蔡梦弼《草堂诗笺》识语云:"暨天子赵子栎、赵次翁、杜修可、杜立之、师古、师民瞻,亦为训解。"(《古逸丛书》本《草堂诗笺》卷首《杜工部草堂诗年谱下》末)。周采泉《杜集书录》遂著录赵子栎《杜诗注》(第25页),其说云:"清《四库全书总目》录赵子栎《杜工部草堂诗年谱》,未及《杜诗注》;但蔡梦弼《草堂诗笺》引赵注多条,赵氏注杜当可信。"又云:"《草堂诗笺》在《玄元皇帝庙》'猗兰奕叶光'句下、《何将军山林》诗'万里戎王子'句下,以及《赠田九判官》、《鲜于京兆》、《登慈恩塔》三诗,均引'赵子栎曰',皆非《年谱》中语,则赵氏注杜当可信,《年谱》特《杜诗注》之附录耳。"今按,蔡梦弼言恐为子虚,周采泉说或亦失考。周氏所云各诗,我们将《草堂诗笺》所见"赵子栎曰"与《校定集注杜诗》相应诗句夹注一一作了比对,发现所谓"赵子栎曰"皆以赵次公注为主,而杂以旧注之说,唯文句小异。类此注文可能皆由赵注原本抄录而来,重新冠名而已。如《冬日洛城北谒玄元皇帝庙》,《草堂诗笺》卷二夹注:"赵子栎曰:此以纪玄元之盛美。老子之生,指李木为姓。唐室以老子为圣祖,则自老子盘根而来,至唐又如猗兰之猗猗,是为累世有光也。或曰:郭子横《洞冥记》:汉武未生,景帝梦一赤蜺,从云中直下崇芳之阁。帝觉而至于阁上,见赤气如云霞,来蔽户牖。乃改崇芳阁为猗兰殿。后王夫人生武帝于此殿。"《校定集注杜诗》卷一七夹注:"《神仙传》:老子姓李名耳字伯阳。盘根大,故枝叶繁盛,谓唐室以李为圣祖。杜《补遗》:老子生指李树为姓,而唐以为圣祖,故云云。梁任昉《述异记》曰:中山有缥李,大如拳,呼仙李。故陆士衡赋曰:仙李缥而神李红。武帝生于猗兰殿。赵云:此以纪玄元之盛美,言自老子盘根而来,至唐又如之猗猗,为累世有光也。仙李对猗兰,盖起于《猗兰操》,孔子所作也。旧注及杜田引汉殿名为证,非。杜公以李氏之世譬之猗兰,盖亦孔子所谓兰为王者香也。虞翎云:盘根错节。晋潘安仁作《杨仲武诔》云:伊子之先,奕叶熙隆。"

苍舒,有《续注杜诗》者也。又薛云者,薛梦符,有《广注杜诗》者也。杜云者,城南杜修可,有《续注杜诗》者也。杜田云者,字时可,有《诗注补遗》,举其名以别于修可者也。鲍云者,缙云鲍彪,字文虎,著有《谱论》者也。又有新添、集注等目。新添者,各家成书以外之说,不专一人。集注者,采他书之注也。诗篇每首后俱有切音。每半叶十二行,行大字二十二,小字夹注三十。宋讳殷、镜、徵、让,字有减笔。是书各家书目俱未著录。旧为吴中袁氏藏本。(卷中有袁与之氏、袁聚印、袁尚之氏、袁季子、汝南袁聚诸朱记)①

瞿氏说多有错谬。洪业曰:"二薛之释乃随旧说而误。杜与杜田之别,疑亦并无实据。"②又各家注之书名皆有小误。《北京图书馆古籍善本书目》著录:"《门类增广十注杜工部诗二十五卷》(唐杜甫撰　宋赵次公等注　宋刻本　六册　十二行二十二字小字双行二十九字白口左右双边)存六卷(二七至九十一至十二)。"③

以上瞿氏云此书存卷一、卷二、卷七、卷八、卷九、卷十,国家图书馆据傅增湘云存卷二、卷七至九、卷十一至十二。盖是书经作伪者剜改,"瞿氏所标卷次,是依徐居仁编《集千家注分类杜工部诗》","傅氏据分门本"④,故而不同。

今检国家图书馆藏本照片,《增广十注》残本各卷及分类如下:卷一纪行;卷五仙道、隐逸、释老、寺观;卷二纪行、述怀;卷三(居室)、邻里、题人居室、田圃;卷四皇族(世胄附)、世胄、宗族、外族、婚姻;卷六四时春、夏、秋、冬。《增广十注》残存各卷分别对应于《分门集注》卷一一纪行上;卷八仙道、隐逸、释老、寺观;卷一二纪下、述怀上;卷七居室下、邻里、题人居室、田圃;卷九皇族、世胄、宗族、外族、婚姻;卷二四时春、夏、秋、冬。

《增广十注》卷三与《分门集注》卷七略有差别:首无类目,存《野老》至《王录事许修草堂赀不到聊小诘》;次邻里,录诗依次为《过南邻朱山人水亭》《北邻》《南邻》《又呈吴郎》。《分门集注》卷七首为居室下,次邻里,录诗依次为《过南邻朱山人水亭》《南邻》《北邻》《又呈吴郎》。其余各卷诗歌编次全同。

---

① 《铁琴铜剑楼藏书目录》卷一九,上海古籍出版社2000年,第493—494页。
② 《杜诗引得·序》,第10页。
③ 《北京图书馆古籍善本书目》集部唐五代别集类,书目文献出版社1981年,第2026—2027页。按此当据傅增湘《藏园群书经眼录》卷一二,第1025页。
④ 张忠纲等《杜集书录》,第79页。

洪业曰："窃疑在先原有数家之集注,后乃增广为十注。继又分门而类编之,以便检阅也。"①洪业认为先有一种集注本,之后分门类编而成《增广十注》。《增广十注》与《分门集注》关系至为密切,它们应该存在一个共同的分门类杜诗的来源,然后抄取集注本之注文,敷衍成书。故郑庆笃等说:"疑是书乃沿袭陈浩然本(《析类杜诗》)而成。据传宋时尚有《十家集注杜诗》本,如其然,疑是书乃坊贾以陈本作底本,撷取《十家集注杜诗》之注合编而成。所谓增广十注者,或先有数家之注,后增而广之;或坊贾故夸繁富,以惑世人。"②此说很有道理,但陈浩然《析类杜诗》如何分类,今已无法考知,此书是否后来分类本之所从来亦无法证实。今知最早的杜诗分类本是唐大历间润州刺史樊晃所编《杜工部小集》,此书两宋一直有传本,陈浩然可能借鉴了此本。周采泉称《增广十注》"为集注本传世之最早者"③,这一判断略见草率。

洪业曰:"今尚可见之《九家注杜诗》疑乃从《十家注杜诗》删削而成者也。""窃疑当初先有王宋苏黄诸儒集注,出于浅人之手,撷拾诗话小说之属,真伪杂糅,雅鄙互见。继或加减为十家,或又有新添之本焉。郭知达知苏注之当去,而所假手之二三士友,殆仅就十家注本而改编尔。"④洪业怀疑郭知达《校定集注杜诗》是据《门类增广十注杜工部诗》删削伪苏注而成。但这一推测首先可能是受了郭序"删削不载"四字以及瞿镛"后来徐居仁编《千家注杜诗》亦依之"云云的误导⑤;其次,洪氏此言忽略了一个至关重要的问题,即《校定集注杜诗》是按古诗、近体诗的形式区别的分体本,而《增广十注》则是按题材内容区别的分类本,二者当然都不能作为对方的主要参照本。为了澄清事实真相,我们有必要抛开这些说法的影响,首先面向材料。

国家图书馆所藏《门类增广十注杜工部诗》(简称《增广十注》)卷一纪行类第一首为杜甫的大制作《北征》,我们选择此首来对《增广十注》和《校定集注杜诗》进行比较。为方便计,兹将《校定集注杜诗》和《增广十注》对杜甫《北征》的注释列表如下。为减省篇幅,表中省略书名号和引号以及夹注中属于校勘异文的字句。

---

① 《杜诗引得·序》,第 10 页。
② 《杜集书目提要》,第 7 页。
③ 《杜集书录》,第 648 页。
④ 《杜诗引得·序》,第 10、14 页。
⑤ 《铁琴铜剑楼藏书目录》卷一九著录《门类增广十注杜工部诗》六卷(宋刊残本),曰:"其书分类,每类分古、律体,后来徐居仁编《千家注杜诗》亦依之。"(第 493 页)

	《校定集注杜诗》卷三《北征》	《增广十注》卷一《北征》
01	北征 后汉班彪更始时避地凉州,发长安,作北征赋。 【鲍云】至德二年公自贼窜归凤翔,谒肃宗,授左拾遗。时公家在鄜州,所在寇贼多,弥年艰窭,孺弱至饿死者。有墨制许自省视。八月之吉,公始北征,徒步至三川迎妻子,故有是诗。东坡尝云:北征诗识君臣之大体,忠义之气,与秋色争高,可贵也。 【赵云】班彪自长安避地凉州,作北征赋,公亦因所往之方同,故借二字为题耳。墨制,则行正仓卒之间所用。此诗凡七十韵,闻之士夫言,孙莘老尝谓老杜北征胜韩退之南山诗,王平甫以谓南山胜北征,终不能相服。时山谷尚少,乃曰:若论工巧,则北征不及南山;若书一代之事,以与国风、雅、颂相为表里,则北征不可无,而南山虽不作未害也。二公之论遂定。又尝观宋景文和贾侍中览北征篇诗有云:莫肯念乱小雅怨,自然流涕衰安愁。则公赋诗之心可见矣。	北征 后汉班彪更始时避地凉州,发长安,作北征赋。 【鲍云】至德二年公自贼窜归凤翔,谒肃宗,授左拾遗。时公家在鄜州,所在寇贼多,弥年艰窭,孺弱至饿死者。有墨制许自省视。八月之吉,公始北征,徒步至三川迎妻子,故有是诗。【坡云】北征诗识君臣之大体,忠义之气,与秋色争高,可贵也。
02	皇帝二载秋,闰八月初吉。杜子将北征,苍茫问家室。 【赵云】皇帝,肃宗。至德二载,公自凤翔归鄜州,此之谓北征也。苍茫,荒寂之貌。诗小明:二月初吉。	皇帝二载秋,闰八月初吉。杜子将北征,苍茫问家室。 【坡云】胡混自金陵归永安,苍茫下马,问里人曰:家室何在? 【赵云】皇帝,言肃宗也。二载,言至德二载也。自凤翔归鄜州,此之谓北征也。苍茫,荒寂之貌。
03	维时遭艰虞,朝野少暇日。顾惭恩私被,诏许归蓬荜。 时房琯得罪,甫上言琯罪细,不宜免。帝怒,诏三司推问。甫谢,因称琯宰相子,少自树立,有大臣体。帝不省录,诏放甫归鄜省家。 【赵云】此篇公往鄜州省家之诗。以公之诗,参唐历考之,公诗前篇曰今夏草木长,脱身得西走,乃至德二载四月也。麻鞋见天子,而涕泪授拾遗,则继此便有除命也。房琯罢相在是年五月丁巳,则甫论琯不宜免,正在此五月也。按甫传:帝怒,诏三司推问。宰相张镐曰:甫若抵罪,绝言者路。帝乃解,然自是不甚省录。时所在寇夺,甫家寓鄜,弥年艰窭,孺弱至饿死,因许甫往省视。则公今诗所谓顾惭恩私被,诏许归蓬荜是也。公之救琯无罪在此年之五月,而王原叔作集记乃云:至德二载,窜归凤翔肃宗。明年,论房琯不宜罢相,出为华州功曹。所谓明年,乃乾元元年也。其比甫本传,差谬如此,故因是诗辨之。	维时遭艰虞,朝野少暇日。顾惭恩私被,诏许归蓬荜。 时房琯得罪,甫上言琯罪细,不宜免。帝怒,诏三司推问。甫谢,因称琯宰相子,少自树立,有大臣体。帝不省录,诏放甫归鄜省家。 【杜云】傅长虞诗:归身蓬荜庐,乐道以忘饥。

	《校定集注杜诗》卷三《北征》	《增广十注》卷一《北征》
04	拜辞诣阙下,怵惕久未出。虽乏谏诤姿,恐君有遗失。 言谏免瑶。 【赵云】甫既得往,而不忍轻去其君,尚恐君又有过举而当谏诤之。	拜辞诣阙下,怵惕久未出。虽乏谏诤姿,恐君有遗失。 言谏免瑶。 【赵云】甫不忍轻去其君,恐君又有过举而当谏诤之。
05	君诚中兴主,经纬固密勿。东胡反未已,臣甫愤所切。 东胡,禄山也,愤其乱也。 【赵云】中兴主,指言肃宗也。密勿,诗虽言大臣之事,而公今所云,则以肃宗之于经纬固自慎密也。东胡,指言安庆绪也。旧注云:东胡,禄山也。大误。盖至德二载正月乙卯,安庆绪已弑其父禄山而袭伪位矣。	君诚中兴主,经纬固密勿。东胡反未已,臣甫愤所切。 东胡,禄山也,愤其乱也。 【赵云】指言安庆绪。盖至德二载正月乙卯,安庆绪已弑其父禄山而袭伪位矣。
06	挥涕恋行在, 天子行幸所在曰行在。	挥涕恋行在, 天子行幸所在曰行在。
07	道途犹恍惚。 言心忧也。	道途犹恍惚。 言心忧也。
08	乾坤含疮痍,忧虞何时毕。靡靡逾阡陌,人烟眇萧瑟。 靡靡,犹迟迟也。诗:行迈靡靡。萧瑟,言人皆避乱无安居者。谢惠连西陵遇风诗:靡靡即长路。古乐府君子行云:越陌度阡。魏文帝乐府:秋风萧瑟天气凉。	乾坤含疮痍,忧虞何时毕。靡靡逾阡陌,人烟眇萧瑟。 靡靡,犹迟迟也。诗:行迈靡靡。萧瑟,言人皆避乱无留居者。
09	所遇多被伤,呻吟更流血。回首凤翔县,旌旗晚明灭。 时肃宗在凤翔。	所遇多被伤,呻吟更流血。回首凤翔县,旌旗晚明灭。 时肃宗在凤翔。
10	前登寒山重,屡得饮马窟。 古乐府有饮马长城窟行。	前登寒山重,屡得饮马窟。 古乐府有饮马长城窟行。
11	邠郊入地底,泾水中荡潏。 邠州,古豳国,昔公刘据豳。其地,开元十三年,改豳州为邠州。周礼:雍州,川曰泾、汭。	邠郊入地底,泾水中荡潏。 邠州,古豳国,昔公刘据豳。其地,开元十三年,改豳州为邠州。周礼:雍州,川曰泾、汭。
12	猛虎立我前,苍崖吼时裂。菊垂今秋花,石戴古车辙。 【赵云】陵谷迁变,石上仍有辙迹也。	
13		猛虎立我前,苍崖吼时裂。菊垂今秋花,石戴古车辙。青云动高兴,幽事亦可悦。山果多琐细,罗生杂橡栗。或红如丹砂,或黑如点漆。 【新添】玉白若截肪,黄如蒸栗,赤若丹砂,黑如点漆。又齐有丑女,鬓若飞蓬,肤如点漆。

续表

	《校定集注杜诗》卷三《北征》	《增广十注》卷一《北征》
14	青云动高兴,幽事亦可悦。山果多琐细,罗生杂橡栗。或红如丹砂,或黑如点漆。雨露之所濡,甘苦齐结实。 言山中草木皆遂其生,而人不遑宁止。 【赵云】或红如丹砂,或黑如点漆,仿王逸言玉赤如鸡冠,黑如纯漆之势也。雨露之所濡,仿庄子日月之所照,霜露之所坠之势也。	雨露之所濡,甘苦齐结实。 言山中草木皆遂其生,而人不遑宁止。 【杜云】放庄子日月之所照,霜露之所坠。
15	缅思桃源内,益叹身世拙。 桃源,秦俗避乱之所。 【师】桃源在鼎州,内有三洞,上曰上源夫人,中曰王源夫人,下曰桃源夫人。晋时渔者常往焉。 【赵云】桃源在鼎州。陶潜有记有诗,今因见果实而思之也。	缅思桃源内,益叹身世拙。 桃源,秦俗避乱之所。
16	坡陀望鄜畤,谷岩互出没。 鄜畤,汉武郊祀之所,春秋时白狄之地。互递,互隐见也。 【赵云】正望其家之所在也。杜正谬:前汉郊祀志:秦文公梦黄蛇自天而下属地,其口止于鄜衍。文公问史敦,曰:此上帝之征,君祠之。于是作鄜畤,用三牲郊祀白帝焉。以此考之,鄜畤乃文公作,非汉武也。	坡陀望鄜畤, 鄜畤,汉武郊祀之所,春秋时白狄之地。互递,互隐见也。 【杜云】前汉郊祀志:秦文公梦黄蛇自天而下属地,其口止于鄜衍。文公问史敦,曰:此上帝之征,君祠之。于是作鄜畤,用三牲郊祀白帝焉。以此考之,鄜畤乃文公所作,非汉武也。
17		谷岩互出没。 互递,互隐见也。
18	我行已水滨,我仆犹木末。 木末,言犹远也。 【赵云】诗:我行其野,我仆痛矣。左传云:昭王南征不复,君其问诸水滨。张载叙行赋:转木末于北岑。	我行已水滨,我仆犹木末。 木末,言犹远也。
19		鸱鸟鸣黄桑,野鼠拱乱穴。夜深经战场,寒月照白骨。 【坡云】李隐塞上行云:寒月上征垒,沙与骨共白。胡马中夜嘶,断肠穿庐客。
20	鸱鸟鸣黄桑,野鼠拱乱穴。夜深经战场,寒月照白骨。潼关百万师,往者散何卒。遂令半秦民,残害为异物。 翰以兵二十万守潼关,及其败也,火拔归仁曰:公以二十万,一日覆败,持是安归?遂执以降贼也。 【杜补遗】魏文帝与吴质书云:元瑜长逝,化为异物。吴质与太子笺亦云:陈阮徐生,而今各逝,已为异物。 【赵云】言民一半为鬼也。	潼关百万师,往者散何卒。遂令半秦民,残害为异物。 翰以兵二十万守潼关,及其败也,火拔归仁曰:公以二十万,一日覆败,持是安归?遂执以降贼也。 【杜云】魏文帝与吴质书云:元瑜长逝,化为异物。吴质与太子笺亦云:陈阮徐生,而今各逝,以为异物。

	《校定集注杜诗》卷三《北征》	《增广十注》卷一《北征》
21	况我堕胡尘,及归尽华发。 甫先陷贼而亡归。 【赵云】其存者,于离乱之久,见其尽老也。	况我堕胡尘,及归尽华发。 甫先陷贼而亡归。 【赵云】言尽华发,则其存者,于离乱之久,见其尽老也。
22	经年至茅屋,妻子衣百结。 董先生衣百结。	经年至茅屋,妻子衣百结。 董先生衣百结。
23	恸哭松声回,悲泉共幽咽。平生所骄儿,颜色白胜雪。见邪背面啼,垢腻脚不袜。 【赵云】见邪背面啼,使邪字,乃出木兰诗不闻耶娘唤女声句中之字。垢腻脚不袜,王琪以为转石于千仞山之势。沈佺期被弹诗云:穷囚多垢腻。左传:褚师袜而登。	恸哭松声回,悲泉共幽咽。平生所骄儿,颜色白胜雪。见邪背面啼,垢腻脚不袜。 【坡云】徐贵妃幼时隐于庶人家,满身腻垢,短衣,脚无袜。齐皇后见而奇其相,以万金易而育之。 【杜云】沈佺期被弹诗云:穷囚多垢腻。
24		床前两小女,补绽才过膝。海图坼波涛,旧绣移曲折。天吴 天吴,水神也。 【杜云】木玄虚海赋:天吴乍见而仿佛。山海经云:朝阳之谷有神曰天吴,是为水伯,虎身人面,八手八足八尾,青黄色。山海经云:丹穴山有鸑鷟,凤之属也,如凤,五色而多紫。
25	床前两小女,补绽才过膝。海图坼波涛,旧绣移曲折。天吴及紫凤, 天吴,水神也。 【杜补遗】木玄虚海赋:天吴乍见而仿佛。山海经云:朝阳之谷有神曰天吴,是为水伯,虎身人面,八手八足八尾,青黄色。山海经云:丹穴山有鸑鷟,凤之属也,如凤,五色而多紫。 【赵云】天吴,海图所画之物。紫凤,所绣之物也。	及紫凤, 【杜云】山海经云:丹穴山有鸑鷟,凤之属也,如凤,五色而多紫。 【赵云】天吴,海图所画之物。紫凤,所绣之物也。
26	颠倒在短褐。 【杜正谬】当作裋,音竖,盖传写之误也。张衡应间曰:士有解裋褐而袭黼黻。方言曰:关西谓襜褕短者为裋褐。前汉:贡禹裋褐不完。师古曰:裋谓童竖所着之襦。褐,毛布也。 【赵云】短褐字,长短之短,自出班彪云贫者衣短褐,又淮南子载甯戚饭牛歌曰:短褐单衣止骭。故公前篇用对长缨。杜田泥为裋褐之字,非矣。战国策:墨子见楚王曰:今有人于此,舍其锦绣,邻有短褐而欲窃之。	颠倒在短褐。 【杜云】当作裋,音竖,盖传写之误也。张衡应间曰:士有解短褐而袭黼黻。方言曰:关西谓襜褕短者为短褐。前汉:贡禹短褐不完。师古:裋谓童竖所着之襦。褐,毛布也。○淮南子载甯戚饭牛歌曰:短褐单衣适上骭。

续表

	《校定集注杜诗》卷三《北征》	《增广十注》卷一《北征》
27		老夫情怀恶,呕泄卧数日。 【坡云】邵平不喜闻是非名利事,辄闻即甚恶,数日呕泄。古诗:是非添呕泄。
28	老夫情怀恶,呕泄卧数日。那无囊中帛,救汝寒凛栗。粉黛亦解苞,衾裯稍罗列。瘦妻面复光,痴女头自栉。学母无不为,晓妆随手抹。移时施朱铅,狼籍画眉阔。 宋玉登徒子好色赋:臣东家之子,着粉则太白,施朱则太赤。 【赵云】剽窃旧人文章而窜首易尾者,亦云画眉阔。汉语云:宫中好广眉,四方多半额。	那无囊中帛,救汝寒凛栗。粉黛亦解苞,衾裯稍罗列。瘦妻面复光,痴女头自栉。学母无不为,晓妆随手抹。移时施朱铅,狼籍画眉阔。 宋玉登徒子好色赋:臣东家之子,着粉则太白,施朱则太赤。
29		生还对童稚, 【坡云】郭攸:吾幸生还故乡,善对幼稚,虽死,心亦足矣。
30	生还对童稚,似欲忘饥渴。问事竞挽须,谁能即嗔喝。翻思在贼愁,甘受杂乱聒。 【赵云】后汉邓禹传:父老童稚,垂发戴白,满其车下。如元魏成淹曰:羔裘玄冠不以吊,此童稚所知也。隋炀帝言薛道衡云:轻我童稚。桓伊抚筝,咏曹子建诗,谢安挽其须曰:使君于此不凡。	似欲忘饥渴。问事竞挽须, 【坡云】林喆自回中还乡,儿童辈皆问事,争挽须鬓。【杜云】曹子建时,谢安挽其须,曰:使君于此不凡。
31	新归且慰意,生理焉得说。至尊尚蒙尘,几日休练卒。 僖二十四年:臧文仲对曰:天子蒙尘于外,敢不奔问官守。 【赵云】宋书徐爰传:练卒严城。	谁能即嗔喝。翻思在贼愁,甘受杂乱聒。新归且慰意,生理焉得说。至尊尚蒙尘, 僖二十四年:臧文仲对曰:天子蒙尘于外,敢不奔问官守。
32		几日休练卒。仰看天色改,旁觉妖气豁。 【坡云】张子房曰:几日妖气开豁,天宇明静。
33	仰看天色改,旁觉妖气豁。阴风西北来,惨淡随回鹘。 唐书回鹘列传云:回纥,其先匈奴也,元魏时号高车部。或曰敕勒,讹为蔧勒,臣于突厥,至隋,韦纥复叛去,自称回纥。回鹘,言勇鸷犹鹘然。 【赵云】世说载:壹道人曰:风霜固所不论,乃先集其惨淡,郊邑正自飘瞥,林岫便已皓然。随回纥,旧正作回鹘,当以回纥为正。盖当杜公时,未有回鹘之称,至德宗朝而后来请易回鹘,言捷鸷犹鹘然。凡读书,本末不可不考。	阴风西北来,惨淡随回鹘。 唐书回鹘列传云:回纥,其先匈奴也,元魏时号高车部。或曰敕勒,讹为蔧勒,臣于突厥,至隋,韦纥复叛去,自称回纥。回鹘,言勇鸷犹鹘然。

《校定集注杜诗》卷三《北征》	《增广十注》卷一《北征》
34	其王愿助顺,其俗喜驰突。 【坡云】张骞曰:西羌人俗喜驰马斗射。
35	**其王愿助顺,其俗喜驰突。送兵五千人,** **时回纥以兵五千助顺。**	送兵五千人, 时回纥以兵五千助顺。
36		驱马一万匹。此辈少为贵,四方服 勇决。所用皆鹰腾,破敌过箭疾。 回纥在隋曰韦纥,其人骁强,初无首 长,逐水草转徙,善骑射,喜盗钞。
37	**驱马一万匹。此辈少为贵,四方服勇决。** **所用皆鹰腾,破敌过箭疾。圣心颇虚伫,时** **议气欲夺。** 回纥在隋曰韦纥,其人骁强,初无首长,逐 水草转徙,善骑射,喜盗钞。 【赵云】言主上虽虚心以待其破贼,然时议 恐毕竟为害,所以气欲夺也。	圣心颇虚伫,时议气欲夺。 【赵云】言主上虽虚心以待其被贼, 然时议恐毕竟为害,所以气欲夺也。
38	**伊洛指掌收,西京不足拔。官军请深入,蓄** **锐伺俱发。** 【赵云】此正时议以为国家自有恢复中原 之理,官军深入自足破贼,不必请用回纥 兵也。	伊洛指掌收,西京不足拔。官军请 深入,蓄锐伺俱发。 【赵云】此正时议以为国家自有恢复 中原之理,官军深入自足破贼,不必 专用回纥兵也。
39	**此举开青徐,旋瞻略恒碣。昊天积霜露,正** **气有肃杀。祸转亡胡岁,势成擒胡月。** 隋长孙晟传曰:臣夜望碛北,有赤气,长百 余里,如雨下垂。按兵书,名洒血,欲灭匈 奴,宜在今日。	此举开青徐,旋瞻略恒碣。昊天积 霜露,正气有肃杀。祸转亡胡岁,势 成擒胡月。 隋长孙晟传曰:臣夜望碛北,有赤 气,长百余里,如雨下垂。按兵书, 名洒血,欲灭匈奴,宜在今日。
40	**胡命其能久,** 史思明传:优相谓曰:胡命尽乎?	胡命其能久, 史思明传:优相谓曰:胡命尽乎?
41	**皇纲未宜绝。** 【赵云】盖推天数当然,与李白胡无人曲所 谓太白入月敌可摧,旄头灭,履胡之肠涉胡 血。县胡青天上,埋胡紫塞旁。胡无人,汉 道昌同意。蜀志:诸葛孔明食少事烦,其能 久乎?	
42	**忆昨狼狈初,事与古先别。** 【杜补遗】酉阳杂俎云:狼、狈是两物,前足 绝短,每行常驾两狼,失则不能动,故世言 乖者为狼狈。	皇纲未宜绝。忆昨狼狈初, 【杜云】酉阳杂俎云:狼、狈是两物, 前足绝短,每行常驾两狼,失则不能 动,故世言乖者为狼狈。
43	**奸臣竞菹醢,** 禄山之反,亦国忠媒蝎之。黥布传:汉诛梁 王彭越,盛其醢以遍赐诸侯。	事与古先别。奸臣竞菹醢, 禄山之反,亦国忠媒蝎之。

《校定集注杜诗》卷三《北征》	《增广十注》卷一《北征》
44	同恶随荡析。不闻夏殷衰,中自诛褒妲。 褒姒、妲己也,此言诛杨贵妃也。 【鲍云】魏泰曰:唐人咏马嵬之事尚矣,世所称者,刘禹锡曰:官军诛佞幸,天子舍夭姬。白乐天曰:六军不发无奈何,宛转蛾眉马前死。此乃歌咏禄山,而明皇不得已诛贵妃也。岂特不晓文体,盖亦失事君之礼。老杜则不然,北征诗:忆昔狼狈初,事与古先别。奸臣竞葅醢,同恶随荡析。不闻夏商衰,中自诛褒妲。乃明皇鉴夏商之败,畏天悔祸,赐妃子死,官军何与焉。	同恶随荡析。不闻夏殷衰,中自诛褒妲。 褒姒、妲己也,此言诛杨贵妃也。 【鲍云】魏泰曰:唐人咏马嵬之事尚矣,世所称者刘、白。刘禹锡曰:官军诛佞幸,天子舍夭姬。白乐天曰:六军不发无奈何,宛转蛾眉马前死。此乃歌咏禄山,而明皇不得已诛贵妃也。岂特不晓文体,盖亦失事君之礼。老杜则不然,北征诗曰:忆昔狼狈初,事与古先别。奸臣竞葅醢,同恶随荡析。不闻夏商衰,中自诛褒妲。乃明皇鉴夏商之败,畏天悔祸,赐妃子死,官军何与焉。
45	周汉获再兴,宣光果明哲。 【赵云】盖谓古先亦有衰乱,而今日与之殊别焉。其殊别者何也?奸臣如杨国忠既诛,其党与失势而荡析矣,此与古先别之一也。夏殷亦衰矣,而褒妲不诛,上皇乃能割情忍爱而诛贵妃,此与古先别之二也。惟其如此,故能如周之再兴而有宣王,如汉之再兴而有光武,以言肃宗之能中兴也。褒姒、妲己,褒姒灭周而用于夏殷句之下,此乃公命语痛快,因成小误耳。	周汉获再兴,宣光果明哲。 周宣王、汉光武也。
46	桓桓陈将军, 陈将军,玄礼也,首谋诛贵妃、国忠者。诗:桓桓武王。书:尚桓桓。	桓桓陈将军, 陈将军,玄礼也,首谋诛贵妃、国忠者。
47		仗钺奋忠烈。 【坡云】汲黯仗钺宣风,奋于忠烈。
48	仗钺奋忠烈。微尔人尽非,于今国犹活。 见二卷实欲邦国活注。 【赵云】东坡先生诗话有曰:北征诗云:桓桓陈将军,仗钺奋忠烈。此谓陈元礼也。元礼佐玄宗平内难,又从幸蜀,首建诛国忠之策。旧注虽知为陈元礼,妄添注云:首谋诛国忠、贵妃者。按唐书陈元礼传,宿卫宫禁。故公谓之曰陈将军。安禄山反,谋诛杨国忠阙下,不克,至马嵬,卒诛之。又按杨贵妃传,西幸至马嵬,陈玄礼等以天下计,诛国忠。已死,军不解,帝遣力士问故,曰:祸本尚在。帝不得已,与妃诀,引而去,缢路祠下。则陈将军特建诛国忠之策而已,非首建诛贵妃也。桓桓陈将军之句,盖仿卢子谅之言刘琨曰桓桓抚军之势也。微尔人尽非,盖取微管仲吾其被发左衽之意,言微陈将军,则人至于变易而非矣。此又依傍城郭是人民非之语。	微尔人尽非,于今国犹活。 【杜云】孙楚为石仲容与孙皓书曰:爱民活国,道家所尚。又齐高帝手敕王广之子珍国云:卿爱人活国,甚副吾意。

	《校定集注杜诗》卷三《北征》	《增广十注》卷一《北征》
49		凄凉大同殿,寂寞白兽闼。 大同、白兽,皆禁中宫殿名也。
50		都人望翠华, 司马相如曰:建翠华之旗。
51	凄凉大同殿,寂寞白兽闼。都人望翠华,佳气向金阙。 大同、白兽,皆禁中宫殿名也。司马相如曰:建翠华之旗。 【薛云】神异经:东北大荒中有金阙,高百丈,上有明月珠,径三丈,光照千里。中有金阶,西北入两阙中,名天门。 【赵云】按大同殿在南内兴庆宫中,勤政楼之北,曰大同门,其内大同殿。此明皇帝所游之地。白兽闼,考之唐志,无此名,惟汉未央宫中有白虎门、白虎殿,岂公借用以为比邪?大意劝车驾归长安也。是年九月癸卯,复京师。十月癸亥,遣韦见素迎上皇于蜀郡。丁卯,车驾入长安。则公诗不徒言矣。	佳气向金阙。 【又薛云】右按神异经:东北大荒中有金阙,高百丈,上有明月珠,径三丈,光照千里。中有金阶,西北入两阙中,名天门。
52		园陵 园陵,天子所葬之处。
53	园陵固有神,扫洒数不缺。煌煌太宗业,树立甚宏达。 【赵云】言车驾当归奉陵寝之扫除也。盖高祖献陵在三原,太宗昭陵在蓝田,高宗乾陵在奉天,中宗定陵在富平,睿宗桥陵在奉先。扫洒数不缺,数,言礼数也。既扫洒园陵,当思祖宗创业,如太宗贞观之盛,岂复有播迁之事哉?树立,建立之谓也。晋会稽王道子传言置官亦曰:多所树立。陆士衡作汉高祖功臣颂云:曲逆宏达。虽止是功臣事,而注云:宏,大也。达,通也。德业之宏大通达,亦可言君矣。	固有神,扫洒数不缺。煌煌太宗业,树立甚宏达。

  包含诗歌和注文,《校定集注杜诗》注《北征》共 3 697 字,注释分 39 段;《增广十注》共 2 325 字,注释分 51 段。可见《校定集注杜诗》更加繁富,《增广十注》虽分段略见烦琐,但总体则相对简约。就此而言,《校定集注杜诗》不可能从《增广十注》"删削而成"。二本字数的差别主要原因是援引赵次公注的繁简不同。观上表第 01 行、第 03 行、第 14 行、第 18 行、第 26 行、第 28 行、第 30 行、第 33 行、第 41 行、第 45 行、第 48 行、第 51 行、第 53 行,我们会发现,《校定集注杜诗》所引赵云,《增广十注》都未引。于此,与其说《校定集注杜诗》从《增广十注》"删削而成",倒不如说《增广十注》是"删

削"了《校定集注杜诗》中文繁义富的"赵云",留下文字较为简约的"赵云",适当添加"坡云"而成书。类此删削"赵云",在《增广十注》残卷各篇注中几乎都能看到。第04行、第05行,《增广十注》保留了赵云,但文字明显较《校定集注杜诗》所引简略,更可看作是对《校定集注杜诗》的"删削"。

上表第01行注,二本皆未引二王本卷二题注:"归至凤翔,墨制放往鄜州作。""后汉班彪"云云,系伪王洙注。鲍云出鲍钦止。《校定集注杜诗》所引"东坡尝云"云云,罗大经《鹤林玉露》丙编卷六"李杜"条引作东坡云①,惠洪《冷斋夜话》卷二"老杜刘禹锡白居易诗言妃子死"条引此,未言出于苏轼②。故《校定集注杜诗》之"东坡尝云"当出自鲍钦止,但在《增广十注》中冠以被视作伪苏注的"坡云"。宋本《草堂诗笺》卷一一题注先引二王本题注,续引鲍钦止曰,后有苏轼曰(与东坡尝云同),又有黄庭坚曰,末梦弼按同伪王洙注。《百家注》卷六、《补注杜诗》卷三、《分门集注》卷一一引同《增广十注》,皆别出"苏曰"。以上可证《校定集注杜诗》更可信赖,而《增广十注》则显得很随意。采用伪王洙注皆未冠以洙曰二字,这是《校定集注杜诗》和《增广十注》的共同点。假设二本之间可能存在某种承袭关系,那么就第01行注来看,我们只能说《增广十注》抄自《校定集注杜诗》。

相比之下,《增广十注》更见粗疏。如上表第24—25行,《增广十注》竟将"天吴及紫凤"割裂为"天吴"和"及紫凤"两段作注,类似又有第52—53行将"园陵固有神"截断作注。最不可理解的是第26行,杜田认为"颠倒在短褐"之短字应为裋,但《增广十注》所抄杜云"当作裋"(宜云"短当作裋")后面的引证材料中却都写作"短"。上表第13行的"新添",《百家注》卷六、《补注杜诗》卷三(无"又齐有丑女"以下)、《分门集注》卷一一皆引据鲁曰,因知其所谓"新添"者,或属故作新见。《增广十注》注之"新添",又如卷一《徒步归行》有两处(《校定集注杜诗》卷三同,暂不知何故),《百家注》《补注杜诗》《分门集注》皆出鲁曰。《发同谷县》有一处"诗;父曰嗟于季行役",《百家注》《补注杜诗》《分门集注》出大临曰,《校定集注杜诗》出赵云;《木皮岭》有两处,《百家注》等出大观曰、炎曰,《校定集注杜诗》引出赵云相近;《白沙渡》一处"范滂揽辔,慨然有澄清天下之志",《百家注》等出朋曰,《校定集注杜诗》出赵云"范滂登车揽辔";《五盘》有两处(《校定集注杜诗》同,暂不知何故),《百家注》出泰伯曰、天启曰,《补注杜诗》仅有一处出天启曰;《剑阁》有一处,《补注杜诗》等引出孝祥曰,实出《校定集注杜诗》引赵云。

---

① 《鹤林玉露》,中华书局1983年,第341页。
② 《冷斋夜话》,上海古籍出版社2012年,第18页。

卷五《寄赞上人》注引一处（《校定集注杜诗》同，暂不知何故），《补注杜诗》引出逸曰。

郭知达《校定集注杜诗》数引"集注"，《增广十注》亦数见，然夷考其文，大多皆出自《校定集注杜诗》所引杜田注和赵次公注。如《增广十注》卷一《发秦州》注引"集注"，出《校定集注杜诗》卷六引杜《补遗》，《补注杜诗》《百家注》引出田曰。《桔柏渡》注引"集注"，与《校定集注杜诗》卷六注引杜《补遗》大同，《补注杜诗》《百家注》略同而出十期曰。《剑门》注引"集注"，《校定集注杜诗》未见，《补注杜诗》等引出田曰。《鹿头山》注引"集注"，《校定集注杜诗》未见，《补注杜诗》等出于田曰。卷五《幽人》注两引"集注"，皆出《校定集注杜诗》卷五引杜《补遗》，《分门集注》卷八引出欧曰、孝祥曰。卷五《西枝村寻置草堂地夜宿赞公土室二首》其二注引"集注"，出《校定集注杜诗》卷五引杜《正谬》。《寄赞上人》注引"集注"，出《校定集注杜诗》卷五引杜《补遗》。综合来看，《增广十注》所引"集注"，有可能出自郭知达《校定集注杜诗》。

由以上对《校定集注杜诗》与《增广十注》的对照分析可知，《增广十注》在注释上是极其粗疏的。《增广十注》确系"坊贾所为，非出通人之手"①，该书极可能大量参考篡改《校定集注杜诗》，《校定集注杜诗》当然不可能据此书改编。要之，《增广十注》成书时间可能较晚，或在《分门集注》之后。

《增广集注》一卷，亦宋刊残本，今藏国家图书馆。《北京图书馆古籍善本书目》著录："《门类增广集注杜工部诗二十五卷》（唐杜甫撰　宋刻本　一册　十三行二十二字小字双行三十字白口左右双边）存一卷（八）。"②《中国古籍善本书目》著录："《门类增广集注杜工部诗二十五卷》（唐杜甫撰　宋赵次公等注　宋刻本）存一卷（八）。"③据国家图书馆藏本照片，《增广集注》残本一卷为卷八，分类依次为皇族（世胄附）、宗族、外族、婚姻，末首《送大理封主簿五郎亲事不合却赴通州主簿前阆州贤子余与主簿平章郑氏女子垂欲纳采郑氏伯父京书至女子已许他族亲事遂停》后半残。诗歌编次全同《增广十注》卷四，注文小异。故《增广集注》亦与《分门集注》关系较近，年代当与《增广十注》相近。

①　《杜集书录》，第 648 页。
②　《北京图书馆古籍善本书目》集部唐五代别集类，第 2027 页。
③　《中国古籍善本书目》（集部上册），上海古籍出版社 1996 年，第 66 页。

第五章　宋代巴蜀杜诗年谱

宋人对杜甫的极力尊崇和大力褒扬,不仅表现为"千家注杜"的兴盛,还表现在宋人特别热衷于为杜诗编年作谱以及为杜诗刻石。年谱兴盛于宋代,并成为一种独立的史学体裁。据吴洪泽考证,目前所知见的宋人所编年谱有160种,涉及谱主91人,流传至今的有75部。而宋人为前朝人编撰年谱只有十九位,其中就包括了诗圣杜甫。这十九位前朝人有伟大的孔子和孟子二位圣人,亦有名重一时的政治家、文学家、史学家等。但是宋人为前朝人编撰年谱最多的却不是孔子和孟子,而是杜甫,宋人为杜甫一个人所撰的年谱达十一种之多,流传到现在的有八种①。

杜甫被称为"诗史",是说他的诗既记录了他本人的历史,更重要的是反映了那个时代的历史。清人浦起龙说:"古人遗集,不得以年月限者,其故有三:生逢治朝,无变故可稽,一也;居有定处,无征途显迹,二也;语在当身,与庶务罕涉,三也。杜皆反是。变故、征途、庶务交关而互勘,而年月昭昭矣。""少陵为诗,不啻少陵自为谱矣。""少陵之诗,一人之性情而三朝之事会寄焉者也。"②目前,学术界普遍认为,北宋黄伯思最早在二王本大致编年的基础之上,重为杜诗编年。其《校定杜工部集》(又称《校定杜子美集》或《重校正杜子美集》)二十二卷,刊行于南宋绍兴初年。李纲《重校正杜子美集序》曰:"杜子美诗,古今绝唱也。旧集古律异卷,编次失序,不足以考公出处及少壮老成之作。余尝有意参订之,时病多事,未能也。故秘书郎黄长睿父,博雅好古,工于文辞,尤笃喜公之诗。乃用东坡之说,随年编纂,以古律相参,先后始末,皆有次第,然后子美之出处及少壮老成之作,灿然可观。"③黄伯思《校定杜工部集》在杜诗编年上的重要贡献在于,他注意到二王本因"古律异卷"而存在的"编次失序"问题,第一次有意识地对传世杜诗作"先

---

① 参见周采泉《杜集书录》外编卷三、卷四谱录类,第804—811、818—819页。吴洪泽《宋人年谱集目》,巴蜀书社1995年,第39—42页。
② 浦起龙《读杜心解》卷首,中华书局1961年,第8—9、60、61页。
③ 《李纲全集》,岳麓书社2004年,第1320页。

后始末"的全面考察。

为文集编年,在宋时已成为一种流行的风尚。赵善《白文公年谱跋》云:"香山居士《长庆集》旧刊于郡之思白堂,因以一帙遗湖南林漕,复书乃以陈直斋所编《年谱》见嘱,谓有文集而无年谱,不几于缺典乎?得此,喜为完书。锓梓以冠于集首,亦可以订香山之出处。"①黄𪿮在《山谷年谱原序》中亦云:"文集之有年谱,尚矣。先太史诗文遍天下,而年谱独缺。近世惟传蜀本诗集,旧注援据为详,第循洪氏所编《退听》之旧,自元丰戊午以上,无所稽焉,观者病之。此固家之子孙不容不任其责。𪿮不揆,少日过庭,粗闻旧事,窃尝有志于是。中间多病废志,十遗七八,日复老矣。惧将泯没,盖尝编次遗文为别集二十卷,然于编年无所考证,因悉收豫章文集、外集、别集、尺牍、遗文、家藏旧稿,故家所收墨迹与夫四方碑刻、它集、议论之所及者,旁罗搜殁,系诸岁月。"②可知,在宋人眼里,文集须有《年谱》方为善矣,若非如此则为缺典,非为完璧。年谱,乃史学之一体裁,为何宋人如此热衷于将此史学体裁引入诗歌领域,为杜诗编了那么多的年谱呢?这可能与宋人的"诗史"观有很大的关系,宋人眼中的杜诗,在某种意义上,实际上已与经、史等同,这种等同是宋人对杜诗的最高肯定,亦反映出了杜诗在宋人心中的崇高地位。正是如此,宋人才会如此热衷为杜甫编年谱,为杜诗系年。章学诚论孟子"知人论世"说后特别指出:"以谱证人,则必阅乎一代风教,而后可以为谱。"③这一论断,很形象地说明了年谱在诠释社会背景和作者生命体验上的功能和作用。

杜诗年谱和杜诗的编年,二者在目的上是基本相同的,只是详略有别、着眼点不同而已。今可考知,宋代巴蜀杜诗年谱主要有:吕大防《杜诗年谱》、蔡兴宗《重编杜工部年谱》、赵次公《纪年编次》、李𪾢《杜诗谱》和计有功《杜甫年谱》。另外,师尹亦曾为杜诗编年,该书已佚,其名称、内容皆不得而知,从各家集注本的征引中,可管窥其大概面貌。上述五种杜诗年谱中,赵次公《纪年编次》和李𪾢《杜诗谱》已经不存,其余三家尚存。清人浦起龙编撰《少陵编年诗目谱》时就说:"将以还诗史之面目,厥惟寓年谱于篇题,若网在纲,其比如栉。"④这种诗目谱在宋时就已有之,蜀人赵次公关于杜诗

① 汪立名《白香山诗集》(年谱旧本),《景印文渊阁四库全书》第1081册,台湾商务印书馆1986年,第51页。
② 黄𪿮《山谷集·山谷年谱》,《景印文渊阁四库全书》第1113册,第819页。
③ 仓良修《文史通义新编》外篇二,《刘忠介公年谱叙》,上海古籍出版社1993年,第412—413页。
④ 浦起龙《读杜心解》卷首,第19页。

的《纪年编次》就是这类诗目谱,寓年谱于篇题之中。今存三家年谱,吕谱最早,蔡谱订正吕谱之错讹并充实杜诗年月考订,学术价值较高。计有功谱见其所撰《唐诗纪事》卷一八,系吕谱的抄略版,吕谱误者照抄,按照吕谱义例无误者亦抄略出错,兹略不论。以下试对吕、蔡二谱作简略讨论。

第一节 吕大防《杜诗年谱》

从现存材料看,最早为杜甫编撰年谱者,当首推吕大防。其《杜诗年谱》(或称《杜工部年谱》《子美诗年谱》《杜诗年谱》《杜诗年月》等)不仅为今见杜甫年谱之最早者,也是古代年谱之第一种①。吕大防(1027—1097),字微仲。京兆蓝田(今属陕西)人。仁宗皇祐元年(1049)进士。元丰中,知成都府。哲宗元祐元年(1086),拜尚书右丞,进中书侍郎,封汲郡公,世称吕汲公。哲宗亲政,贬责外任。绍圣四年(1097)卒于虔州。《宋史》卷三四〇有传。

晁公武《郡斋读书志》卷一七云:"吕微仲在成都时,尝谱其年月。"②晁氏所论,当即吕大防《杜诗年谱》。吕谱后记曰:

> 予苦韩文、杜诗之多误,既雠正之,又各为年谱,以次第其出处之岁月,而略见其为文之时,则其歌时伤世、幽忧窃叹之意,粲然可观。又得以考其辞力,少而锐,壮而肆,老而严。非妙于文章不足以至此。元丰七年十一月十三日,汲郡吕大防记。③

据上引可知,《杜诗年谱》是吕大防在整理校勘整理杜集之后编撰的,时在元丰七年(1084),推测此谱初附吕大防雠正之《杜工部集》而行④。吕谱约700字,对杜诗之年月交代非常简略,如其后记所云,"以次第其出处岁月,而略见其为文之时"。由后记亦可知,吕大防编《杜诗年谱》的目的,一是为了呈现杜甫"歌时伤世、幽忧窃叹"之思想和情感在其人生不同阶段的发展,

① 《杜集书录》,第 805 页。
② 孙猛《郡斋读书志校证》,第 857 页。
③ 《分门集注》卷首年谱。"元丰七年十一月十三日"十字,据《韩文类谱》卷一《韩吏部文公集年谱》后记补(吕大防等撰、徐敏霞校编《韩愈年谱》,中华书局 1991 年,第 6 页)。壮而肆,《韩吏部文公集年谱》作"壮而健"。
④ 《杜集书录》,第 805 页。

二是为了考察杜甫"少而锐,壮而肆,老而严"之诗艺和笔力在其生命历程中的推进。归结为一句话,吕谱旨在把握杜甫平生道德、文章方面的大节和脉络。

吕大防《杜诗年谱》的失误及其于杜甫生平考订的贡献,前辈学者洪业、陈文华、张忠纲等已有所论列①。吕谱"纪年所值甲子,皆有一岁之差"②,绍兴中王观国《学林》和计有功《唐诗纪事》论杜甫生卒仍袭其误,证明这些本可以避免的失误的确出自吕大防,不得不承认这太令人遗憾了。此皆不论,今拟就吕谱内在的逻辑义例及其对杜甫平生大节的认知略作分析。今参酌诸家所订,据《分门集注》卷首所载,删其要如下:

　　先天元年(712)　甫生于是年。按甫志及传,皆云年五十九卒于大历五年庚戌故也。
　　开元元年(713)
　　开元三年(715)　《观公孙弟子舞剑器》诗序云:开元三年,余尚童稚,于郾城观公孙氏舞剑器。按甫是年才四岁,年必有误。
　　开元二十九年(741)
　　天宝元年(742)　集有《天宝初南曹司寇为山》诗。时年三十一。
　　天宝十一载(752)　《上韦左相》诗云:凤历轩辕纪,龙飞四十春。是年玄宗即位四十年。时有《兵车行》。天宝中诗《丽人行》。
　　天宝十三载(754)　是年,有《三大礼赋序》:臣生陛下淳朴之俗,四十年矣。时年四十三。
　　天宝十四载(755)　是年十一月初,自京赴奉先,有《咏怀》诗。是月,有禄山之乱。
　　至德元载(756)　是年七月,肃宗即位,改至德元年。是年避寇于冯翊。有《白水高斋》《三川观涨》诗。六月,帝西幸,七月至蜀郡。时有《哀王孙》诗。
　　至德二载(757)　是年,自城中窜归凤翔,拜左拾遗。有《荐岑参》《谢口敕放推问状》。八月,墨制放往鄜州,有《北征》诗。
　　乾元元年(758)　是年,移华州司功,有《试进士策》《为郭使君论残寇状》。时有《新安吏》《石壕吏》《新婚别》《垂老别》《无家别》《留花门》《洗兵马》诗。

---

① 曾祥波《杜诗考释》,上海古籍出版社 2016 年,第 137—142 页。
② 赵子栎《杜工部草堂诗年谱》,宋本《杜工部草堂诗笺》卷首。

乾元二年（759）　是年，弃官之秦州，自秦适同谷，自同谷入蜀。时有《遣兴》三百首①。

上元元年（760）　是年，在蜀郡。有《百忧集行》，云：即今倏忽已五十。按是年年四十九。时有《杜鹃行》《石犀行》《古柏行》《病橘》《病柏》《枯椶》《枯柟》《忆昔》各一首。述。

上元二年（761）　是年，严武镇成都，甫往依焉。

宝应元年（762）　诗有元年建巳月，乃是年也。

广德元年（763）　是年，有《祭房相国文》。严武再镇西川，奏甫节度参谋检校工部员外郎。作《伤春》五首。

永泰元年（765）　严武平蜀乱。甫游东川除京兆功曹，不赴。

大历元年（766）　移居夔。

大历三年（768）　离峡中，之荆南，至湘潭。

大历五年（770）　有《追酬高适人日诗》。是年夏，甫还襄汉，卒于岳阳。

今观吕谱，的确极简略，但杜甫一生的重要行踪，谱中皆有明确交代。如天宝十四载十一月初，自京赴奉先，有《咏怀》诗。是月，有禄山之乱。至德元载，避寇于冯翊。至德二载，自长安城中窜归凤翔，拜左拾遗。八月，墨制放往鄜州，有《北征》诗。乾元元年，移华州司功。乾元二年，弃官之秦州，自秦州适同谷，自同谷入蜀。上元元年，在蜀郡。广德中，严武再镇西川，奏甫节度参谋检校工部员外郎。大历元年，移居夔。大历三年，离峡中，之荆南，至湘潭。大历五年夏，甫还襄汉，卒于岳阳。以上吕谱所列，除去迄今仍有争议者，大体合乎史实。

吕谱虽简略，但自有其逻辑体系，体现了吕大防对杜甫的深刻认知。首先，吕谱分三期，将杜甫人生划分为三个重要阶段。

杜甫在世五十九年，谱中列出纪年者不过二十个年头，其中开元元年（713）、开元二十九年（741）两条无谱文。既无事可纪，谱中何以偏偏列出这两年呢？自先天元年生，至开元二十九年，为大唐盛世的三十年，亦为杜甫"少而锐"之早年，此期，杜甫无"粲然可观"的"歌时伤世、幽忧窃叹之意"。这三十年是杜甫人生的第一阶段。凡四条，亦为吕谱杜甫生平之第一期。

抛开带有考辨性质的开元二年条下"按甫是年才四岁"，谱中明确交代

---

① 百字，曾祥波疑为衍文（《杜诗考释》，第138页）。然二王本《杜工部集》卷三收录《遣兴五首》凡三组，本卷目录亦分三行书遣兴五首，故不得云"三首"。

杜甫年龄的只有三处：一是天宝元年（742）条，杜甫时年三十一；二是天宝十三载（754）条，杜甫时年四十三；三是上元元年（760）条，杜甫年四十九。显然，吕谱有意突出这三个年龄，是要说明三十一岁、四十三岁和四十九岁这三年是杜甫人生的关键节点。天宝元年，杜甫居洛阳，欲谋求个人政治前途。本年初，安禄山为平卢节度使。《资治通鉴·玄宗天宝元年》曰："天宝之后，边将奏益兵浸多，……公私劳费，民始困苦矣。"①天宝十三载，时言安禄山反者甚众，冬，杜甫献《封西岳赋》。次年杜甫始得官，任太子右卫率府兵曹参军，安禄山举兵反。上元元年，杜甫始于成都营建草堂。本年，史思明入洛阳，玄宗迁西内。故由个人和时代两层面综合来看，吕大防以上述三年为杜甫人生最重要的时间点，无疑合乎事实，颇见具眼。自三十一岁至四十九岁，当属吕氏后记所云之"壮而肆"的时期，此期杜甫"歌时伤世、幽忧窃叹之意"尤多。吕谱言及杜甫诗文 35 题，作于此期者 30 题，足见这十九年是杜甫人生最为重要的时期，是为第二阶段。天宝元年至上元元年，凡九条，是吕谱杜甫生平的第二期。

上元二年至大历五年，这十年，属吕氏后记所云"老而严"的时期，是杜甫人生的第三阶段。凡七条，是吕谱杜甫生平的第三期。

其次，吕氏后记虽然谈到杜甫创作的两个重要内容——"歌时伤世、幽忧窃叹之意"，但谱中却着重突出了杜甫的"歌时伤世"。《杜甫诗谱》二十条，论列作品最多的是乾元元年（758）条和上元元年（760）条，前一条论列《试进士策》《为郭使君论残寇状》《新安吏》《石壕吏》《新婚别》《垂老别》《无家别》《留花门》《洗兵马》9 题，后一条论列《百忧集行》《杜鹃行》《石犀行》《古柏行》《病橘》《病柏》《枯椶》《枯柟》《忆昔》9 题，两条所及作品约占谱中全部作品的一半。这些作品无不与当时的重大政治事件和时代问题密切相关，除《百忧集行》表现"幽忧窃叹之意"，其余各诗均为"歌时伤世"而作，《试进士策》和《为郭使君论残寇状》二文则尤见杜甫出于公共立场之卓越政治见识②。很显然，吕大防视"歌时伤世"为杜甫创作最重要的一面，这也是杜甫平生的大节所在。

其三，由上所论，乾元元年至上元元年这三年，吕氏亦视之为杜甫人生和创作的重大转折期。杜甫壮岁汲汲追求政治理想，不幸恰逢玄宗昏聩，宰

---

① 《资治通鉴》卷二一五，中华书局 1956 年，第 6851 页。
② 仇兆鳌《杜诗详注·凡例》"杜文注释"曰："其代为表状，皆晓畅时务，而切中机宜。"洪业称，杜甫居官期间对与叛军如何作战以及在蜀对如何区处吐蕃侵边问题的建议大多是可行的。（William Hung, *Tu Fu: China's Greatest Poet*, Harvard University, Cambridge, Massachusetts, 1952, p.161.）

相专权,又遭遇安史之乱。作为太子府的从官,肃宗即位,似乎让杜甫看到了一线希望,于是他间道奔行在。不料谏言不用,肃宗苟且至尊高位,营造不良政治生态,杜甫移官华州。即便如此,他依然密切关注时政,默默进言,但最终一切归于破灭,杜甫毅然弃官。吕谱论列上元元年的作品,主要是杜甫的政治反思,他在渴盼和呼唤理想中的政治。可知即使察觉现实之不堪,杜甫仍然在关切政治。从吕谱及其所引作品,我们不难读出 758—760 年杜甫的政治思考和文化情怀。可见吕大防对杜甫认知之深切。

了解了吕谱的逻辑体系及其主要特点之后,我们想谈谈吕谱的两个义例。

吕谱义例之一是,举述梗概,不作琐细论证。吕谱天宝十一年条云:“天宝中《丽人行》。”此条只是说《丽人行》写于本年之后天宝中,不能确定在哪一年。此属略述梗概。吕谱广德元年条称杜甫“作《伤春》五首”,此诗二王本收在卷一四。二王本卷一四首近体诗一百首夹注:“行过戎、渝州,居云安、夔州作。”由此知吕大防系年与二王本编次于《伤春五首》作年所持观点不同。《伤春》其二云:“巴山春色静,北望转逶迤。”其四云:“再有朝廷乱,难知消息贞。近传王在洛,复道使归秦。”其时必在广德二年,杜甫在阆州,而不得晚至永泰元年杜甫从成都至夔州期间。在广德元年条下连带提及广德二年事,亦为吕谱举其梗概之例。

与上举二例相关,吕谱义例之二是,述诗文作于某年,皆于作品前云“有”或“时有”。吕谱天宝十一载条首引《上韦左相二十韵》。此诗二王本收在卷九,题注:“见素相公之先人遗风余烈,至今为□,故云丹青忆老臣。公时为兵部尚书,故云听履上星辰。”检《旧唐书》即可考知,这首诗应作于天宝十三载韦见素为左相之后。吕氏于此不当不知。故知吕大防引此诗,只是说天宝十一载,玄宗即位已四十年,于龙飞四十春之际,穷兵黩武,故甫作《兵车行》批评玄宗之好大喜功。吕谱的言外之意,亦在强调杜甫之“歌时伤乱,幽忧窃叹”。观吕谱,凡确定某年作某诗,皆云“有”,或云“时有”。如天宝十三载条“有《三大礼赋序》”、天宝十四载条“有《咏怀诗》”、大历五年条“有《追酬高适人日诗》”等,皆是。由此义例,可知天宝十一载条援引《上韦左相诗》,不过引用诗中成句而已,并不是说此诗作于本年。

据吕大防后记,知《杜诗年谱》是其雠正杜集之后所撰。《杜诗年谱》提供了些许吕氏编校杜集的信息。曾祥波认为吕谱多参考元稹《墓系铭序》《旧唐书·杜甫传》以及王洙《杜工部集记》援诗文以系年的做法[1],依此,吕

---

① 曾祥波《杜诗考释》,第 139 页。

大防所雠正之杜集应当就是二王本《杜工部集》。但事实可能并非如此。吕谱上元元年条引及《百忧集行》，又曰："时有《杜鹃行》《石犀行》《古柏行》《病橘》《病柏》《枯棕》《枯柟》《忆昔》各一首。"值得注意者有二：以上作品，《杜鹃行》二王本未收，其余皆在二王本卷四；《忆昔》，吕云一首，而二王本卷四收《忆昔二首》。由这两点，似可推测吕大防或未见二王本①。

吕谱问世最早，虽然简略，却开辟了杜诗学的新境地。可以这样说，吕谱在杜诗年谱著作中的地位，有类于二王本在杜集中的地位。如前所引，黄伯思便因不满于二王本"古律异卷，编次失序"，遂编年重订杜集。与此相类，吕谱亦成为后出年谱校订、纠错的对象。赵子栎《杜工部草堂诗年谱》、蔡兴宗《重编杜工部诗年谱》、鲁訔《编次杜工部诗年谱》等，都从不同的方面对吕谱提出订正。我们常说后出而转精，其实并不尽然。继吕谱之后，编撰杜工部年谱者代不乏人，但真正能全面超越吕谱的却并不多见。今知最早继吕谱而起的是赵子栎《杜工部草堂诗年谱》，序云："吕汲公大防为《杜诗年谱》，其说以谓……窃尝深考其谱，以谓甫生于睿宗先天元年壬子，而甫实生于开元元年癸丑。以谓甫没于大历五年庚戌，而甫实没于大历六年辛亥。其推甫生没所值纪年，与夫纪年所值甲子，皆有一岁之差。且多疏略。今辄为订正，而稍补其阙，俾观者得以考焉。"②赵氏所言吕谱纪年甲子之误是，然其初衷虽善，终因功力不逮，创见无多③。当时人便提出批评。庄绰《鸡肋编》云："宗室子栎字梦援，宣和中以进韩文、杜诗二谱，为本朝除从官之始。然必欲次序作文岁月先后，颇多穿凿。"④据此，知赵子栎《杜工部年谱》编成于宣和（1119—1125）年间⑤，是今知吕谱之后的第二部杜诗年谱，

---

① 杜甫诗中自注可能是吕谱所使用的重要材料之一。如二王本《杜工部集》卷一《自京赴奉先县咏怀五百字》题注："天宝十四载十一月初作。"《白水县崔少府十九翁高斋三十韵》题注："天宝十五载五月作。"《三川观水涨二十韵》题注："天宝十五年七月中避寇时作。"卷二《述怀》题注："此已下自贼中窜归凤翔作。"《北征》题注："归至凤翔，墨制放往鄜州作。"《新安吏》题注："收京后作。虽收两京，贼犹充斥。"《洗兵马》题注："收京后作。"《早秋苦热堆案相仍》题注："时任华州司功。"卷三目录《发秦州》夹注："乾元二年，自秦州赴同谷县纪行十二首（亦见卷中题注）。"《发同谷县》题注："乾元二年十二月一日，自陇右赴剑南纪行。"卷五《扬旗》题注："二年夏六月，成都尹郑公置酒公堂，观骑士试新旗帜。"以上都属于公自注，吕大防《杜诗年谱》都曾用到。二王本均袭自之前的杜集，即使不使用二王本，这些材料吕大防也能见到。

② 《杜工部草堂诗笺》卷首年谱上，《古逸丛书》本。

③ 《四库全书总目》卷五七赵子栎《杜工部年谱》提要，第515页。

④ 《鸡肋编》卷中，中华书局1983年，第82页。

⑤ 《四库全书总目》卷五七史部一二著录赵子栎《杜工部年谱》，提要曰："子栎与鲁訔均绍兴中人。然子栎撰此谱时，似未见訔谱，故篇中惟辨吕大防谓甫生于先天元年之误。"其说似是而非。鲁訔撰成《编次杜工部诗》，在绍兴二十三年（1153），晚于赵子栎编《杜工部年谱》差不多三十年。

观其谱便知,此谱系以吕谱为本略作扩充而成。清人方贞观在《手批杜诗辑注题识》云:"吕汲公作《杜诗年谱》,不过酌量其先后,仿佛其时势,约略其踪迹,初未尝逐年逐月,征事征诗。而梁权道、黄鹤、鲁訔之徒,用以编次,遂年栉月比,若与子美同游处,而亲见其讴咏者,其无所关会,无可援据之作,则穿凿迁就以巧合之;或借他题片语只字,以证其当为是时是事而发,欺人乎?自欺乎?亦愚之甚矣。"①方氏对吕大防《杜诗年谱》"酌量其先后,仿佛其时势,约略其踪迹"的概括非常到位,而后来者又的确有"穿凿迁就"之处。当然,后来之杜谱并不尽如方氏所言,蔡兴宗、鲁訔、黄鹤等所编撰的杜诗年谱亦各有可取之处。

第二节 蔡兴宗《重编杜工部诗年谱》

蔡兴宗《重编杜工部诗年谱》是其《重编少陵先生集》的副产品,这一点跟吕大防一样。其后不少杜注家如鲁訔、黄鹤、钱谦益、仇兆鳌亦是如此。相较稍前的赵子栎谱,蔡谱无疑要精密严谨许多。虽然学术门径有异,风格亦大有不同,但蔡谱无疑在吕谱的基础上将杜诗年谱的编撰向前推进了一大步。蔡谱见载《分门集注》卷首,约3 000字。此谱多有订正吕大防《杜诗年谱》之处,在具体作品考证和谱主行实等方面有所拓展。蔡谱颇有影响,比蔡略晚的赵次公,在编注《先后并解》时援引取信蔡说尤多,清人仇兆鳌等在杜诗编年上亦多采纳蔡谱。《重编少陵先生集》系蔡兴宗为官和寓居夔州时所撰,成书时间可能在绍兴十年(1140)或稍前②。蔡谱之优长,洪业、张忠纲、曾祥波等皆有讨论③。以下着重就蔡谱的方法论及其资料价值提出一得之见。

读吕大防《杜诗年谱》,第一感觉是过于简略,有仓促肤廓之嫌。但联系谱中所及杜诗,读来便渐觉其谱颇为开朗宏阔,终觉其简人亦不能及。联系吕氏后记,更觉谱中似有微言大义,高屋建瓴,引人深思。蔡谱的风格则大不相同。吕氏后记言"次第其出处之岁月,而略见其为文之时,则其歌时伤世、幽忧窃叹之意,粲然可观",探求杜诗的"歌时伤世"和"幽忧窃叹",或者可视作吕大防《杜诗年谱》最重要的方法论。目前尚未发现蔡氏类似的言

---

① 转引自《杜集书录》,第805页。
② 蔡兴宗生平大略及其《重编少陵先生集》,参看本书第三章第五节。
③ 曾祥波《杜诗考释》,第148—154页。

论。读蔡谱感受最突出的是,其中多与前人辩驳商兑之处。批评是方法论的重要体现,我们不妨从蔡兴宗对前人的批评入手。

蔡谱批评的对象首列吕汲公《年谱》,其次为王洙《杜工部集记》和《杜工部集》,其次为《新唐书·杜甫传》,其次为胡宗愈《草堂诗碑引》。其中涉及吕谱各条如下:

玄宗先天元年壬子 先生生于是岁。……而吕汲公所编《年谱》作睿宗先天元年癸丑,皆误。

天宝五载丙戌 有《饮中八仙歌》,略曰:左相日兴费万钱,饮如长鲸吸百川,衔杯乐圣称避贤。按《唐史》,是岁四月,李适之自左相罢政。七月,坐韦坚累,贬宜春太守。明年正月,自杀。适之尝赋诗云:避贤初罢相,乐圣且衔杯。集中误为称世贤。

(天宝)九载庚寅 时年三十九。是岁冬,进《三大礼赋》。进表曰:臣生陛下淳朴之俗,行四十载矣。其赋曰:冬十有一月,天子将纳处士之议。又曰:明年孟陬,将摅大礼。又曰:壬辰,既格于道祖。又曰:甲午,方有事于采坛。按《唐史》,十载,春正月,壬辰,上朝献太清宫。癸巳,朝享太庙。甲午,合祀天地于南郊。而《新书》列传、《集记》、旧谱及赋题之下注文皆作十三年,非也。

(天宝)十一载壬辰 《丽人行》之谓丞相者,杨国忠也。按《唐史》,是冬国忠始拜相。当是次岁以后诗,而旧谱入此载,非也。

(天宝)十三载甲午 冬进《封西岳赋》。赋序曰:上既封泰山之后三十年。按《唐史》,开元十三年乙丑岁,封太山。至是三十年矣。有《上韦丞相诗》,略曰:龙飞四十春。又曰:霖雨思贤佐。按《唐史》,以是岁苦雨潦,阅六旬,上谓宰相非其人,罢陈希烈,拜韦见素。时明皇在位四十三年,盖诗得略举成数,非若进赋之可据。而旧谱入十一载,皆误。

代宗广德元年癸卯 是岁召补京兆功曹,不赴。时严武尹京。有《春日寄马巴州诗》,注曰:时除京兆功曹,在东川。而本传与《集记》作上元年间,旧谱作永泰年,皆误。

(广德)二年甲辰 春,居阆中。有《伤春五首》。别本注曰:巴阆僻远,伤春罢,始知春前已收宫阙。集中乃编作夔州诗。又有《收京三首》,而编作凤翔行在诗,尤为差误。按《唐史》,正月,合剑南东西川为一道,以黄门侍郎严武为节度使。有《奉待严大夫诗》,略曰不知旌节隔年回是也。春晚,自阆携家归蜀,再依严,郑公奏为节度参谋。有《先寄严郑公五诗》，及《草堂》《四松》《水槛》《营屋》《扬旗》诸诗。略曰：别来忽三岁。以游梓阆跨三年也。及他诗言三年者非一。而《集记》乃书：入蜀，复适东川。上元二年，闻严武镇成都，自阆挈家往依焉。其旧谱又多因之。

永泰元年乙巳 春，在严公幕府。有《正月三日归溪上》，及《春日江村》《忆昔》诸诗。时授检校工部员外郎，赐绯。见之《春日江村》诗中。夏，以严公卒，遂发成都，泛舟顺流，经嘉、戎、渝、忠诸郡，皆有诗（青溪驿隶嘉州犍为县）。秋末，留寓夔州云安县。有《九日》及《十二月一日》诸诗。按《唐史》，四月，严武卒。冬，蜀中大乱。而《集记》谓先生避地梓州，乱定，归成都，无所依，乃泛江游嘉、戎。又编梓州秋冬数诗于再至成都诗后，非也。旧谱尤误。

（大历）五年庚戌 春正月，有《追和故高蜀州人日见寄》诗。寻发长沙，入衡阳。有《上水遣怀》，并《二月纪行》诸诗。至衡，有《酬郭受》诗。而受诗有云：春兴不知凡几首，衡阳纸价顿能高。三月，复在长沙。有《清明》诗。以《唐史》气朔考之，是岁三月三日清明，故卒章曰：况乃今朝更被除。按《唐史》，夏四月八日庚子，湖南兵马使臧玠杀其观察使崔瓘。先生避乱，窜还衡州。有《衡山县学堂》《入衡州》《舟中苦热遣怀》诸诗。其诗曰：远归儿侍侧。又曰：久客幸脱免。又曰：中夜混黎甿，脱身亦奔窜。乃知尝寓家衡阳，独至长沙，遂罹此变。本传谓先生数遭寇乱，挺节无所污，是也。寻于江上阻暴水，半旬不食。耒阳聂令具舟致酒肉，迎归，一夕而卒。旧谱乃书还襄汉，卒于岳阳，尤误。

上引先天元年、广德元年、永泰元年各条，蔡谱考辨皆是，可不置论。由这些条目可以看出，蔡兴宗年谱的第一追求是务得杜甫生平创作之真，这是考据家的精神。尽管他所掌握的材料相比吕大防并无多大不同，但他的确做到了"旧学商量加邃密"。故考据求真当是蔡氏最重要的方法论。

蔡兴宗可能没有留意吕大防《杜诗年谱》的义例。如上引天宝十一载条，蔡兴宗批评吕大防将《丽人行》"入此载"。然吕谱该条只是说"天宝中诗《丽人行》"，如前所述，按吕谱义例，吕氏并不认定《丽人行》作于天宝十一载，他只是将此诗附于此条之下。又如上引天宝十三载条，蔡氏批评吕大防将《上韦左相二十韵》"入十一载"。实则据吕谱义例，吕氏只是借此诗说明玄宗即位四十年，并非认定此诗作于十一载。吕谱天宝十三载条提及三首作品，只有"时有《兵车行》"一句属确切系年。如果说蔡兴宗属于考据家，吕大防就应该归入义理家一派，蔡氏重事实，吕氏重阐发，这是两家义例的差异。蔡氏于此或思考未周。

　　本书第一章据晁公武《郡斋读书志》的著录推测蔡兴宗编杜集主要依据二王本进行重编,蔡谱保存了不少其编撰杜集和年谱时参考的主要版本和他本的信息,可以加强我们之前的判断。蔡谱天宝五载条称《饮中八仙歌》之"避贤","集中误为世贤"。二王本卷一正作"世贤"。又广德二年条称《伤春五首》"集中乃编作夔州诗。又有《收京三首》,而编作凤翔行在诗,尤为差误"。《伤春五首》,二王本编在卷一四,卷夹注曰:"行过戎、渝州,居云安、夔州作。"前一首为《陪诸公上白帝城头宴越公堂之作》,后接《暮春题瀼西新赁草屋五首》,与蔡氏所云"编作夔州诗"相合。《收京三首》,二王本编在卷一〇,卷首夹注曰:"避贼至凤翔,及收复京师,在谏省,出华州,转至秦州作。"此诗之前五题依次为《喜达行在所三首》《得家书》《奉赠贾严二阁老两院补阙》《晚行口号》《独酌成诗》,此诗后接《哭长孙侍御》《奉送郭中丞兼太仆卿充陇右节度使》《送杨六判官使西蕃》《忆弟二首》《得舍弟消息》,上述各诗,二王本的确编在"避贼至凤翔,及收复京师"期间。此亦与蔡谱所言相合。由上可以判定,二王本是蔡兴宗重编杜集的重要参照。

　　蔡谱广德二年条又曰:"别本注曰:巴阆僻远,伤春罢,始知春前已收宫阙。"现存宋本杜集,郭知达《校定集注杜诗》卷二八题注曰:"时避寇在蜀作。"其五"君臣重修德,犹足见时和"夹注曰:"巴阆僻远,伤春罢,始知春前已收宫阙。"皆未云出处。《百家注》卷一九、《分门集注》卷二和黄氏《补注杜诗》卷二八题注曰:"师(古)曰:时避寇在蜀作。"三书句下夹注:"(王)洙曰:巴阆僻远,伤春罢,始知春前已收宫阙。"《增广十注》卷六无,句下夹注与三书同,唯未云出处。宋本《草堂诗笺》卷二五题注:"一有公自注:巴阆僻远,伤春罢,始知春前已收宫阙。"又于其五末夹注云"题注"。云"公自注",误。综合来看,宜为洙曰,蔡兴宗所引"别本"当为伪王洙注本。故可以确定,蔡编杜集和年谱又利用了伪王洙注本。

　　蔡谱大历五年条所论杜甫卒因卒地,皆与吕谱相对立。与吕谱"还襄汉,卒于岳阳"的平实记载相较,蔡谱显然更近小说家言。蔡谱的这一记载,有助于澄清杜甫之死的种种异说。类似说法亦见赵子栎谱,赵谱末条曰:

　　　　或谓游耒阳江上,宿酒家,是夕江水泛涨,为水漂没,聂令堆空土为坟。或谓聂令馈白酒牛肉,胀饫而死。皆不可信。

又王观国《学林》卷五"杜子美"条曰:

　　《旧唐史·杜甫传》曰：甫永泰二年卒。观国考子美诗，有《大历二年九月三十日》诗、大历《十月一日》诗、《大历三年春白帝城放船出瞿唐》诗、大历五年正月《追酬高适人日》诗。甫志与传皆云年五十九卒。按甫生于睿宗先天元年癸丑岁，卒于大历五年辛亥岁，为年五十九，则史云永泰二年卒者，误也。元祐中，胡资政知成都，作《草堂先生诗碑序》曰：蜀乱，先生下荆渚，溯沅湘，上衡山，卒于耒阳。王内翰《注子美诗序》曰：大历三年，甫下峡，入湖南，游衡山，寓居耒阳，五年夏，一夕醉饱卒。元祐中，吕丞相作《子美诗年谱》曰：大历五年夏，甫还襄汉，卒于岳阳。观国尝考究杜陵遗迹，及襄汉、岳阳，皆无子美墓，惟耒阳县有子美墓，前贤多留题，则子美当卒于耒阳也。近世有小说《丽情集》者，首序子美因食牛肉白酒而卒，此无据妄说，不足信。今注子美诗者，亦假王原叔内翰之名，谓甫一夕醉饱卒者，毋乃用小说《丽情》之语耶？①

　　王观国、赵子栎和蔡兴宗，三人生活年代大致相当。但蔡谱未见提及赵子栎谱，上引王观国语亦未及赵谱和蔡谱，可见他们不会互相影响。比照三家对杜甫卒因卒地问题上的记述可知，虽然各人所得结论不同，但在资料来源上他们之间存在交集。赵谱收录了两种流传的说法，第一种说法与蔡谱所言异，称杜甫没水而卒，聂令堆空土为坟；第二种说法与蔡谱相近，谓杜甫食肉饮酒过度而亡。赵谱以为两种说法都不可信从。王观国称说杜甫生卒甲子，承吕谱致误。王氏引吕谱杜甫卒于岳阳之说，并根据所了解的杜甫遗迹，杜甫墓不在襄汉、岳阳而在耒阳，故杜甫当卒于耒阳，指吕谱为误。王氏又称《丽情集》载杜甫食牛肉白酒而卒，事不足信。尤可注意的是，王观国称伪王洙注本谓杜甫"一夕醉饱卒"的依据可能是《丽情集》，或误②。蔡谱大历五年条谓杜甫逢暴水，耒阳聂令致酒肉迎之，一夕而卒。这与王观国所云伪王洙注本的注释相同，推测蔡谱的依据正是伪王洙注本。联系本书第三章所引赵次公对蔡兴宗信用伪苏注的批评可知，蔡氏治杜虽以考据见长，其失在于好奇，缺少对材料的鉴别。蔡兴宗首引伪苏注以入杜注，无怪洪迈责其"殊误后生"。

　　杜甫在耒阳饮白酒食牛肉而卒，《旧唐书》和《新唐书》本传所载相近。其最早出处当为唐大中年进士郑处晦《明皇杂录》，曰："杜甫后漂寓湘潭

---

① 王观国《学林》卷五，中华书局1988年，第175—176页。

② 《丽情集》二十卷，宋张君房撰，记古今情感事。原书今佚，其内容散见他书。《学林》所记杜甫事，李剑国等以为不当出《丽情集》，见石昌渝主编《中国古代小说总目》（文言卷），山西教育出版社2004年，第236页。

间,旅于衡州耒阳县,颇为令长所厌。甫投诗于宰,宰遂致牛炙白酒以遗,甫饮过多,一夕而卒。《集》中犹有《赠聂耒阳》诗也。"①盖唐末以来之传说。但我们注意到,赵子栎谱记述了杜甫没水而亡的另一种传说,此传说当是在《明皇杂录》传说的基础上增易而来。

这个新增的故事在杜诗注本中有迹可循。《分门集注》卷首录唐韩愈撰《题子美坟》,有曰:

> 有唐文物盛复全,名书史册俱才贤。中间诗笔谁清新,屈指都无四五人。独有工部称全美,当日诗人无拟伦。笔追清风洗俗耳,心夺造化回阳春。天光晴射洞庭秋,寒玉万顷清光流。我常爱慕如饥渴,不见其面生闲愁。今春偶客耒阳路,凄惨去寻江上墓。……一堆空土烟芜里,虚使诗人叹悲起。怨声千古寄西风,寒骨一夜沉秋水。当时处处多白酒,牛肉如今家家有。饮酒食肉今如此,何故常人无饱死。子美当日称才贤,聂侯见待诚非喜。洎乎圣意再搜求,奸臣以此欺天子。捉月走入千丈波,忠谏便沉汨罗底。固知天意有所存,三贤所归同一水。过客留诗千百人,佳词秀句虚相美。坟空饫死已传闻,千古丑声竟谁洗。明时好古疾恶人,应以我意知终始。

《分门集注》卷首又录宋李观撰《遗补传》:

> 唐杜甫子美,诗有全才,当时一人而已。洎失意,蓬走天下,由蜀往耒阳,依聂侯,不以礼遇之。子美忽忽不怡,多游市邑村落间,以诗酒自适。一日,过江上洲中,饮既醉,不能复归,宿酒家。是夕江水暴涨,子美为惊湍漂泛,其尸不知落于何处。洎玄宗还南内,思子美,诏天下求之。聂侯乃积空土于江上,曰:子美为白酒牛炙胀饫而死,葬于此矣。以此事闻玄宗。吁,聂侯当以实对天子也。既空为之坟,又丑以酒炙胀饫之事。子美,有清才者也,岂不知饫食多寡之分哉。诗人皆憾之。题子美之祠,皆有感叹之意。知非酒炙而死也。高颙宰耒阳,有诗曰:诗名天宝大,骨葬耒阳空。虽有感,终不灼然。唐贤诗曰:一夜耒江雨,百年工部坟。独韩文公诗事全而明白,知子美之坟,空土也,又非因酒炙而死耳。

---

① 《明皇杂录》,中华书局 1994 年,第 47 页。

观其文句便知,上引韩愈诗和李观文皆系伪托,此无需置辩。重要的是,二者都力辨杜甫不是饮酒食肉饱饫而卒,而是溺水而亡。二者反对的正是两《唐书》本传、伪王洙注和蔡谱的说法。

《古逸丛书》本《草堂诗笺》卷末《杜诗补遗外集》亦录韩愈《题杜工部坟》,末夹注曰:"此退之《题工部坟》,惟见于刘斧《摭遗》小说,韩昌黎正集无之,似非退之所作。然大历、元和时之相去,犹未为远,不当与本集抵牾若是。乃后之好事俗儒,托而为之,以厚诬退之,决非退之所作也,明矣。梦弼今谩录于此,以备后人之观览也。"蔡梦弼夹注辨《题工部坟》为伪托,甚是。据蔡梦弼说,《题杜工部坟》一诗惟见刘斧《摭遗》,由此似可推测李观《遗补传》可能亦出此书。蔡梦弼所言刘斧,为宋仁宗至哲宗时人。斧有《青琐高议》前集十卷、后集十卷、别集七卷传世,书中收录己撰和他人撰之小说,有上海古籍出版社 1983 年版。《摭遗》本名当为《青琐摭遗》,亦刘斧所撰,专收《青琐高议》失收小说,此书今不传,仅存见引他书的少量遗文。依《摭遗》的体例,该书不可能单收托名韩愈的《题杜工部坟》,其先必有刘斧自作或他人所作小说言杜甫如何没水而亡,聂令如何堆空土为坟,而后引韩诗(可能也包括李观《遗补传》)以作证明。李剑国以为《青琐摭遗》约成书于哲宗元符(1089—1100)中①,故可推测,杜甫"为水漂没"的传说出现于哲宗元符年间,宣和中,赵子栎遂记述了新出现的杜甫之死的小说家言。

蔡兴宗虽然充分利用了二王本所见杜甫自注,但似未完全信从。天宝九载条曰:"是岁冬,进《三大礼赋》。……而《新书》列传、《集记》、旧谱及赋题之下注文皆作十三年。"杜甫进献《三大礼赋》的具体时间,宋以来诸家说法不一,暂不置论。值得注意的是蔡谱所云"及赋题之下注文皆作十三年",这条注亦当二王本原有。蔡谱天宝十二载条有"《送蔡希鲁还陇右因寄高书记》诗,注曰:时哥舒入奏,勒蔡子先归",上元二年条有"有《喜雨》诗,注曰:时闻浙右多盗贼",宝应元午条有"春,建卯月,有《说旱》文,注曰:初,中丞严公节制剑南日,奉此说",上引广德元年条有"有《春日寄马巴州》诗,注曰:时除京兆功曹,在东川"。与广德二年条"别本注曰"相比较可以发现,以上这几条都径曰"注",它们来源相同。蔡谱天宝五载条"集中误为世贤",这些"注"显然都来自此"集",即二王本。上引蔡谱所言《送蔡希鲁还陇右因寄高书记》诗注见二王本卷九题注,《喜雨》诗注见卷四"滂沱洗吴越"夹注,《说旱》注见二王本卷一九题注,《春日寄马巴州》诗注见二王本卷一三《奉寄别马巴州》题注。遗憾的是,今见二王本卷一九《进三大礼赋表》

---

① 《中国古代小说总目》(文言卷),山西教育出版社 2004 年,第 343 页。

《朝献太清宫赋》《朝享太庙赋》《有事于南郊赋》四题题下皆无此注。蔡谱所言当不虚,则其所见二王本赋题之下必有"十三年"三字注文。二王本的题注大体可以认定为"公自注",出于杜甫本人①。那么,更有意义的问题就出现了,既然杜甫自注说《三大礼赋》作于天宝十三载,吕大防《杜诗年谱》的依据当是这条自注,蔡兴宗又如何能否定呢?

我们这么说,并不意味着否定蔡谱在杜甫生平研究和作品系年上的推进之功。蔡谱和幸存的蔡编杜集的零星资料,对杜诗研究意义重大。比如上面说的杜甫《三大礼赋》自注,既可以平息有关学术纷争,亦当有助于更好地理解《三大礼赋》和杜甫在天宝末的行实。又如上引蔡谱广德二年条所言:"别本注曰:巴阆僻远,伤春罢,始知春前已收宫阙。"由此条在今存宋人各家杜注本中的引用来看,学界普遍视《增广十注》为《分门集注》或《百家注》的抄袭之本的意见,可能就需要作出调整。蔡谱之所以能在吕谱基础上实现一些有意义的突破,与其重编杜集的工作密切相关。这一点可由赵次公的援引见出,兹略举几例如下:

郭知达《校定集注杜诗》卷三《羌村三首》题注引赵云:"蔡兴宗云:至德二载,岁在丁酉,秋闰八月,奉诏至鄜迎家,有《九成宫》《徒步行》《玉华宫》《北征》及此。"按此当引自蔡谱至德二载条。

《校定集注杜诗》卷四《瘦马行》题注引赵云:"蔡伯世云:公出为华州司功,以事之东都,有此诗。或曰:此诗似言房琯之斥逐。又曰:特公以自比。皆谓不然。盖谓谁家惠养,则无所指名之义。若以房琯言之,则惠养之者必天子也,不应谓之谁家。若以公言之,则惠养之者,必贵人也。公时困谪,有所望于顾拔之者,则犹有可言焉,其所喻不广。故直以为公因感瘦马而托意于贤士之困,惟其所荐之,则其说广。"按此条引蔡说当出于《重编少陵先生集》。蔡谱乾元元年条曰:"冬末,以事之东都,有《瘦马行》……《李鄠县胡马行》诗。"

《校定集注杜诗》卷七《投简成华两县诸子》"长安苦寒谁独悲,杜陵野老骨欲折"夹注引赵云:"蔡伯世云:此成都诗,不应言长安。其夜字之讹,故误作安耳,况卒章之意明甚。其说非是。此公虽在成都,而远念长安之寒,下句南山、青门,则言长安之地矣。"按此,赵次公赞同蔡对《投简成华两县诸子》一诗的系年,但不同意蔡长安为长夜之讹的说法。所引蔡说当出于《重编少陵先生集》。

_____

① 谢思炜《宋本杜工部集注文考辨》,中国历史文献研究会编《中国历史文献研究集刊》(第五集),岳麓书社 1985 年,第 136—142 页。

《校定集注杜诗》卷一〇《草堂》"昔我去草堂,蛮夷塞成都。今我归草堂,成都适无虞"夹注引赵云:"蔡伯世以此诗为今岁广德二年甲辰春晚所作。盖前二年宝应元年壬寅四月,代宗即位。成都尹严武入为太子宾客,二圣山陵以武为桥道使。六月以兵部侍郎为西川节度使,未到,而七月剑南西川兵马使徐知道反,拒武不得前,成都大乱。别无蛮夷事。岂徐知道引蕃兵来邪?下云:始闻蕃汉殊。又云:西卒却倒戈。可见矣。"按此当引自《重编少陵先生集》。

又《草堂》"国家法令在,此又足惊呼。贱子且奔走,三年望东吴。弧矢暗江海,难为游五湖。不忍竟舍此,复来薙榛芜。入门四松在,步墀万竹疏"夹注引赵云:"后篇《四松》云:别来忽三岁,离立如人长。避贼今始归,春草满空堂。蔡伯世以为公自阆携家归蜀,再依严武。今句奔走三年,则其游梓、阆三年也。此在今岁广德二年,则甲辰明矣。"按此引蔡说亦当据《重编少陵先生集》,亦略见蔡谱广德二年条。

《先后并解》己帙卷四《客从》题注:"蔡伯世以此诗为长沙诗,云:长沙当南海孔道,故有此作。极是。"诗末夹注:"必言南溟来,非特取譬,乃蔡伯世所谓长沙当南海孔道,盖公诗虽兴寄亦每感于物而兴之,非泛为比也。……次公同蔡伯世之见,定此诗为潭州作。"①《校定集注杜诗》卷一五《客从》诗末夹注引赵云:"顷同蔡伯世,定此诗乃大历四年潭州作。"按此引蔡说当据《重编少陵先生集》。

《先后并解》己帙卷八《白马》"白马东北来,空鞍贯双箭"夹注:"此篇记事之作,蔡伯世云乃潭州诗。主将,谓崔瓘也。公自衡州如长沙而逢乱。"②又见《校定集注杜诗》卷一五《白马》诗末夹注引赵云。此当据蔡《重编少陵先生集》。

《先后并解》己帙卷八《聂耒阳以仆阻水书致酒肉疗饥荒江诗得代怀兴尽本韵至县呈聂令陆路去方田驿四十里舟行一日时属江涨泊于方田》诗末夹注:"次公曰:末句,公自注甚明。按《唐史》,大历五年,岁在庚戌,夏四月八日庚子,湖南兵马使臧玠杀其观察使崔瓘。蔡伯世云:公避乱,窜还衡州。有《衡山县学堂》《入衡州》《舟中苦热遣怀》诸诗。其诗有曰:远归儿侍侧。又曰:久客幸脱免。又曰:中夜混黎甿,脱身再奔窜。乃知尝寓家衡阳,独至长沙,还罹此变。本传谓之数遭寇乱,挺节无所污,盖亦谓此。寻于江上阻暴水,半旬不食。耒阳聂令具舟致酒肉迎归,一夕而卒。则此诗盖公之绝笔

<hr/>

①　《辑校》(修订本),第 1411、1412 页。
②　《辑校》(修订本),第 1524—1525 页。

矣。旧谱乃云还襄汉，卒于岳阳，尤误矣。后余四十年，其孙嗣业始克归葬于偃师，乃元和八年癸巳岁也。然闻今县犹有公墓及祠屋在焉，议者谓元微之先为墓系而竟不能归葬也。其说是。"①此亦见《校定集注杜诗》卷一六诗末夹注引赵云，字句稍简。赵所引采自蔡谱大历五年条，字句大同。

《先后并解》戊帙卷一一《奉送蜀州柏二别驾将中丞命赴江陵起居卫尚书太夫人因示从弟行军司马位》"迁转五州防御使，起居八座太夫人"夹注："蔡伯世以此篇为大历元年冬之作，称：按《唐史·方镇年表》，夔州兼峡、忠、归、万五州防御使，隶荆南节度，故其诗曰：中丞问俗画熊频。又曰：迁转五州防御使。今取《方镇年表》观之，乃乾元二年，以夔、峡、忠、归、万五州隶夔州。广德二年，置夔、忠、涪都防御使，于大历未尝有载。若至大历有此号，而史遗之，则在二年亦何害，而苦迁之于元年乎？况公至荆南，乃三年之春，有题云贺邓国夫人恩命，则所谓八座太夫人者，邓国夫人也。其年岂不相次邪？"②《校定集注杜诗》卷一六诗末夹注引赵云略简。此引蔡说当出自《重编少陵先生集》。

以上赵注引蔡说九条，或据蔡谱，或据蔡编杜集，或二者兼采；赵于蔡说或赞同，或否定，或部分采信。从中可以发现，蔡兴宗可能对每一首杜诗都曾做过考辨或系年，在此过程中必然收集了大量的资料，蔡谱之成功与此直接相关。

---

① 《辑校》（修订本），第 1538 页。
② 《辑校》（修订本），第 1233 页。

结　　语

　　杜诗学是中国古代文学研究的重要课题,甚至渐成中国古典学领域的一门显学。作为杜诗学重镇,宋代巴蜀地区在杜集编纂和杜诗注释两方面都贡献了杜诗学史上具有奠基或转折意义的重要文献。二王本《杜工部集》、师尹杜诗注、师古杜诗注、蔡兴宗《重编少陵先生集》和《年谱》、赵次公《新定杜工部古诗近体诗先后并解》、郭知达《校定集注杜诗》,是杜集编纂、杜诗注释和年谱编订的重要成果。本书以上述杜诗学文献为主要研究对象。

　　在展开研究之先,本书简要考察了杜诗学与宋文化、巴蜀文化的相关性等问题。宋代是中国历史上第二次南北对峙和种族影响融合的时代,从而缔造了中国古代文化的极盛之世。因缘于历史的机遇,杜甫成为宋文化不可或缺的重要思想资源之一。宋代的文官制度和边患频仍,赋予了宋代士人强烈的主体精神、道义担当和忧患意识。纵观宋代杜诗学史可知,王安石和黄庭坚对奠定杜诗在宋代的历史地位尤为关键,王安石侧重人格道义,黄庭坚侧重诗学造诣,二人合力完成北宋杜甫文化建构。王安石继王洙定本《杜工部集》而续有编纂,黄庭坚树立杜甫为诗坛宗祖,这对宋代杜诗学发展和杜诗学文献编纂无疑起到了极大的推动作用。即便忽略宦蜀士人,巴蜀治杜学者也已占到当时的三分之一,可见巴蜀地区学杜、治杜风气之盛。这与蜀中优越的自然地理条件、地缘政治的重要性、经济发展、印刷技术的发达、文学传统和蜀人的学术文化热忱相关。

　　王洙编纂《杜工部集》的主要工作有:第一,利用"秘府旧藏",收集九种杜集,去其重复,重作编次。第二,做了简单校勘,保存了部分异文。第三,分别古、近二体,如《大云寺赞公房四首》,王洙分古诗二首入卷一,近体二首入卷九;又如《屏迹三首》,王洙分古诗一首入卷五,近体二首入卷一二。第四,古、近二体之中,又大体按创作时间先后编次,故王洙本《杜工部集》的体例为分体之中寓编年。今存宋本《杜工部集》源于吴若本宋刻及影抄本的卷一〇至卷一四,源于二王本宋刻的卷一七至卷一八,凡七卷,各卷之首于篇数之下夹注有"居行之次"的交待,知二王本诗十八卷各卷皆有类似夹注文字。今据《钱笺》可以补全。之后王琪校理,大体尊重王洙本,义有兼通者,皆存而不削。王琪校刻,适应了当时的文化需要。裴煜协助王琪,做了覆视的工作,至治平中(1065—1067),裴煜知苏州,补刻所搜集的杜甫诗文九篇,作为"补遗"附于集后。宝元二年(1039)王洙编纂、嘉祐四年(1059)王琪校刻《杜工部集》,于杜诗的保存和流传可谓功勋卓著,开辟了杜诗学的新篇章,后世遂有二王本之称。

王洙编《杜工部集》很快小范围流传开来。今可考知王安石最早于皇祐四年(1052)或稍前利用此书刊定杜诗。王琪的校订刻印使得王洙编《杜工部集》得以广泛流传,可考者有蔡宽夫、华镇利用二王本,王得臣和黄伯思则以二王本为基础分别撰成《增注杜工部诗》和《校定杜工部集》。两宋之际,又有《汉皋诗话》校议二王本、王铚以唐写本杜诗校二王本。绍兴二十三年(1153),鲁訔据二王本撰成《编次杜工部诗》。

二王本之后,最重要的杜诗学文献可能要算吴若本。此本绍兴三年(1133)建康府学刻板印行,吴若为撰《后记》,故后来称之为吴若本。此本因钱谦益而在明清之际形成很大影响。以往学者误以《钱笺》为据逆推吴若本,从而引发了不少错误论断,实则《钱笺》并不严格以吴若本为底本。明清之际亲见吴若本全本并加以利用的,可能只有钱谦益和朱鹤龄。将吴若《后记》、钱谦益《笺注杜工部诗》《读杜小笺》《读杜二笺》和朱鹤龄《辑注》中有关吴若本的信息统合,进行细致梳理比对,结果证实,吴若本以二王本为底本进行校勘和注释,其编次完全遵从二王本,只是个别字句有校改。吴若本在最大程度上保存了二王本的主要信息,它是对二王本的集校、注释和辑佚。故在校勘和注释两个方面,吴若本《杜工部集》保存了北宋校勘注释杜诗的成果,同时也开启了后来辑校集注杜诗的风气,堪称两宋乃至中国古代杜诗学史的总结性和转折性撰述,意义重大。

认清吴若本的大致面貌,有助于探明《杜工部集》在清及近代的流传状况。重新审查今见宋本《杜工部集》毛扆跋和张元济跋,可以确定:今见之宋本《杜工部集》并非毛扆配补影宋本原貌,汲古阁毛扆抄补二王本后来散佚卷一〇至一四,汲古阁和滂喜斋之间某位藏书家据宋刻吴若本补抄足之,然亦不得详考。钱曾《述古堂书目》所见影宋抄吴若本《杜工部集》(四本),即今国家图书馆所藏述古堂抄本(六本)之来源。

以员安宇为代表,在搜集杜甫佚诗上,蜀人贡献居多。据李石《何南仲分类杜诗叙》,联系杨亿、欧阳修等对杜诗的贬抑,以及苏轼等人对杜甫的高度推崇,大略可以推知,南宋初蜀人何南仲的《分类杜诗》之类聚"子美之诗句"，可能是为了折中北宋褒扬和贬低杜甫的两派意见，从而也揭示出一个由下而上、由俗而雅的杜甫。

宋代巴蜀杜诗单注本以师尹注、杜田注、师古注、蔡兴宗注和伪苏注为代表。

由郭知达《校定集注杜诗》所引及由赵次公转引有关条目可知，师尹注杜时间略早于杜田注，推测约在政和八年（1118）前后。师尹注表现出相对的独立性，其主要特点有：注重字句之勘订；偶尔调整编次；释杜句出处；补充史实；注音义；偶及时人对杜甫的影响；偶及杜诗对后来者的影响；注杜甫之行踪；分析杜诗句法用字；时亦发明杜陵心事，颇见深切。师尹注的优点大多为后来赵次公注批判吸收。

杜田注杜时间大致在宣和五年（1123）九月至绍兴四年（1134）之间。杜田《注杜诗补遗正谬》重在补遗和正谬，即补旧注之遗，正旧注之谬。杜田所针对的旧注，当是托名王洙的注本。

师古初为布衣，居蜀中。约绍兴初，福州林师中至蜀寻师，得师古，遂迎至长溪讲学。师古长于《春秋》学，于时事颇为关注。绍兴六年（1136），师古赴行在临安，上《中兴十策》。之后返回长溪，继续讲学。绍兴十三年，师古得官全州文学、权国子录。绍兴十四年，改秩通判叙州（今四川宜宾）。据叶适《长溪修学记》，绍兴二十六年春夏或稍前师古卒于长溪赤岸。由黄氏《补注杜诗》所引，可大致推定，师古注成书时间略晚于赵次公注，可能完成于退官再居福州长溪期间。前人对师古注批评尤为严厉，甚或斥为伪书。师古对前人注杜的失误每多批评，但遗憾的是类似错误在他自己的书中却屡见不鲜。师古注之"伪造事实"者，当皆出于师古所利用的文献材料，并非师古本人有意杜撰。师古注的不足受制于其所处时代、自身学养、阐释理念和思想方法。师古注之主要弊端在于他竭力将杜诗一一与安史之乱相联系。这一阐释理念，大约与师古精通《春秋》学，又身值南宋屡遭北方政权侵陵之时代有关，可贵的是注中自有一种真气贯注。师古注的显见失误，或许正是受制于其对当下政治现实的痛切和焦虑。因之，与一般伪注不同，师古注失考附会之处都能从其所处时代和个人出处中获得解释。师古可能将二王本视为严格的编年本，故往往一首系年解说有误，相邻诗篇即随之而误。师古注的重要思想方法是以意逆志，即以己之意逆杜陵诗史之志，不以辞害志。总体来看，古今对师古注的评判，以严羽"然具眼者，自默识之耳"最为中肯，沧浪可谓师古的知音。

伪苏注起初可能不尽出于蜀中。洪迈所云蜀中某注家取伪苏注以入杜注，或即"蜀人"蔡兴宗《重编少陵先生集》。《校定集注杜诗》以删略伪苏注为职志,但其书尚遗存数条,未能删尽。

蔡兴宗于北宋末可能即官夔州。据《新刊国朝二百家名贤文粹》卷一二二所载晁公遡《少陵东屯祠堂记》,知《重编少陵先生集》始于兴宗居官夔州之时,成于其卸任之后,约在绍兴十年(1140)。《重编少陵先生集》主要缺点有二:一是勇于改字,或依违属对,或信从讹谬之伪苏注。二是打乱旧本次序,在分体之后于古诗和近体诗之中分别进行编年,一时一地之诗,又往往取大制作即篇幅较大的重要作品冠诸卷首。蔡注的有功之处似远不如其所编杜诗年谱。

南宋杜诗集注本,完帙或部分保存至今的主要有八种,其中六种皆为巴蜀集注本。赵次公《先后并解》和郭知达《校定集注杜诗》代表了宋代集注的最高成就。

赵次公《先后并解》在杜诗学史上具有转折意义。《先后并解》约刊刻于绍兴十七年(1147)或稍前,大约淳祐四年(1244)前后,赵注逐渐散佚。钱谦益和钱曾犹得见赵注宋残本三十六卷,但朱鹤龄称得阅其全注,则当属虚妄之言。《先后并解》原为甲至己六帙,今传明清两种抄本存后三帙:丁帙七卷,录戎州至夔州诗;戊帙十一卷,录夔州诗;己帙八卷,录出峡至江陵湖湘诗。林继中《杜诗赵次公先后解辑校》所辑前三帙为:甲帙五卷,录开元天宝居东都及长安所作;乙帙十卷,录天宝十五载至乾元二年秦州诗;丙帙十一卷,录成都及梓州、阆州诗。然《辑校》共五十二卷,与晁公武著录的赵次公《注杜诗》五十九卷不尽相符。《先后并解》主要特点有:着力于杜诗具体各篇内容的准确理解,启黄生、仇兆鳌分章段疏释杜诗之先鞭,在准确理解的基础之上对杜诗作先后编年;多讨论杜诗的对偶等体格特点;常引苏轼等人作品以明杜诗的影响,偶亦以苏证杜;多辨前人之失误和穿凿,时或阙疑;用意于溯典故之源流,偶有推求过深之嫌;多讨论杜诗句法义例,归纳杜诗用词遣字的独特之处;多论杜甫之人格和才能。由晁公武的合并著录来看,赵次公《先后并解》是以二王本为主要参照,重新进行编年注释而成,赵氏注文中证据亦颇多。赵次公的编年极其细致,他对二王本编次的部分调整可能较为合理,但亦有大谬不然者。无论确当与否,杜诗编年自赵次公开始逐渐走向精致深微。林继中《辑校》对恢复赵注原貌功绩至巨,但辑佚迥非易事,在赵注具体内容的辑佚上,《辑校》尚有需进一步完善之处。赵注原本的体例是:不引旧注,只是在注文中转述旧注的说法进行辨析。甲乙丙三帙中举凡赵注表述自己的观点而未曾引用或转述旧注和前人说法究竟是什么,比如仅云"旧注非妄"之类,辑佚之时,宜适当考虑附上郭氏注本或其他注本所引旧注或旧说。

　　洪业以郭知达《校定集注杜诗》的底本为二王本的推测不能成立,二本在字句和编次两方面虽颇有相近之处,但差异明显。《校定集注杜诗》于诗题和诗句下,首引伪王洙注,例皆不交代所出,这似乎说明《校定集注杜诗》所用底本可能是伪洙注本或与伪洙注本关系较近的一个注本。这个注本即郭知达《校定集注杜诗》数引的"集注"。

　　宋代蜀中伪集注本传世者主要有以下四种:《王状元集百家注编年杜陵诗史》(简称《百家注》)、《分门集注杜工部诗》(简称《分门集注》)、《门类增广十注杜工部诗》(简称《增广十注》)、《门类增广集注杜工部诗》(简称《增广集注》)。

　　《百家注》成书年代较黄氏《补注杜诗》稍前,约在淳熙(1165—1189)年间前后,与郭知达《校定集注杜诗》初刻年代相近。林继中认为《百家注》编次的真正渊源为赵次公《先后并解》可能有其道理,其编者当为浙江福建沿海一带人氏。《百家注》引用赵注次数逊于《校定集注杜诗》,引用注文亦大多没有《校定集注杜诗》翔实,但《百家注》自有其优长,或有助于更好地恢复赵注原貌。

　　《分门集注》年代略晚于《百家注》。就资料言,《分门集注》首录陈浩然《析类杜诗》宋宜序、吕大防《杜诗年谱》、蔡兴宗《重编杜工部诗年谱》等,于研究宋代杜诗学史尤有意义。《分门集注》自身的价值和地位有待重作评估。

　　《增广十注》在注释上是极其粗疏的,该书编次上既参考《分门集注》,字句上极可能亦大量参考篡改《校定集注杜诗》,《校定集注杜诗》当然不可能据此书改编。《集注杜诗》《百家注》《分门集注》都成书于淳熙年间,这三部书分别是当时分体、编年和分类编纂集注杜诗的代表,它们在编次上各有底本,而在注释上则有共同或相通的文献资源,鲁訔和郭知达所用"集注"、赵次公注和鲁訔注可能是这些文献资源的主体。《增广十注》和《增广集注》可能都出于《分门集注》,出现时间略晚,大约与《草堂诗笺》《补注杜诗》成书年代很接近,其后才是《集千家注分类杜工部诗》等。

　　吕大防《杜诗年谱》和蔡兴宗《重编杜工部诗年谱》是宋代蜀中杜谱的代表作品。吕谱虽简略,但自有其逻辑体系,亦体现了吕大防对杜甫的深刻认知。首先,吕谱分三期,将杜甫人生划分为三个重要阶段:先天元年(712)至开元二十九年(741),为大唐盛世的三十年,是杜甫人生的第一阶段;天宝元年(742)至上元元年(760),杜甫求官终至罢官,这十九年是杜甫人生的第二阶段;上元二年(761)以后十年,是杜甫人生的第三阶段。其次,吕氏后记虽然谈到杜甫创作的两个重要内容——"歌时伤世、幽忧窃叹之意",但谱中却格外突出了杜甫的"歌时伤世"。其三,吕谱以乾元元年(758)至上元元年(760)这三年为杜甫人生和创作的重大转折期,其间行事和诗作最能见出杜甫的政治思考和文化情怀。吕谱义例有二:一是举述梗概,不作琐细论证;二是,述诗文作于某年,皆于作品前云"有"或"时有"。《杜诗年谱》是吕大防雠正杜集之后所撰,其所撰杜集并非二王本。吕谱开辟了杜诗学的新境地,其在杜诗年谱著作中的地位,有类于二王本在杜集中的地位。

蔡兴宗依据二王本撰《重编少陵先生集》,蔡谱是蔡编杜集的副产品,蔡氏于杜甫生平考证所取得的成就,与此直接相关。考据求真当是蔡谱最重要的方法论。蔡谱的缺点是:一是没有留意吕大防《杜诗年谱》的义例;二是缺少对材料的鉴别,首引伪苏注和传说以入杜注和年谱;三是未能尊重杜甫自注。蔡谱的重要价值在于,记载了杜甫《三大礼赋》自注,推进了杜甫生平研究和作品系年的深入,对赵次公编次杜诗有重要影响。

主要参考和征引文献

欧阳修等《新唐书》　　中华书局 1975 年

脱脱等《宋史》　　中华书局 1977 年

李焘《续资治通鉴长编》　　中华书局 1979 年

闻一多《少陵先生年谱会笺》　　《文哲季刊》1930 年第 1—4 期

四川省文史研究馆《杜甫年谱》　　四川人民出版社 1958、1985 年

陈贻焮《杜甫评传》　　上海古籍出版社 1982 年

莫砺锋《杜甫评传》　　南京大学出版社 1993 年

徐松《宋会要辑稿》　　中华书局 1957 年

孙猛《郡斋读书志校证》　　上海古籍出版社 1990 年

陈振孙《直斋书录解题》　　上海古籍出版社 1987 年

武秀成等《玉海艺文校证》　　凤凰出版社 2013 年

杨士奇等《文渊阁书目》　　《景印文渊阁四库全书》本

于敏中《天禄琳琅书目》　　上海古籍出版社 2007 年

毛扆《汲古阁珍藏秘本书目》　　《丛书集成初编》据士礼居丛书排印本

钱曾《钱遵王述古堂藏书目录》　　《四库全书存目丛书》本

钱曾《读书敏求记》　　《四库全书存目丛书》本

季振宜《季沧苇藏书目》　　商务印书馆 1935 年

黄虞稷《千顷堂书目》　　上海古籍出版社 1990 年

永瑢等《四库全书总目》　　中华书局 1965 年影印本

张金吾《爱日精庐藏书志》　　中华书局 1990 年影印本

瞿镛《铁琴铜剑楼藏书目录》　　上海古籍出版社 2000 年

潘祖荫《滂喜斋藏书记》　　上海古籍出版社 2007 年

陆心源《皕宋楼藏书志》　　中华书局 1990 年影印本

陆心源《仪顾堂题跋》　　中华书局 1990 年影印本

潘宗周《宝礼堂宋本书录》　　上海古籍出版社 2007 年

傅增湘《藏园群书经眼录》　　中华书局 1983 年

洪业等《杜诗引得》　　燕京大学引得编纂处 1940 年/上海古籍出版社 1983 年缩印本

《上海图书馆善本书目》　　上海图书馆 1957 年

万曼《杜集叙录》　　《文学评论》1962 年第 4 期

《北京图书馆古籍善本书目》　　书目文献出版社 1981 年

周采泉《杜集书录》　　上海古籍出版社 1986 年

郑庆笃等《杜集书目提要》　　齐鲁书社 1986 年

《中国古籍善本书目》　　上海古籍出版社 1996 年

张忠纲等《杜集叙录》　　齐鲁书社 2008 年

王洙、王琪《杜工部集》　　上海图书馆藏宋本/《续古逸丛书》本/中华再造善本/国家图书馆藏影宋抄本

林继中《杜诗赵次公先后解辑校》（修订本）　　上海古籍出版社 2012 年

郭知达《新刊校定集注杜诗》　　台北故宫博物院藏瞿氏宋本

《王状元集百家注编年杜陵诗史》　　贵池刘氏影宋刻本

《分门集注杜工部诗》　　《四部丛刊》影印潘氏藏宋刊本/中华再造善本影印潘氏宋本

蔡梦弼《杜工部草堂诗笺》　　中华再造善本影宋本/《古逸丛书》本

黄希、黄鹤《黄氏补千家注纪年杜工部诗史》　　中华再造善本影元本

赵汸《杜律五言注解》　　国家图书馆藏万历十六年吴怀保七松居刻本

钱谦益《杜工部集笺注》　　康熙六年季振宜静思堂刻本/上海古籍出版社 1979 年《钱注杜诗》本

卢元昌《杜诗阐》　　大通书局 1974 年《杜诗丛刊》本

仇兆鳌《杜诗详注》　　中华书局 1979 年

浦起龙《读杜心解》　　中华书局 1961 年

杨伦《杜诗镜铨》　　上海古籍出版社 1980 年

萧涤非等《杜甫全集校注》　　人民文学出版社 2014 年

谢思炜《杜甫集校注》　　上海古籍出版社 2016 年

《苏轼文集》　　中华书局 1986 年

狄宝心《元好问文编年校注》　　中华书局 2012 年

钱谦益《牧斋初学集》　　《四部丛刊》影印崇祯刻本

朱鹤龄《辑注杜工部全集》　　金陵三夕斋刻本

孟启《本事诗》　　广益书局 1933 年

胡仔《苕溪渔隐丛话》　　人民文学出版社 1962 年

王夫之等《清诗话》　　中华书局 1963 年

何文焕《历代诗话》　　中华书局 1981 年

丁福保《历代诗话续编》　　中华书局 1983 年

郭绍虞《宋诗话考》　　中华书局 1979 年

郭绍虞《宋诗话辑佚》　　中华书局 1980 年

William Hung, *Tu Fu：China's Greatest Poet*, Harvard University, Cambridge, Massachusetts, 1952

洪业《洪业论学集》　　中华书局 1981 年

陈尚君《杜诗早期流传考》　　复旦大学出版社 1985 年《中国古典文学丛考》(第一辑)

谢思炜《宋本杜工部集注文考辨》　　岳麓书社 1985 年《中国历史文献研究集刊》(第五集)

简恩定《清初杜诗学研究》　　台湾文史哲出版社 1986 年

胡可先《杜甫诗学引论》　　安徽大学出版社 2003 年

孙微《清代杜诗学史》　　齐鲁书社 2004 年

孙微《清代杜诗学文献考》　　凤凰出版社 2007 年

蔡锦芳《杜诗版本及作品研究》　　上海大学出版社 2007 年

孙微等《杜诗学研究论稿》　　齐鲁书社 2008 年

郝润华等《杜诗学与杜诗学文献》　　巴蜀书社 2010 年

孙微《杜诗学文献研究论稿》　　河北大学出版社 2010 年

曾祥波《杜诗考释》　　上海古籍出版社 2016 年

龙伟业《〈九家集注杜诗〉版本疑点考辨——兼论"聚珍本"说的产生背景》　　《文献》2021 年第 2 期

后　记

　　承蒙上海古籍出版社钮君怡编辑美意,提议我以博士论文《宋代巴蜀杜诗学文献研究》申报国家社科基金后期资助项目,最终得以立项。本书在博士论文的基础上作了较大的修订。自撰写之日迄今十年有余,其中艰辛与喜悦,难以一一道出。其间,我的博士导师郭齐教授悉心指导,博士后导师刘跃进教授鼓励督促,中国杜甫研究会会长刘明华教授勉正有加,是皆铭感于心,永不能忘。感谢四川大学刘雯、李鹏飞博士在繁忙的学习中抽出时间帮我校核文献材料,感谢本书责任编辑龙伟业先生严谨认真的职业态度,感谢家人对我的全力支持与一路陪伴。

彭　燕
壬寅新春
浣花溪畔

图书在版编目(CIP)数据

宋代巴蜀杜诗学文献研究/彭燕著. --上海:
上海古籍出版社,2022.8
ISBN 978 - 7 - 5732 - 0349 - 6

Ⅰ. ①宋… Ⅱ. ①彭… Ⅲ. ①杜诗-诗歌研究 Ⅳ.
①I207.227.423

中国版本图书馆 CIP 数据核字(2022)第 105036 号

宋代巴蜀杜诗学文献研究

彭 燕 著

上海古籍出版社出版发行

(上海市闵行区号景路 159 弄 1 - 5 号 A 座 5F 邮政编码 201101)

(1) 网址:www.guji.com.cn

(2) E-mail: guji1@ guji.com.cn

(3) 易文网网址:www.ewen.co

商务印书馆上海印刷有限公司印刷

开本 787×1092 1/16 印张 12.5 插页 4 字数 247,000

2022 年 8 月第 1 版 2022 年 8 月第 1 次印刷

ISBN 978 - 7 - 5732 - 0349 - 6

Ⅰ·3635 定价:58.00 元

如有质量问题,请与承印公司联系